Daniel Defoe

Robinson Crusoe´s Reisen, wunderbare Abenteuer und Erlebnisse

Daniel Defoe

Robinson Crusoe´s Reisen, wunderbare Abenteuer und Erlebnisse

ISBN/EAN: 9783955631215

Auflage: 1

Erscheinungsjahr: 2013

Erscheinungsort: Bremen, Deutschland

@ Leseklassiker in Access Verlag GmbH, Fahrenheitstr. 1, 28359 Bremen. Alle Rechte beim Verlag und bei den jeweiligen Lizenzgebern.

Robinson und seine Familie.

Robinson Crusoe's

Reisen, wunderbare Abenteuer und Erlebnisse

Fürs Deutsche bearbeitet nach dem Original

des

Daniel de Foe

Zwanzigste Auflage

Mit 41 Text-Abbildungen

nebst vier Farbendruckbildern nach Zeichnungen von F. H. Nicholson

Leipzig

Verlag von Otto Spamer

1904

Inbalt

</>

Inhalt.

Daniel de Foe.

Robinson Crusoe.

Erstes Kapitel.

Robinsons Jugend und erste Fahrten, von ihm selbst erzählt.

Robinsons Herkunft. — Hang zum Seeleben. — Unterredung mit seinem Vater. — Besuch in Hull. — Er geht zur See. — Sturm. — Des Schiffes Untergang auf der Reede zu Yarmouth. — Robinsons Unschlüssigkeit. — Reise nach London.

~~~~~~~

Im Jahre 1632 erblickte ich in der Stadt York das Licht der Welt. Mein Vater, aus der Familie Creutznaer in Bremen stammend, hatte sich als Kaufmann in Hull, in England, nieder= gelassen. Hier war ihm das Glück hold, so daß es ihm gelang, sich ein ansehnliches Vermögen zu erwerben. Darauf zog er sich von den Geschäften zurück und siedelte nach York über, um seine ferneren Lebensjahre in Ruhe zu verbringen. Dort führte er meine Mutter heim; sie zählte zu einer alten und angesehenen Familie, Namens Robinson. So kam es, daß ich den Doppelnamen Robinson

1*

Creutznaer empfing; letzterer Name wurde indes durch die Leute gewöhnlich in Crusoe umgewandelt, wie man es in England oft findet.   Wir behielten auch in der Folge diesen Namen bei.

Ich hatte zwei ältere Brüder; der eine diente als Oberstleutnant in einem englischen Infanterieregiment in Flandern und fand seinen Tod, als die Engländer unter Cromwell Dünkirchen den Spaniern abgewannen.   Was aus meinem zweiten Bruder geworden ist, habe ich niemals erfahren, ebensowenig als meine Eltern je darüber Aufschluß erhielten, wie es mir selbst später ergangen ist.

Ich war also der dritte Sohn meiner Eltern und hätte eigentlich daran denken sollen, ihnen einmal eine Stütze zu werden. Ohne ernstlich die Wahl eines Lebensberufs zu erwägen, hing ich indessen abenteuerlichen Gedanken und Plänen nach; ich dachte nur an die Herrlichkeiten fremder Länder und träumte Tag und Nacht von Palmenwäldern, Goldbergen und den fabelhaften Schönheiten fremder Zonen.   Nichts ging mir über das Leben eines Schiffers, der in seinem leichten Fahrzeuge sich auf dem blauen Meere wiegen und alle jene von mir erträumten Wunder mit Augen schauen kann.

Zwar ließ es mein Vater an guten Lehren und an Schulunterricht nicht fehlen, zumal er wünschte, daß ich späterhin ein Rechtsgelehrter werden sollte. Allein der Hang zum Seeleben, den weder seine ernstlichen Warnungen noch die schmeichelnden Bitten der Mutter verdrängen konnten, nahm meine Gedanken unwiderstehlich gefangen und ließ mir alles, was die Heimat bot, gleichgültig erscheinen.

Eines Morgens rief mich mein Vater in sein Zimmer, das er infolge der Gicht hüten mußte, und sprach zu mir in warmen und eindringlichen Worten.

„Mein Sohn", begann er ernst und nachdrucksvoll, „du bist auf dem Wege, mir und deiner Mutter großen Kummer zu bereiten. Mein Sohn, ich meine es gut mit dir; laß ab von deinen abenteuerlichen Plänen!   Du willst den heimischen Herd, das Vaterland verlassen; glaubst du, daß du es anderwärts besser findest, als hier, wo dir bei Fleiß und Kenntnissen eine sorgenfreie Zukunft erblühen wird?   Täusche dich nicht!   Nur solche, die arm und hoffnungslos sind, oder die ein ungebändigter Ehrgeiz treibt, mögen

durch außergewöhnliche und kühne Unternehmungen Glück und
Ruhm erjagen. Für dich sind alle diese Dinge entweder zu hoch
oder zu niedrig. Gewöhne dich, den Mittelstand, dem wir angehören,
als den glücklichsten Stand anzusehen. Ist er nicht der Wunsch
aller? Gar manche Könige, in Glanz und Prunk aufgewachsen,
hätten gern den goldenen Thron mit dem bescheidenen Handwerk
vertauscht. Selbst der weiseste Herrscher hat einst den Mittelstand

Robinson Crusoe wird von seinem Vater ermahnt.

als den glücklichsten gepriesen, indem er Gott bat, ihm weder Reich=
tum noch Armut zu geben! Wer hier die Mittelstraße geht, den
stacheln weder Neid noch glühende Wünsche des Ehrgeizes, noch
wohnen in ihm Stolz und Mißgunst.“

So ermahnte mich mein Vater eindringlich, nicht mich selbst
ins Elend zu stürzen. Er gab mir seine väterliche Absicht kund,
daß er alles aufbieten würde, um mich auf der Laufbahn, die er
für mich bestimmt habe, so freigebig zu unterstützen, als es mir in
jeder Weise förderlich sein würde.

„Beherzige meine Worte!" fuhr er fort. „Dasselbe sagte ich auch deinen Brüdern, aber sie gingen ihren eignen Weg. Was war ihr Los? Fern vom Heimatshaus fiel dein ältester Bruder auf flandrischer Erde, und wo das Gebein deines zweiten Bruders modert, das weiß Gott allein. Glaube mir, deinem Vater, der nur auf das Glück deiner Zukunft bedacht ist; folgst du meinen Ermahnungen nicht, unternimmst du den unüberlegten Schritt, aufs Geratewohl in die weite Welt hinauszustürmen, so wirst du sicherlich eines Tages, wenn das Unglück bei dir einkehrt und niemand der Deinen um dich ist, bitter bereuen, daß du meine Mahnungen nicht beachtet hast."

Tief ergriffen hielt er nach diesen Worten inne, während Thränen der Wehmut und Rührung seine Wangen netzten.

In jener Stunde nahm ich mir vor, gehorsam dem Willen meines Vaters mich zu beugen. Doch schon nach wenigen Tagen erwachte die alte Sehnsucht aufs neue, und alle guten Vorsätze waren vergessen. Bei meinem Vater durfte ich nicht hoffen, mit meinen Bitten durchzudringen; deshalb versuchte ich meine Mutter günstig zu stimmen. Ihr stellte ich vor, daß mein Trieb, die Welt zu sehen, unüberwindlich sei, daß ich bereits im achtzehnten Jahre stehe und nun zu alt sei, um die juristische oder die kaufmännische Laufbahn zu betreten. Sie möge den Vater zu der Erlaubnis bewegen, mich wenigstens eine Reise unternehmen zu lassen; gefiele mir das Seemannsleben nicht, so wolle ich dann mit doppeltem Eifer das Versäumte nachholen.

Von diesen wiederholten Herzensoffenbarungen war meine besorgte Mutter durchaus nicht erbaut; sie sagte mir rundweg, daß es ganz zwecklos sei, mit dem Vater noch einmal über diesen leidigen Gegenstand zu sprechen. Trotzdem teilte sie gelegentlich die Unterredung dem Vater mit, und dieser gab ihr seufzend zur Antwort: „Der Junge könnte zu Hause ein ganz gutes Leben haben; geht er aber davon, so wird er der elendeste Mensch auf Erden. Ich gebe meine Einwilligung nicht!"

So verging abermals ein Jahr, währenddessen die wiederholten Ermahnungen meiner Eltern nur tauben Ohren gepredigt wurden. Eines Tages war ich nach Hull gegangen und traf dort zufällig mit einem alten Schulkameraden zusammen, der im Begriff stand, auf einem Schiffe seines Vaters nach London abzufahren. Er überredete mich, ihn zu begleiten, indem er mich nach Seemannsart mit den Worten lockte: „Die Fahrt soll dich nichts kosten, mein Junge."

Mein Entschluß war gefaßt. Unbekümmert um die Sorgen der Eltern, bestieg ich das Schiff; es war am 1. September 1651.

Selten hat die Strafe für den Leichtsinn so schnell begonnen und so lange gedauert wie bei mir. Kaum waren wir aus dem Hafen ausgelaufen, als es zu stürmen begann und die See hohl ging. Ich hatte noch nie eine Seereise mitgemacht, und so ergriff mich denn die unerbittliche Seekrankheit. Jetzt überfiel mich auch schon die Reue über meine unbesonnene Handlungsweise; meine Gedanken kehrten ins Elternhaus zurück, wo gewiß Vater und Mutter unter Thränen vergeblich meiner Wiederkehr harrten.

Der Sturm brauste immer heftiger, das Schiff sank bald in den Abgrund, bald wurde es hoch emporgeschleudert — mich überkam namenlose Angst. In diesen qualenvollen Augenblicken gelobte ich, sofort wieder in das elterliche Haus zurückzukehren, wenn es nur Gott gefallen würde, mich aus der Gefahr zu erlösen. Als sich aber am nächsten Tage Sturm und Wellen gelegt hatten, waren auch alle meine guten Vorsätze dahin. Gegen Abend klärte sich das Wetter auf; die Sonne ging rein und glänzend unter, um am nächsten Morgen in gleicher Herrlichkeit wieder aufzugehen. Ihr heller Schein spiegelte sich auf der weiten Meeresfläche wider; ich konnte mich an diesem ungewohnten, prachtvollen Schauspiel nicht satt sehen.

Während der Nacht hatte ich gut geschlafen und mich auch von meiner Seekrankheit wieder erholt. Mein Blick schweifte über den glatten Spiegel des Meeres, dessen Wellen gestern noch so unheilvolles Verderben drohten. Eben stand ich in tiefes Sinnen versunken, da trat mein Freund, der mich zu dieser Seereise beredet hatte, an mich heran und sagte lachend:

„Nun, Robin, wie ist dir die Bewegung von gestern bekommen? Du hast dich doch wegen des kleinen Windstoßes nicht geängstiget?"

„Was? Windstoß? Ich habe in meinem Leben noch keinen
solchen Sturm ausgestanden."

„Das nennst du einen Sturm? Nichts war es. Hat man
nur ein gutes Schiff und ist auf offener See, dann macht uns eine
Mütze voll Wind mehr oder weniger nicht bange. Aber davon
verstehst du noch nichts; du bist nur ein Süßwassermensch, mein
Junge. Komm, wir wollen eine Bowle Punsch machen und alles
vergessen. Sieh, was für prächtiges Wetter wir haben!"

Der Punsch wurde gebraut und ich mußte tüchtig trinken, als
sei ich schon seit Jahren Matrose. Da ging im Rausche alle Reue
über meinen Ungehorsam unter; ich vergaß alle guten Vorsätze.
Zwar kamen noch Augenblicke, in denen meine Vernunft widersprach,
doch sah ich bald in solcher Regung nur eine Schwäche und bemühte
mich, meine Grillen, wie ich es nannte, dadurch zu vertreiben, daß
ich lustige Gesellschaft aufsuchte und fleißig den Kameraden zutrank.
Nach wenigen Tagen hatte ich mein Gewissen beschwichtigt und die
Erinnerung an alle väterlichen Lehren übertäubt.

Am sechsten Tage unsrer Fahrt gelangte unser Schiff auf die
Reede von Yarmouth; widrige Winde und Windstille hatten uns
seit jenem Sturme nicht erlaubt, eine größere Strecke zurückzulegen,
und wir sahen uns genötigt, vor Anker zu gehen. Der Wind, anfangs minder stark, wuchs aber bald bis zum Orkan; alle Hände
mußten zugreifen, um die Stengen und Raaen zu streichen. Die
Wellen schlugen über unser Schiff, und ein paarmal glaubten wir,
unser Ankertau sei zerrissen. Auf Anordnung des Oberbootsmannes
wurde nun der Taganker ausgeworfen, so daß wir sicherer vor zwei
Ankern liegen konnten.

Der Sturm raste fort; Angst und Entsetzen lagerten sich auf
den Gesichtern der Matrosen. Der Kapitän ließ alle Vorsichtsmaßregeln anwenden, sein Schiff zu erhalten; doch schien er schon
selbst die Hoffnung aufzugeben, denn als er an meiner Schlafstelle
vorüberkam, hörte ich ihn in die Worte ausbrechen: „Der Herr
sei uns gnädig! Wir sind alle verloren!" — Da bemächtigte sich
meiner eine solche Todesangst, daß ich für den ersten Augenblick
wie gelähmt in der Kajütte liegen blieb. Ich vermag es nicht zu

schildern, was ich fühlte! Dann aber sprang ich aus der Kajütte
auf das Verdeck und schaute umher. Welch entsetzliches Schauspiel
bot sich meinen Blicken! Die Wellen gingen bergehoch und brachen
sich an unsern Schiffswänden nach je drei oder vier Minuten;
wohin ich auch sehen mochte, erblickte ich nichts als Angst und
Not. Zwei schwerbeladene Fahrzeuge, die sich in unsrer Nähe befanden, hatten ihre Masten am Fuße gekappt — — eine halbe
Stunde von uns entfernt sahen wir ein Schiff untergehen. Zwei
andre, von ihren Ankern losgerissen, wurden in die See hinausgeworfen. Die leichteren Fahrzeuge hatten weniger zu leiden; dennoch
trieben zwei oder drei, nur mit dem großen Blindsegel versehen,
bei uns vor dem Winde vorbei.

Gegen Abend baten der Hochbootsmann und der Steuermann
den Kapitän um seine Einwilligung, den Vordermast zu kappen.
Er mußte es schon zugeben, da der Hochbootsmann versicherte, das
Schiff sei sonst unrettbar verloren. Als nun der Vordermast ge-
fallen war, stand der große Mast ohne Stütze und erschütterte das
Schiff so sehr, daß man sich genötigt sah, auch diesen umzuhauen.

Der Zustand, in welchem ich mich damals bei meiner Un-
erfahrenheit mit den Gefahren des Seelebens befand, ist unbeschreib-
lich. Deutlich erinnere ich mich, daß mich während dieser qualvollen
Stunden mehr die Reue marterte, von meinen guten Vorsätzen ab-
gegangen zu sein, als mich die Furcht vor dem Tode schreckte.
Der Gedanke, daß dieses Unglück eine Strafe Gottes für meinen
Ungehorsam sei, stürzte mich in tiefe Betrübnis. Aber das Maß
unsrer Leiden war noch nicht voll.

Der Sturm tobte mit solcher Wut, daß selbst die Matrosen
gestanden, nie einen ähnlichen erlebt zu haben. Obschon unser
Fahrzeug tüchtig war, schwankte es doch heftig hin und her, so daß
die Matrosen jeden Augenblick ausriefen: „Wir kentern!" d. h. wir
schlagen um. Ja, was bei Seeleuten nur selten vorkommt, der
Kapitän, der Hochbootsmann und mehrere andre sanken betend auf
die Kniee und starrten hoffnungslos dem Untergange entgegen.

Um Mitternacht rief plötzlich einer der Matrosen: „Ein Leck
im Schiff!" Ein andrer schrie: „Das Wasser steht schon vier Fuß

hoch im Raum!" Alles mußte jetzt an die Pumpen. Ich war wie
gelähmt und sank auf mein Lager zurück. Die Matrosen weckten
mich unsanft aus meiner Erstarrung auf und meinten, wenn ich
auch vorher zu nichts genützt hätte, so könnte ich doch jetzt an den
Pumpen mit helfen gleich den andern.

Mechanisch folgte ich dieser Aufforderung; ich erhob mich und
arbeitete tüchtig. Während dieser Zeit erblickte der Kapitän einige
leichte Fahrzeuge, die, weil sie wegen des Sturmes vor Anker nicht
aushalten konnten, das Tau hatten schlüpfen lassen; sie sahen sich
gezwungen, das offene Meer zu gewinnen, und wendeten alle Mittel
an, um einen Zusammenstoß mit uns zu vermeiden. Der Kapitän
ließ durch einen Kanonenschuß ein Notsignal geben. Da ich nicht
wußte, was das zu bedeuten habe, und glaubte, das Schiff ginge
krachend in Trümmer, fiel ich vor Schrecken besinnungslos nieder.
Niemand achtete jetzt meines Zustandes.

Jeder war nur für sein eignes Leben besorgt; ja ein Matrose,
der mich für tot hielt, schob mich mit dem Fuße seitwärts und trat
an meine Stelle. Es dauerte geraume Zeit, ehe ich wieder zu mir
selbst kam.

Trotz der angestrengtesten Arbeit stieg das Wasser im Schiffe
immer höher. Es war gewiß, daß wir sanken. Obgleich der Sturm
ein wenig nachgelassen hatte, konnten wir doch kaum hoffen, einen
rettenden Hafen zu erreichen. Fort und fort erdröhnten die Not=
schüsse; ein leichtes Fahrzeug in einiger Entfernung wagte es, uns
ein Boot zu Hilfe zu senden. Nur durch einen glücklichen Zufall
kam das Boot in unsre Nähe; aber es war uns lange nicht möglich,
an Bord zu kommen, da es nicht anlegen konnte. Die Leute im
Boote ruderten unter Lebensgefahr mit allen Kräften. Als sie endlich
nahe genug gekommen waren, konnten wir ihnen ein Tau zuwerfen.

Sie fingen es auf und legten an Bord. Im Nu waren wir
alle im Boote; doch mußten wir es aufgeben, jenes Schiff zu erreichen,
das uns so menschenfreundliche Hilfe gesendet hatte. Daher beschloß
man, das Boot treiben zu lassen, indem man vorsichtig nach der
Küste zu steuerte. Der Kapitän versprach, es zu ersetzen, wenn es
durch Stranden zertrümmert werden sollte. So, teils rudernd, teils

mit dem Winde treibend, steuerten wir dem Lande zu, gegen das
Vorgebirge von Winterton-Neß.

Wir hatten das Schiff kaum eine Viertelstunde verlassen, als wir
es sinken sahen. Meine Augen umflorten sich, als die Matrosen auf
das untergehende Schiff hinzeigten. Schon von dem Augenblicke an,
wo ich in das Rettungsboot mehr geworfen worden als gestiegen war,
legten sich auch Furcht und Gewissensangst wie Blei auf mein Herz.

Des Schiffes Untergang.

Die Schiffsleute ruderten rastlos, um das Land zu erreichen.
Sobald unser Boot sich hoch auf den Wellen emporhob, bemerkten
wir eine Menge Menschen längs der Küste, die alle bereit waren, uns
Hilfe zu leisten, wenn wir nahe genug gekommen sein würden. Allein
unsre Fahrt ging nur sehr langsam von statten. Erst nachdem wir
den Leuchtturm von Winterton umschifft hatten, wo das Ufer sich
westwärts gegen Cromer umbiegt und die Wogen deshalb nicht mehr
so heftig sind, gelangten wir mit unsäglicher Anstrengung glücklich ans

Land. Wir gingen dann nach Parmouth, wo wir Schiffbrüchigen mit
aller Menschenfreundlichkeit behandelt wurden. Die Obrigkeit wies uns
gute Quartiere an, und die Kaufleute und Reeder der Stadt steuerten
eine Summe Geldes zusammen, die jeden von uns in den Stand setzte,
entweder nach London zu gehen oder sich nach Hull zurückzubegeben.

Hätte ich meinen Menschenverstand zusammengenommen und
wäre nach Hull zurückgekehrt — alle Not würde zu Ende gewesen
sein. Mein Vater hätte, um mich der Worte der Heiligen Schrift
zu bedienen, in der Freude seines Herzens ein gemästetes Kalb
geschlachtet.

Wie mir später mitgeteilt ward, hatte er erfahren, daß das
Schiff, auf welchem ich mich befand, auf der Reede von Parmouth
untergegangen sei, und erst lange danach wurde ihm Gewißheit
darüber, daß ich aus dem Schiffbruch gerettet worden. Aber es
schien, als hätte ein schlimmer Geist meinen Sinn verblendet.
Zwar regte sich manchmal die Vernunft in mir und mahnte mich,
die Schritte wieder zum väterlichen Hause zu lenken; dennoch hielt
mich ein Etwas ab, dieser inneren Stimme zu gehorchen. Zu der
Lust an Abenteuern und am Wandern, die mich zu dem ersten
Schritte des Ungehorsams gegen meine Eltern verleitet hatte, ge-
sellte sich jetzt die Scham; umkehren wollte ich nicht mehr, und so
trieb mich das Schicksal weiterem Unglück entgegen.

Mein Kamerad, des Schiffsherrn Sohn, der mir vorher Anleitung gegeben, mein Gewissen zu beruhigen, war jetzt mutloser
als ich. Erst einige Tage nach unsrer Ankunft in Parmouth kam
ich wieder mit ihm zusammen, da unsre Quartiere weit auseinander lagen. Jetzt schlug er einen andern Ton an als vorher;
mit trüber Miene fragte er mich, wie es mir gehe. Als sein
Vater dazu kam, teilte er diesem mit, wer ich sei, daß diese Reise
nur ein Versuch für mich gewesen sei, und daß ich weiterreisen
wolle. In dem Kapitän mochten die Erinnerungen an durchlebte
gefahrvolle Tage des Seelebens emporsteigen, er wurde ernst, fast
streng und sagte zu mir: „Junger Mann, Ihr dürft nicht wieder
aufs Meer gehen; die kaum überstandenen Ereignisse müssen Euch die
Überzeugung aufdringen, daß Ihr nicht zum Seemann geboren seid."

„Wie, mein Herr“, erwiderte ich verwundert, „wollen Sie denn auch nicht mehr zur See gehen?“

„Bei mir ist das etwas andres; das ist mein Beruf, meine Pflicht. Ihr aber habt mit dieser Reise nur einen Versuch machen wollen, und ich dächte, Ihr hättet einen hinlänglichen Vorgeschmack dessen bekommen, was Euch bevorsteht. Doch sagt mir, wie kommt es eigentlich, daß Ihr zur See gehen wollt?“

Die Schiffbrüchigen auf dem Boote.

Ich erzählte dem Kapitän den Verlauf meines bisherigen Lebens. Als ich geendigt hatte, fuhr er in unmutigem Tone und tief erregt auf: „Womit habe ich verdient, daß solch ein Unbesonnener zu mir an Bord kommen mußte? Um keinen Preis möchte ich je wieder mit Euch meinen Fuß auf dasselbe Schiff setzen!“

Das Unglück, welches ihn betroffen, hatte den Kapitän ganz außerordentlich heftig gestimmt. Indessen sprach er später liebevoller mit mir und stellte ganz eindringlich mir vor, wie thöricht das Beginnen sei, die Vorsehung tollkühn versuchen zu wollen; ich thäte sicher besser, zu meinem Vater zurückzukehren.

„Seid überzeugt, junger Mann“, schloß er seine wohlgemeinten Ermahnungen, „daß, wenn Ihr nicht zurückkehrt, Eurer überall nichts als Täuschungen und Elend harren, und daß die ernsten Worte Eures Vaters in Erfüllung gehen werden.“

Ich erwiderte nichts, sondern verabschiedete mich von dem wohlmeinenden Manne. — Ich habe ihn leider nicht wiedergesehen.

Da ich etwas Geld besaß, begab ich mich zu Lande nach London, unentschlossen, was ich eigentlich thun sollte. Nach Hause zu gehen verbot mir, wie gesagt, die Scham; auch fürchtete ich das höhnische Gerede der Nachbarn. Wie thöricht ist doch die Jugend! Sie schämt sich oft mehr der Reue als der Sünde und stemmt sich mit Gewalt gegen die Weisungen des Verstandes. Sowie die Erinnerung an die ausgestandenen Gefahren schwand, trat auch der Gedanke an die Heimkehr in den Hintergrund; zuletzt gab ich ihn ganz auf und entschloß mich kurz, an Bord eines überseeischen Schiffes zu gehen.

Mein größtes Unglück auf allen meinen Reisen war die Hart-näckigkeit, mit der ich mich weigerte, als Matrose zu dienen. Zwar hätte ich dann gleich den andern tüchtig die Hände rühren müssen, aber ich hätte auch Aussicht gehabt, im Laufe der Zeit zum Steuer-mann, Hochbootsmann, Leutnant, ja vielleicht gar zum Kapitän emporzusteigen. Allein ich hatte ein besonderes Geschick, überall das Ungünstige zu wählen, und da mein Geld noch ausreichte und meine Kleider sich in leiblich guter Beschaffenheit befanden, so begab ich mich als Passagier an Bord, wobei ich freilich nichts zu thun hatte, aber auch nichts lernen konnte.

Ich kam also nach London. Dort hatte ich das Glück, in gute Gesellschaft zu geraten, was bei einem lockeren, leichtsinnigen Burschen, wie ich war, sicherlich selten genug ist. Meine erste Be-kanntschaft war der Kapitän eines Schiffes, welches von der Küste von Guinea zurückgekehrt und im Begriff stand, wieder dorthin abzusegeln. Dieser treffliche Mann fand Wohlgefallen an mir und schlug mir vor, auf seinem Schiffe die Reise nach Guinea zu unter-nehmen. Er meinte, es solle mich nichts kosten, und wenn ich einige Waren einkaufen wollte, um sie in Afrika mit Vorteil loszuschlagen, so würde ich dadurch vielleicht einen erklecklichen Gewinn machen.

Wer war froher als ich? Ich nahm des Kapitäns Anerbieten ohne Bedenken an. Auf seinen Rat hatte ich für etwa 40 Pfund Sterling (800 Mark) Glaswaren und andre kleine Gegenstände ein-gekauft. Diese Geldmittel hatte ich durch Hilfe einiger Verwandten aufgebracht, mit denen ich in Briefwechsel geblieben, und letztere hatten auch meinen Eltern mein Schicksal und mein Vorhaben mitgeteilt, ja dieselben wohl vermocht, etwas zu meinem ersten Unternehmen beizusteuern.

Dies war die einzige Reise, von der ich sagen kann, daß sie glücklich ablief. Allerdings hatte mich das Mißgeschick nicht gänzlich unberührt gelassen; infolge der allzugroßen Hitze in den Tropen verfiel ich in ein heftiges Fieber, so daß ich längere Zeit in Afrika krank daniederlag; aber die Reise war doch nicht erfolglos für mich gewesen. Dies hatte ich lediglich der Rechtschaffenheit meines Freundes, des Kapitäns, zu danken, unter dessen Anleitung ich nicht unbedeutende Kenntnisse in der Mathematik und der Seemannskunde erlangte. Ich lernte ein Schiffstagebuch führen, nautische Beobachtungen anstellen, kurz Dinge, die ein Seemann wissen muß. Er fand ein gleiches Vergnügen daran, mich zu unterrichten, wie ich, von ihm zu lernen, und so bildete mich die Reise zum Kaufmann und Seemann. Mein Tauschhandel ging gut; ich brachte über fünf Pfund Goldstaub zurück, gegen die ich in London 300 Guineen (6000 Mark) erhielt. Dieser Erfolg erfüllte mich mit hochfliegenden Gedanken; aber Hochmut kommt stets vor dem Falle, und dieser Hochmut war die Ursache, daß ich eine dornenvolle Bahn durchwandern mußte!

Da ergriff ich die zweite Flinte und traf den Löwen
so sicher durch den Kopf . . . (Zu S. 19.)

Zweites Kapitel.
Robinsons Gefangenschaft und Flucht.
Gefangenschaft in Saleh. — Flucht mit Xury.

So war ich also ein Guineakaufmann geworden. Zu meinem
größten Leidwesen starb mein Freund bald nach unsrer Rückkehr,
und ich entschloß mich, auf eigne Faust dieselbe Reise noch einmal
zu unternehmen, und zwar auf demselben Fahrzeuge, welches jetzt
der frühere Oberbootsmann führte. Es ward eine der unglück=
lichsten Fahrten.

Ich nahm für 100 Pfund Sterling (über 2000 Mark) Waren
auf die Reise mit und ließ 200 Pfund in den Händen der Witwe
meines Freundes zurück, die denn auch das Übergebene treulich be=
wahrte und mein Vertrauen in ihre Redlichkeit nicht getäuscht hat.

Reich an Hoffnungen steuerten wir zwischen den Kanarischen Inseln und der afrikanischen Küste hin. Da wurden wir plötzlich eines Morgens, noch in der Dämmerung, von einem maurischen Seeräuber überrascht, der bald, alle Segel aufhissend, auf uns Jagd machte.

Gegen 3 Uhr nachmittags kam er uns nahe und warf auf unser Deck 60 Mann, die sofort unser Tau= und Takelwerk zu= sammenhieben. Es kam zum Kampfe. Nachdem aber von unsern Leuten drei getötet und acht verwundet waren, mußten wir andern uns der feindlichen Übermacht ergeben. Wir wurden nach Saleh gebracht, einem unbedeutenden Hafen an der Küste der Barbaresken= staaten. Man führte mich jedoch nicht, wie meine übrigen Schicksals= genossen, in das Innere des Landes, nach der Residenz des Kaisers, sondern der Kapitän behielt mich bei sich selbst zurück, weil ich ihm dienstbar sein sollte. So waren denn alle hochfliegenden Pläne des jungen „Guineakaufmanns" mit einem Schlage vernichtet. Ich war jetzt nichts als ein unglücklicher Sklave, und meines Vaters mahnende Stimme trat oft vor meine Seele; niemand war da, der mir rettenden Beistand geleistet hätte.

Indessen stieg die Hoffnung in mir auf, daß mich mein neuer Herr an seinen Seeunternehmungen werde teilnehmen lassen. Ich malte mir schon im Geiste meine Errettung durch ein spanisches oder portugiesisches Kriegsschiff aus. Eine derartige Gelegenheit sollte indes noch lange auf sich warten lassen. Inzwischen mußte ich meinen Herrn häufig auf seinen Spazierfahrten begleiten, die er in einem kleinen Fahrzeuge auf dem Meere unternahm, um nahe der Küste zu fischen. Einst hatte er zu einer gleichen Fahrt als Gäste mehrere vornehme Mauren eingeladen und traf hierzu außerordentliche Vorbereitungen.

Schon am Tage vorher mußte ich in die Schaluppe mehr Lebensmittel als gewöhnlich bringen, ebenso drei Flinten mit Pulver, Kugeln und Schrot für die Jagd auf Seevögel. Als ich am nächsten Morgen mit dem blankgeputzten Boote auf das Erscheinen meines Herrn wartete, kam letzterer allein und erklärte, daß seine Gäste wegen unerwarteter Geschäfte behindert seien; ich möchte nur mit dem Maurenknaben auf den Fischfang fahren, da seine Gäste des Abends bei ihm speisen würden. Dann ging mein Herr und ließ mich mit dem Boote und dem Knaben allein.

Welche günstige Gelegenheit zur endlichen Ausführung meiner Fluchtpläne! Wir fuhren hinaus, und ich fischte anscheinend eine Zeitlang, sprach dann aber zum Knaben: „Wir fangen heute nichts, wir müssen weiter hinausfahren." Als wir fern genug von der Küste uns befanden, sagte ich plötzlich zu dem Knaben: „Xury, wenn du mir treu sein willst, so werde ich dich zu einem großen Manne machen; schlage dich ins Gesicht und schwöre mir bei Mohammed und dem Barte deines Vaters Treue, sonst werfe ich dich in die See." Der Knabe lächelte mich in voller Unschuld an und versprach, mit mir zu gehen bis an das Ende der Welt.

Bei dem frischen Winde ging unsre stille Wasserfahrt so schnell vor sich, daß wir am nächsten Tage, nachmittags 3 Uhr, als wir uns dem Lande näherten, längst über das Gebiet des Kaisers von Marokko hinaus sein mußten, denn wir sahen keine Spur von Menschen an der Küste.

Die Furcht, wieder in die Hände der Mauren zu fallen, hielt mich indes ab, an das Land zu steigen oder die Anker auszuwerfen. Vielmehr segelte ich fünf Tage lang ununterbrochen fort und warf erst dann, als ich mich außer aller Verfolgung glauben durfte, den Anker nicht weit von der Mündung eines kleinen Flusses, ohne zu wissen, wo ich mich eigentlich befand. Es kam mir niemand zu Gesicht, und ich wollte auch niemand sehen; alles, was ich bedurfte, war frisches Wasser. Wir liefen am Abend in die Bucht ein und beschlossen, mit einbrechender Nacht zu landen, um die Küsten= gegend zu untersuchen.

Von meiner ersten Reise her wußte ich, daß die Kanarischen Inseln und die Inseln des Grünen Vorgebirges nicht weit ent= fernt sein konnten. Da ich aber die Lage nicht genau kannte, so hatte ich nur die Hoffnung, vielleicht einem englischen Schiffe zu begegnen, das uns aufnehmen könnte. Nach meinem Vermuten lag das Land, welches ich gesehen hatte, zwischen dem Kaisertum Marokko und Nigritien, dessen weite Einöden nur von wilden

Tieren bewohnt sein sollten. Die Neger hatten sich von hier aus
südwärts gezogen, aus Furcht vor den Mauren; letztere aber be=
traten diese unfruchtbaren Landstriche nur, um in Haufen von
Tausenden große Jagden abzuhalten. Löwen und Leoparden, Scha=
kale und Hyänen fanden wir auf der ganzen Strecke, die wir an
der Küste hinfuhren, äußerst zahlreich, und während der Nacht
musizierten diese wilden Bestien in allen Tonarten.

Eines Morgens legten wir, um frisches Wasser einzunehmen,
an einer kleinen, ziemlich hohen Landzunge an; die Flut stieg höher
und höher, und wir wollten sie eben benutzen, um weiter vorwärts
zu treiben, als Xury, der ein schärferes Auge hatte als ich, mir
zuflüsterte: „Herr, wir müssen fort, dort an dem Felsen ist ein
fürchterliches Tier."

Ich blickte hin und erkannte in der That einen großen Löwen,
welcher sorglos schlief.

Nachdem ich meinem Knaben bedeutet hatte, still zu sein, lud
ich unser größtes Gewehr mit zwei Kugeln und legte es neben mich,
hierauf machte ich auch meine zweite Flinte schußfertig und lud die
dritte mit fünf Posten. Wohl zielte ich beim ersten Schuß genau
nach dem Kopfe des Löwen; aber da er die Tatzen über die Schnauze
hielt, so traf der Schuß eine derselben über dem Gelenke und zer=
schmetterte sie. Er fuhr auf, sank aber wieder nieder und erhob
sich von neuem auf drei Pfoten, indem er ein entsetzliches Gebrüll
ausstieß. Da ergriff ich die zweite Flinte und traf ihn so sicher
durch den Kopf, daß er sich in Todeszuckungen wälzte. Jetzt faßte
Xury sich ein Herz und wollte ans Ufer gehen; er sprang ins
Wasser und schwamm, während er mit der einen Hand die Flinte
über seinem Kopfe hielt, mittels der andern an das Ufer. Als er
in der nächsten Nähe des Tieres war, setzte er ihm das Gewehr
an das Ohr und tötete es vollends.

Da fiel mir ein, daß uns vielleicht das Fell des Löwen von
Nutzen sein könnte. Wir machten uns sofort an die Arbeit. Ob=
wohl Xury recht geschickt damit umzugehen wußte, plagten wir uns
dennoch einen ganzen Tag lang, ehe wir die Haut vollständig ab=
gestreift hatten; darauf ließen wir sie zwei Tage auf dem Dache

2*

der Kajütte ausgebreitet trocknen, und ich bediente mich .dann ihrer zum Lager.

Nach diesem Aufenthalte steuerten wir wieder mehrere Tage südwärts. Sorgsam schonten wir unsern Mundvorrat, der bald zu Ende gehen mußte, und landeten nur, um frisches Wasser einzunehmen. Meine Absicht ging dahin, den Fluß Senegal oder den Gambia zu erreichen, d. h. die Höhe des Grünen Vorgebirges, um vielleicht ein europäisches Fahrzeug zu treffen; denn ich wußte, daß alle nach der Küste von Guinea, nach Brasilien oder Ostindien bestimmten Schiffe das Grüne Vorgebirge umsegeln mußten.

An einigen Orten kamen nackte schwarze Menschen an den Strand, um uns anzustaunen. Einmal wollte ich zu ihnen ans Land gehen, aber der kluge Xury riet mir davon ab. Die Wilden waren ohne Waffen, nur ein einziger trug einen langen Stab; Xury belehrte mich, es sei eine Lanze, welche diese Neger auf weite Entfernungen mit wunderbarer Sicherheit schleudern können. Ich hielt mich daher in angemessener Entfernung und suchte nur durch Zeichen ihnen zu verstehen zu geben, daß wir Lebensmittel wünschten. Sie winkten mir darauf, mit dem Boote still zu halten, ich legte bei und näherte mich dem Ufer, während zwei der Männer landeinwärts liefen und nach einer halben Stunde zwei Stücke getrocknetes Fleisch nebst etwas Korn zurückbrachten. Gern hätten wir zugegriffen, wir wagten uns jedoch nicht unter die Neger. Allein diese hegten ebenso große Furcht vor uns; sie legten die Lebensmittel am Strande nieder, zogen sich dann zurück und warteten, bis wir das Niedergelegte geholt hatten, worauf sie sich wieder dem Ufer näherten.

Wir dankten ihnen durch Zeichen, da wir ihnen etwas andres nicht zu bieten hatten; doch sollte sich bald eine Gelegenheit finden, durch die wir ihnen einen großen Dienst erweisen konnten. Zwei furchtbare Tiere, von denen das eine das andre verfolgte, rannten von den Bergen gegen die See herab. Die Neger liefen in haftigem Laufe davon, nur der Mann mit der Lanze blieb stehen. Die beiden Bestien dachten indes nicht daran, die Schwarzen anzufallen, sondern stürzten in das Wasser, als seien sie nur gekommen, um sich an einem frischen Bade zu erquicken. Ich lud unsre drei Gewehre, und da eines der Tiere nahe genug gekommen war, schoß ich dasselbe gerade durch den Kopf, so daß es untersank. Bald aber kam es wieder in die Höhe, tauchte bald auf, bald unter und schien mit dem Tode zu ringen. Das andre Tier, von dem Blitz und Knall des Gewehres abgeschreckt, schwamm an das Ufer und lief nach der Wildnis zurück.

Unmöglich läßt sich das Staunen der Neger beschreiben, das sie bei dem Knalle und dem Feuer meiner Flinte befiel. Als sie aber das Tier tot auf dem Wasser schwimmen sahen und ich ihnen winkte, ans Ufer zu kommen, faßten sie wieder Mut. Ich schlang dem Tier einen Strick um eine Pfote und warf dessen Ende den Negern zu, welche dann den Leichnam ans Land zogen. Jetzt erst bemerkte ich, daß es ein kräftiger, schön gefleckter Leopard war. Die Neger gaben mir zu verstehen, daß sie nicht übel Lust hätten, das Fleisch des Leoparden zu essen; und da ich ihnen durch Zeichen ausdrückte, daß ich ihnen diese Beute zum Geschenk machen wolle, schienen sie außerordentlich dankbar zu sein und gingen sogleich daran, dem Tiere die Haut abzuziehen.

Von dem Fleische, das sie mir anboten, nahm ich nichts an, sondern verlangte nur das Fell, das sie mir gern überließen. Noch begehrte ich von ihnen Wasser, indem ich einen Krug mit der Hand umkehrte, um anzudeuten, daß er leer sei. Sofort riefen sie einige Weiber herzu, die dann ein großes irdenes Gefäß herbeibrachten. Sie stellten es an das Ufer, wie früher die Lebensmittel, und ich schickte Xury ab, um unsre drei Krüge aus diesem Gefäße mit Wasser zu füllen.

So war ich denn mit Fleisch, Korn und Trinkwasser versehen, nahm daher von den freundlichen Negern Abschied und segelte wiederum in der bisherigen Richtung zehn Tage lang, ohne zu landen, bis ich endlich vier oder fünf Stunden entfernt das Land weit in das Meer vorspringen sah. Die See war still: ich um= segelte diese Landspitze in einer Entfernung von ungefähr zwei Stunden. Bei dieser Fahrt sah ich ganz deutlich das andere Ufer des Kaps und vermutete — wie ich erfuhr, mit Recht — daß es das Grüne Vorgebirge sei und die Kapverdischen Inseln. Ich machte keinen Versuch, nach den letzteren zu steuern, da ich fürchtete, ein widriger Wind könnte mich in den offenen Ozean treiben.

In dieser Lage ging ich in die Kajütte und hing meinen Gedanken nach. Plötzlich rief Xury, der am Steuer saß: „Herr, ein Schiff mit Segeln!" Er war ganz außer sich vor Schrecken, weil er glaubte, unser maurischer Herr setzte uns mit einem Fahrzeug nach. Ich sprang aus der Kajütte und sah sofort, daß das Schiff ein portugiesisches war. Ich segelte und ruderte, so sehr ich konnte, um es einzuholen; endlich bemerkte man uns und zog die Segel ein, um uns herankommen zu lassen.

Man fragte mich auf portugiesisch, auf spanisch und auf französisch, wer ich sei, allein ich verstand keine dieser Fragen. Zuletzt erkundigte sich ein schottischer Matrose, der sich an Bord befand, auf englisch nach meinen Verhältnissen, und diesem sagte ich, daß ich ein Engländer und aus der Sklaverei der Mauren in Saleh entflohen sei. Man ließ mich nun an Bord kommen und nahm uns beide samt meiner Habe freundlich auf.

Ich empfand über meine Rettung unaussprechliche Freude und bot dem Kapitän als Beweis meiner Dankbarkeit mein ganzes Besitztum an. Allein er erwiderte mir großmütig, daß er nichts annehmen wolle: „Nein, Senhor Inglese (Herr Engländer), ich bringe Euch aus reiner Christenliebe nach Brasilien, und die Gegenstände, die Ihr mir anbietet, werden Euch dort zum Lebensunterhalt und zur Rückreise dienen."

So edelmütig sein Vorschlag war, so pünktlich erfüllte er ihn auch. Keiner seiner Matrosen durfte etwas von meiner Habe anrühren. Als er mein Boot in gutem Zustande sah, machte er mir den Vorschlag, es ihm zu verkaufen. Ich antwortete ihm, er habe sich so edelmütig gegen mich gezeigt, daß ich es mir zur Ehre schätze, ihm mein Boot umsonst zu überlassen. Der Kapitän nahm jedoch das Anerbieten nicht an, sondern bezahlte das Boot und gab mir 80 Stück Dublonen; ebenso bot er 60 Stück für meinen Jungen Xury. Er wollte sich verpflichten, Xury nach zehn Jahren freizugeben, wenn er zum Christentum überginge; der Maure willigte freudig ein, und ich überließ ihn dem Kapitän.

Nach einer glücklichen Fahrt, die ohne Unfälle von statten ging, liefen wir in die Allerheiligenbai ein. Der edelmütige Kapitän ließ mich nichts für die Überfahrt bezahlen; er gab mir 20 Dukaten für das Fell des Leoparden und 40 für das des Löwen; er lieferte mir alle meine Sachen aus und kaufte mir alles ab, was ich ihm ablassen wollte, so z. B. den Flaschenbehälter, zwei meiner Flinten. Dies brachte mir gegen 220 Stück Dublonen ein; mit diesem Kapital ging ich in Brasilien ans Land.

Kurze Zeit darauf empfahl mich der Kapitän dem Hause eines Mannes, der ebenso rechtschaffen war, wie er selbst, und eine Zuckerpflanzung mit Siedewerk betrieb. Ich blieb einige Zeit bei ihm und machte mich bald mit dem Verfahren der Zuckerpflanzung vertraut. Dabei hatte ich Gelegenheit, das bequeme Leben der Pflanzer sowie ihren schnell emporblühenden Reichtum zu beobachten, so daß in mir der Wunsch aufstieg, mich ebenfalls als Pflanzer niederzulassen. Ich dachte nun an Mittel, mein in London gelassenes Geld hierher kommen zu lassen, kaufte so viel Land, als meine Mittel erlaubten, und entwarf einen Plan zur Errichtung meiner Pflanzung.

Robinson als Pflanzer.

Drittes Kapitel.

Robinson als brasilischer Pflanzer.

Robinsons Aufenthalt in Brasilien als Pflanzer. — Eine neue Reise. — Schiffbruch.

———

Mein edelgesinnter Kapitän hatte drei Monate auf Ladung ge=
wartet und stand eben im Begriff, die Rückreise anzutreten, als ich
das Gespräch auf das Kapital brachte, welches ich noch in London
stehen hatte. Er erteilte mir den wohlmeinenden Rat: „Senhor
Inglese, gebt mir Vollmacht und legt mir einen Brief bei an die=
jenige Person in London, bei welcher Euer Geld steht. Laßt Eure
Effekten nach Lissabon gehen, die ich als Euer Bevollmächtigter Euch
auf meiner nächsten Reise mitbringen werde. Da aber die mensch=
lichen Dinge tausend Zufälligkeiten ausgesetzt sind, so möchte ich
Euch raten, mir nur eine Anweisung auf 100 Pfund Sterling, als
die Hälfte Eures Vermögens, auszustellen; denn geht diese verloren,
so bleibt Euch doch noch die andre Hälfte.“

Ich nahm diesen Rat an und ließ die Vollmacht für den Por=
tugiesen ausfertigen. Der Witwe des englischen Kapitäns schilderte
ich meine Abenteuer, meine Sklaverei, mein Entrinnen sowie das
Zusammentreffen mit dem portugiesischen Kapitän und dessen
menschenfreundlichen Beistand. Als der Mann nach Lissabon kam,
fand er Mittel, der Frau meines verstorbenen Freundes meinen
Brief zu übersenden, worauf sie ihm nicht nur das bare Geld,
sondern auch ein Geschenk für seine liebevolle Teilnahme einschickte.
Der Kaufmann in London legte diese 100 Pfund in englischen
Waren an, wie ihm der Kapitän aufgetragen hatte, und sandte sie
nach Lissabon ein. Diese Waren nebst allerhand nützlichen Werk=
zeugen überschickte mir der Kapitän; ja sogar einen Diener hatte
er für die fünf Pfund Sterling, die er von der Witwe zum Ge=
schenk erhalten, für mich angeworben mit der Verpflichtung, mir
sechs Jahre zu dienen. Auch der Erlös aus den englischen Manu=
fakturwaren übertraf meine Erwartungen, so daß ich mit meinen
Vermögensverhältnissen vollkommen zufrieden sein konnte. Nun
dachte ich daran, noch einen europäischen Diener zu mieten und
einen Neger zu kaufen. Die Ernte im nächsten Jahre fiel glän=
zend aus.

Wäre ich in den Verhältnissen geblieben, in welchen ich mich
jetzt befand, so hätte ich bis an mein Lebensende ein ruhiges und
beschauliches Glück genießen können. Allein in meinem Kopfe
tummelten sich tausend hochfahrende Unternehmungen. Dergleichen
Pläne sind ja oft das Verderben selbst erfahrener Männer, und
ich sollte das auch empfinden.

Als Pflanzer in Brasilien hatte ich zum Nachbar einen Portu=
giesen aus Lissabon von englischer Herkunft, Namens Wells, dessen
Umstände den meinigen ähnlich waren. Zwei Jahre lang hatten
wir alle Hände voll zu thun, um nur unsern Lebensunterhalt zu
verdienen, aber schon im dritten Jahre ernteten wir Tabak, und im
vierten Jahre gedachten wir Zuckerrohr zu bauen. Ich hatte 50 große
Rollen Tabak, von denen jede 100 Pfund wog, auf meinem eignen
Grund und Boden erbaut und sie für die Rückkehr der Flotte von
Lissabon wohl aufbewahrt. Indes fühlten wir recht drückend den

Mangel an mithelfenden Armen, und ich wünschte mehr als je meinen flinken Xury zurück, der mir recht gute Dienste hätte leisten können.

Da wir die sämtlichen Arbeiten nicht selbst ausführen konnten, blieben wir mit vielem im Rückstande. Es währte nicht lange, da fühlte ich mich in meiner Lebensweise unbehaglich. Natürlich! Ich hatte mich einer Beschäftigung hingegeben, die meiner Wanderlust gerade entgegenlief. Jetzt sah ich ein, daß mein Vater recht hatte, als er mir den Mittelstand als den glücklichsten angepriesen. „Und dies alles", sagte ich häufig zu mir selbst, „hättest du leichter in deinem Vaterlande haben können; manche Leiden hättest du dir erspart, wenn du daheim geblieben wärst! Jetzt mußt du nun hier leben, wo kein Freund an deinem Schicksal teilnimmt."

Während der vier Jahre meines Aufenthalts in Brasilien hatte ich die Landessprache erlernt und ebenso die Bekanntschaft mehrerer Kaufleute in San Salvador gemacht, mit denen ich mich manchmal über meine Jugendschicksale und besonders über die Reisen an der Guineaküste unterhielt. Dabei ließ ich nicht unerwähnt, mit welcher Leichtigkeit man dort durch Austausch von Kleinigkeiten, wie Glasperlen, Spiegeln, Messern, Spielzeug und dergleichen, gegen Goldstaub ein gutes Geschäft machen könne. Besonders aufmerksame Zuhörer hatte ich an jenen Kaufleuten, wenn ich von dem Negerhandel sprach, der damals noch ausschließlich von Spanien und Portugal aus getrieben wurde.

Eines Tages kamen drei jener Kaufleute zu mir, um mir einen Vorschlag zu machen; sie teilten mir mit, sie hätten alle drei gleich mir Pflanzungen, denen es zum besseren Betriebe nur an geeigneten Arbeitskräften fehle. Deshalb wollten sie ein Schiff nach Guinea ausrüsten, nicht etwa um Sklavenhandel zu treiben, sondern um Schwarze aus Afrika zu holen und sie gleichmäßig unter sich zu verteilen. Es sei nur noch die Frage, ob ich als Aufseher des Schiffes mitgehen und den Handel an der Guineaküste leiten wolle. Für die Einwilligung würden sie mich durch einen gleichen Anteil an den Negern entschädigen sowie durch den Vorteil, keine Kosten zu dem Unternehmen beisteuern zu müssen.

Obgleich dieser Vorschlag unrecht war, wie aller Negerhandel, war ich doch so thöricht, darauf einzugehen. Ich stellte nur die Bedingung, daß meine Pflanzung bis zu meiner Rückkehr gut überwacht würde und, falls mir ein Unglück widerführe, demjenigen übergeben werden sollte, den ich als Nachfolger bezeichnete. Zu meinem Universalerben setzte ich den portugiesischen Kapitän ein, unter der Bedingung, daß er die Hälfte meines Vermögens nach England gelangen lassen solle.

Die Ausrüstung des Schiffes ging rasch vor sich; am 1. September 1659, demselben Tage, an welchem ich vor acht Jahren das elterliche Haus verlassen hatte, um mich in Hull einzuschiffen, stachen wir in See. Unser Schiff hatte gegen 120 Tonnen, führte sechs Kanonen und 14 Mann, den Kapitän samt seinem Schiffsjungen und mich eingerechnet. Die Ladung des Schiffes bestand nur aus solchem Tand, der sich am besten zum Handel mit Negern eignet.

Wir steuerten anfangs längs der Küste von Brasilien nordwärts, weil wir beabsichtigten, den 12. Grad nördlicher Breite zu erreichen und dann, wie damals üblich, nach Afrika hinüberzusegeln. Solange wir an der Küste hinfuhren, wurden wir von dem prächtigsten Wetter begünstigt; bei dem Kap St. Augustin verloren wir das Land aus dem Gesicht und steuerten, als wollten wir die Insel Fernando de Naronha erreichen, Nordost bei Nord. Die eben genannte Insel ließen wir aber östlich liegen und passierten nach einer Fahrt von zwölf Tagen die Linie. Bisher hatten wir uns des schönsten Wetters zu erfreuen gehabt, jetzt aber brach ein heftiger Wirbelwind los.

Zwölf Tage hindurch blieben wir ein Spiel der Winde. Dann ließ der Sturm endlich etwas nach; der Steuermann fand, daß wir uns in der Richtung nach der Küste von Guinea oberhalb des Amazonenstromes und nicht weit vom Orinoko befanden. Wir überlegten, was unter diesen Umständen zu thun sei, zumal das Schiff ein Leck bekommen hatte; endlich entschlossen wir uns, nach Barbados zu segeln, indem wir uns weit genug auf offener See hielten, um die Einfahrt in den Mexikanischen Meerbusen zu vermeiden. In vierzehn Tagen konnten wir bei den Karibischen Inseln sein und steuerten deshalb nordwestlich.

Es sollte jedoch anders kommen, als wir dachten. Unter dem 14. Breitengrade erhob sich von neuem ein gewaltiger Sturm und trieb uns weit fort, als plötzlich inmitten aller Schrecknisse der Ruf: „Land! Land!" ertönte. Schon wollten wir sehen, welchem Teile der Welt wir entgegengingen, als ein erneuter heftiger Windstoß unser Fahrzeug auf eine Sandbank trieb.

Die Wogen stürzten schäumend über das Deck, und jeder flüchtete in sein Quartier, um sich vor der Wut des Elementes zu schützen. Der Wind tobte fortwährend heftig, und das Fahrzeug konnte in wenig Minuten zertrümmert sein, wenn es nicht plötzlich umschlug. Am Hinterteil des Schiffes hing unser Boot, sein Steuerruder war zertrümmert und die zerschmetterten Teile tanzten auf den empörten Wellen. Zwar lag noch die Schaluppe an Bord, doch schien es uns unmöglich, dieselbe ins Wasser zu setzen. Die Todesangst zwang uns endlich doch, einen verzweifelten Versuch zu machen, und den vereinten Anstrengungen gelang es, die Schaluppe über Bord zu bringen. Wir sprangen alle hinein und ließen uns — im ganzen elf Personen — von Wind und Wogen treiben, wohin es Gott gefiel.

Wir sahen wohl ein, daß unser Boot bei der hochgehenden See nicht lange aushalten würde. Mit allen Kräften ruderten wir dem Lande zu, aber so schweren Herzens, als ginge es zum Hochgericht; denn wir konnten voraussetzen, daß das Boot, wenn es sich der Küste näherte, von der Macht der Wogen zertrümmert werden würde. So schien es, als ob wir selbst unsern Untergang beschleunigten.

Von welcher Beschaffenheit die Küste vor uns war, ob felsig oder sandig, hoch oder flach — wir wußten es nicht. Der einzige Hoffnungsschimmer, der uns noch winkte, blieb die Möglichkeit, in die Mündung eines Flusses oder eines Meerbusens einzulaufen, wo wir das Wasser ruhiger finden konnten. Allein nichts von alledem, ja, das Land erschien uns, je näher wir kamen, grauenhafter als die See, denn es starrten uns fürchterliche Felsenriffe entgegen. So mochten wir etwa anderthalb Meilen fortgetrieben sein, als eine berghohe Welle hinter unsrer Schaluppe einherrollte,

uns mit sicherem Untergang bedrohend; sie stürzte mit solcher Heftig=
keit auf unser Boot, daß es augenblicklich umschlug. Wir wurden
getrennt und versanken in den Abgrund, Gott um Beistand an=
flehend.

Obgleich ich gut schwimmen konnte, so vermochte ich mich doch
nicht zur Oberfläche emporzuarbeiten, um Atem zu holen, bis end=
lich die Woge, die mich gegen das Ufer hingerissen hatte, sich zurück=
zog und mich auf dem Trockenen zurückließ, freilich zum Tode er=
mattet und außer Atem durch das Wasser, welches ich verschluckt
hatte. Ich fühlte noch so viel Geistesgegenwart und Kraft des
Körpers, daß ich mich aufraffte und, da ich die Küste nahe vor
mir sah, einen Versuch machte, sie zu erreichen, ehe eine andre
Welle mich wieder zurückriß. Meine Widerstandskraft erwies sich
jedoch dem Elemente gegenüber als zu schwach. Ich sah die See
riesengroß, wie einen erbitterten Feind, von neuem gegen mich
heranrauschen und ich hatte keine Kraft mehr, ihr zu widerstehen.
Das Wasser drang an, ich suchte den Kopf oberhalb zu behalten
und schwimmend landeinwärts zu kommen. Doch die Wassermenge
begrub mich viele Meter tief, und ich fühlte, wie ich von ihr nach
dem Ufer gerissen wurde.

Schon war ich dem Ersticken nahe, als ich mit Kopf und
Händen aus dem Wasser emporschoß. Ich faßte neuen Mut, obgleich
ich mich nur zwei Sekunden über Wasser hielt, um Atem zu schöpfen.
Darauf stürzten wieder die Wellen über mich weg, und dann be=
merkte ich, wie sie wieder zurückgingen.

Die letzte Welle hätte mir gefährlich werden können, denn ich
wurde mit solcher Gewalt gegen ein Felsenriff geschleudert, daß ich
fast das Bewußtsein verlor. Jetzt klammerte ich mich fest an das
Felsenstück (S. 31) und hielt den Atem so lange an, bis das Wasser
zurückgegangen war. Nun kletterte ich die Klippen empor und warf
mich auf das Gras, sicher vor dem Anfluten des Wassers und seinen
Gefahren. Ich blickte zum Himmel und dankte inbrünstig dem
Herrn, der mich so wunderbar vom Tode errettet hatte.

Das gescheiterte Schiff lag, von berghohen Wogen umbraust,
in weiter Ferne, und meine Lage kam mir trostlos vor. Ich war

ganz durchnäßt, und doch konnte ich die Kleider nicht wechseln, Hunger und Durst quälten mich, und es fehlten mir Waffen, um durch Erlegung eines Tieres mein Leben zu fristen. So bot sich mir nur die Aussicht, entweder Hungers zu sterben oder von wilden Tieren zerrissen zu werden. Ich hatte nichts weiter bei mir als ein Messer, eine Tabakspfeife und etwas Tabak in einem Beutel; das war mein ganzer Vorrat und — der war naß.

Verzweifelt ging ich einige hundert Schritte vorwärts und fand frisches Wasser, das mich wunderbar erquickte; Nahrungsmittel sah ich indes nirgends und begnügte mich daher, nach Seemannsbrauch, Tabak zu kauen. Die Nacht brach allmählich herein. Schwere, finstere Wolken jagten am Himmel dahin und ließen die Nacht nur um so unheimlicher erscheinen. Der Wind schüttelte die Äste der Bäume, und die Wellen brachen sich tosend an den Klippen. Mich überkam die Furcht vor reißenden Tieren, denen ich waffenlos preisgegeben war.

Da kam mir der Gedanke, mir einen handfesten Stock zur Waffe abzuschneiden und mit diesem mich auf einen Baum emporzuschwingen und darauf die Nacht zuzubringen. Bald versank ich in einen tiefen Schlaf, aus welchem ich erst nach vielen Stunden wiedererwachte.

„Gerettet!"

Viertes Kapitel.

Rettung nach dem Schiffbruch.

Robinson schwimmt an das Wrack. — Erbauung eines Floßes. — Er landet glücklich mit seiner Fracht. — Tägliche Fahrten nach dem Wrack. — Errichtung seiner Wohnung. — Erbeutung von Ziegen. — Robinsons Kalender. — Tagebuch.

Als ich erwachte, stand die Sonne schon hoch am Himmel. Das Wetter war heiter, der Sturm hatte sich gelegt; das Meer war ruhig. Am meisten überraschte mich der Umstand, daß das Schiff durch die Flut gehoben und fast bis zu dem Punkte getrieben wurde, an welchem mich tags vorher die Wogen gegen die

Felsen warfen. Das Schiff war jetzt nur eine halbe Stunde vom
Strande entfernt und schien sich noch aufrecht zu halten. Ich
nahm mir deshalb vor, an Bord zu gehen, um mich mit noch zu
beschaffenden Bedürfnissen zu versehen.

Nachdem ich aus meinem Schlafquartier in der luftigen Höhe
herabgestiegen, bemerkte ich zuerst das Boot, welches etwa eine
Stunde entfernt rechter Hand auf dem Strande lag. Ich suchte
dasselbe zu erreichen, doch hinderte mich daran ein kleiner Meeresarm; ebensowenig vermochte ich zu dem Schiffe zu gelangen.

Am Nachmittag war die Flut bereits so weit zurückgewichen,
daß ich mich bis auf wenige hundert Schritte dem Wrack nähern
konnte. Ich legte meine Oberkleider ab und schwamm dem Schiffe
zu. Als ich indes nahe kam, fand ich eine neue Schwierigkeit; das
Schiff hatte sich auf die Seite gelegt und ragte hoch über das
Wasser empor; daher konnte ich nicht an Bord kommen. Zweimal
schwamm ich um das Fahrzeug herum, ohne etwas zu finden, woran
ich mich hätte in die Höhe arbeiten können. Endlich gewahrte ich
ein Tauende, welches am Vorderteil so weit herabhing, daß ich
daran emporklettern konnte. Oben angekommen, sah ich, daß das
leck gewordene Schiff viel Wasser eingelassen hatte. Es lag auf
einer Schlammbank; das Hinterteil ragte empor, während das
Vorderteil fast ganz vom Wasser bedeckt war. Mein erster Gang
galt der Brotkammer, wo ich zu meiner Freude Mundvorräte in
unverdorbenem Zustande fand. Ich füllte meine Taschen mit
Schiffszwieback und entdeckte dann in der Kajütte Rum, von dem
ich einen tüchtigen Schluck zu mir nahm. Es fehlte mir jetzt nur
an einem Boote, um die mir nötigen Sachen ans Land zu schaffen.
Da beschloß ich, mir selbst ein Floß zu bauen. An Bord fand ich
einige Raaen, zwei oder drei hölzerne Balken und ein paar Bramstengen. Aus der Zimmermannskiste entnahm ich Sägen, Beile,
Hammer und Nägel. Ich warf nun die Holzbalken in das Meer,
nachdem ich sie vorher mit Tauen untereinander verbunden hatte,
damit sie nicht fortgerissen werden konnten. Dann stieg ich an der
Seite des Schiffes hinab und verband die Holzstücke zu einer Art
Floß; hierauf nagelte ich einige Bretter darüber und konnte mich

Robinsons Rückkehr vom Wrack.

3

nun schon darauf wagen. Allein für eine größere Ladung wäre es immerhin noch zu leicht gewesen; ich schnitt deshalb mit der Zimmermannssäge eine der Bramstengen in drei Stücke und verstärkte mit diesen mein Floß. Dann dachte ich daran, wie ich es am vorteilhaftesten befrachten und die Ladung gegen das Wasser sichern könnte. — Zuvörderst brachte ich auf das Floß alle Bretter, deren ich habhaft werden konnte; hierauf füllte ich zwei Matrosenkisten mit Brot, Reis, holländischen Käsen, fünf Stück geräucherten Ziegenfleisches und einem kleinen Rest Roggen und Gerste.

Während ich alle Gegenstände zusammenpackte, begann die Flut zu steigen; ich bemerkte, daß meine Weste und mein Hemd, die ich am Ufer zurückgelassen hatte, davonschwammen. Ich nahm deshalb Bedacht, nach Kleidungsstücken zu suchen, deren ich genug fand; auch dachte ich an Munition und Waffen. In der großen Kajütte waren zwei gute Jagdflinten sowie zwei Pistolen; daneben entdeckte ich einen kleinen Beutel mit Schrot, zwei alte verrostete Degen und etliche Pulverhörner. Ich erinnerte mich, daß drei Pulverfässer auf dem Schiffe waren, aber ich wußte nicht, wo unser Geschützmeister sie hingestellt hatte. Nach vielem Suchen fand ich sie; zwei zeigten sich trocken und gut erhalten, während das dritte durch das Wasser verdorben war; die beiden ersteren samt den Waffen trug ich auf mein Floß. Dann fielen mir noch etliche Ruder in die Hände, die zur Schaluppe gehört hatten, sowie zwei Sägen, eine Axt, ein Hammer und andre brauchbare Werkzeuge. Nunmehr setzte ich mein Floß in Bewegung; etwa eine halbe Stunde weit strich es glatt dahin, nur trieb es ein wenig seitwärts, woraus ich schließen mußte, daß eine Bucht oder die Mündung eines Flusses diese Strömung herbeiführte. In der That zeigte sich bald vor mir eine kleine Öffnung, in welche die Flut mächtig eindrang.

So gut ich konnte, lenkte ich nun mein Floß, um es in die Mitte des Fahrwassers zu bringen. Ich bot alles mögliche auf, indem ich meinen Rücken gegen die Kisten stemmte und zu gleicher Zeit mich bemühte, das Floß richtig zu leiten. Fast eine halbe Stunde mußte ich in dieser anstrengenden Stellung aushalten, bis endlich die steigende Flut mein Floß hob, worauf ich glücklich in

die Bucht einlief. Da aber die Ufer steil emporstiegen, so bemühte
ich mich, mein Floß durch das Ruder wie durch einen Anker fest=
zuhalten, bis die Flut ihre größte Höhe erreicht haben würde.
Später trieb ich auf eine flache Uferstelle und heftete zwei meiner
zerbrochenen Ruder an zwei Enden in den Grund. Auf diese Art
lag ich so lange still, bis die Ebbe wiedereintrat, worauf mein
Floß samt seiner Ladung auf dem Trockenen sitzen blieb.

Ich darf hier nicht vergessen, daß wir an Bord einen Hund
und zwei Katzen hatten. Letztere hatte ich auf das Floß mit=
genommen, der Hund aber war selbst ins Meer gesprungen und
folgte mir schwimmend bis ans Ufer. Dieses anhängliche Tier
blieb jahrelang mein treuer Gefährte und leistete mir wesentliche
Dienste. Es fehlte ihm nur die Sprache, um mir die Gesellschaft
eines Menschen zu ersetzen.

Kaum eine halbe Stunde fern dem Punkte, wo ich mit meinem
Floß gelandet war, erhob sich ein steiler Berg, welcher aus einer
Kette andrer Berge, die sich nach Norden hinzog, am höchsten
emporragte. Ich nahm eine Jagdflinte, eine Pistole und ein ge=
fülltes Pulverhorn, und so bewaffnet erklomm ich die Spitze des
Berges. Von hier aus sah ich erst, daß ich mich auf einer Insel
befand. Nirgends war größeres Land zu sehen, nur in der Ferne
hohe, kaum erkennbare Felsenriffe, und nach Westen zu, etwa zwei
Stunden weit, zwei kleinere Inseln. Allem Anscheine nach war
die Insel, auf der ich mich befand, unbewohnt; auch von wilden
Tieren konnte ich nichts wahrnehmen. Dagegen sah ich eine große
Menge Vögel, deren Gattung ich nicht kannte und die sich vielleicht
zur Speise nicht einmal eigneten. Bei meiner Rückkehr schoß ich
einen großen Vogel, der auf einem Baume saß. Es war wohl
der erste Schuß, welcher hier seit Erschaffung der Welt gefallen.
Denn kaum ertönte der Knall, als sich aus allen Teilen des Ge=
hölzes unzählige Vögel aller Art erhoben und mit wirrem Ge=
schrei durcheinander emporschwirrten. Der erlegte Vogel glich
an Farbe und Gestalt einem Habicht, nur die Form seiner Klauen
war etwas abweichend. Leider erwies sich sein Fleisch als un=
genießbar.

Robinson auf der Vogeljagd.

Ich mußte schon mit den Ergebnissen dieser ersten Entdeckungs=
reise zufrieden sein und kehrte deshalb nach meinem Floß zurück.
Jetzt schiffte ich meine Ladung aus, womit ich den Rest des Tages
verbrachte. Was in der Nacht aus mir werden sollte, wußte ich
noch nicht, denn auf bloßer Erde zu schlafen schien mir bedenklich.

Deshalb verbarrikadierte ich mich mit Kisten und Brettern, die ich ans Land gebracht hatte, und baute mir für die Nacht eine Art Hütte.

Am nächsten Morgen überlegte ich, daß ich aus dem gestrandeten Schiffe wohl noch eine Menge brauchbarer Dinge mir beschaffen könnte, und ich beschloß, wenn möglich, eine zweite Reise nach dem Fahrzeuge zu unternehmen, ehe ein nächster Seesturm das Wrack vollständig zertrümmern würde.

Zu solchem Zwecke beschloß ich, in gleicher Weise wie das erste Mal zu verfahren. Ich ließ meine Kleider in der Hütte zurück und behielt außer dem Hemd nur leinene Beinkleider sowie die Schuhe an. In diesem Anzuge schwamm ich an das Wrack und baute dort schneller als das erste Mal ein geeigneteres Floß zur Aufnahme einer neuen Ladung. Unter den Vorräten des Zimmermanns fand ich ein paar Beutel mit Nägeln und Schrauben, einen großen Bohrer, eine Anzahl Beile und Äxte und einen Schleifstein. Von den Gerätschaften des Kanoniers nahm ich zwei oder drei Hebeeisen, zwei Fäßchen mit Musketenkugeln, sieben Musketen und eine Bergflinte, einen kleinen Vorrat Pulver, einen tüchtigen Beutel mit Schrot und eine große Rolle dünngeschlagenes Blei.

Außerdem eignete ich mir alle Kleidungsstücke an, die ich nur finden konnte, ferner ein Vormarssegel sowie eine Hängematte mit Bettzeug. Reich beladen brachte ich dann das Floß zu meiner Freude glücklich ans Land.

Nun gab es alle Hände voll zu thun, um mittels der Segel und etlicher Pfähle ein Zelt zu errichten, und alles, was etwa durch die Witterung Schaden leiden könnte, unter Dach und Fach zu bringen. Ich stellte leere Fässer, Kisten und Tonnen um das Zelt und umgab mich mit einem Wall, so daß ich mich vor einem ersten Angriff oder Überfall von Menschen oder Tieren gesichert glauben durfte. Auch verschloß ich den Eingang mit Brettern, breitete eine der Matratzen auf den Boden, legte zwei Pistolen an das Kopfende, eine geladene Flinte längs der Seite des Lagers und schlief zum erstenmal wieder in behaglicher Weise ungestört bis zum Morgen.

Am dritten Tage begab ich mich wiederum an Bord des Wracks. Diesmal nahm ich alle Taue, Stricke und Schnüre mit, die noch aufzufinden waren, ebenso ein großes Stück Zeug zum Ausbessern der beschädigten Segel sowie das Faß mit dem naß gewordenen Pulver. Natürlich ließ ich auch die Segel nicht zurück, die mir später trefflich zu statten kamen. Die größte Freude verursachte es mir jedoch, als ich eine große Tonne mit Brot, drei Fässer voll Rum, eine Kiste Zucker und eine Tonne mit feinem Mehl entdeckte. Auch diesmal brachte ich meine Ladung unversehrt ans Land.

So unternahm ich regelmäßig meine täglichen Ausfahrten und hatte in zwölf Fahrten alles von dem gestrandeten Schiffe geborgen, was ich auf meinem kleinen Floß fortbringen konnte. Als ich mich zum letztenmal auf dem Schiffe befand, entdeckte ich noch in der Schublade eines kleinen Tisches einige Rasiermesser, über ein Dutzend Tischmesser, Gabeln und Löffel, sowie europäische und brasilische Gold- und Silbermünzen im Werte von 40 Pfund Sterling (800 Mark). Ich konnte mich bei dem Funde eines spöttischen Lächelns nicht erwehren. „Was soll mir doch“, dachte ich zunächst, „dieses glänzende Metall nützen? Ein einziges Messer ist mir nützlicher als all das Gold und Silber! Lohnt es sich wohl der Mühe, es nur vom Boden aufzuheben? Ich brauche es nicht; mag es bleiben!“ Aber schon nach wenigen Augenblicken besann ich mich eines andern, wickelte das Geld in ein Stück Leinwand und machte mich dann an die Errichtung des Floßes.

Während ich mit dieser Arbeit beschäftigt war, erhob sich ein starker Wind vom Lande her, und den Himmel überzogen schwere, dunkle Wolken. Ich sah wohl ein, daß keine Zeit zu verlieren war, daher sprang ich ins Wasser und erreichte schwimmend glücklich das Ufer. Immer heftiger blies der Wind und immer hohler gingen die Wogen der See; ich aber saß wohlgeborgen in meinem kleinen Zelte — jetzt noch ein Krösus unter meinen Reichtümern. Die ganze Nacht hindurch hatte der Sturm mit solcher Heftigkeit getobt, daß am Morgen von dem gestrandeten Schiffe nichts mehr zu erblicken war. Nur bei tiefstem Wasserstande konnte man dürftige

Trümmer des Wracks aus den Fluten emporragen sehen. Zunächst war ich nicht wenig bestürzt; dann aber schlug ich mir das ganze Schiff aus dem Sinne, indem ich mich damit tröstete, die wertvollste Habe, selbst die Tiere, die ich noch lebend gefunden, in mein neues Standquartier gerettet zu haben.

Darüber konnte ich freilich nicht im Zweifel sein, daß meine Wohnung nur den ersten Anforderungen genüge, denn sie befand sich in der Nähe der Küste auf feuchtem Boden. Aber was sollte ich nun zum Aufenthalt wählen? Ein Zelt oder eine Höhle? — Vielleicht beides! Ich begab mich wiederum auf Entdeckungsreisen und gelangte an einen Hügel, dessen eine Seite eine hohe senkrechte Felsenwand bildete. Diese erschien mir geeignet, Schutz vor feind= lichen Menschen und Tieren sowie vor glühenden Sonnenstrahlen zu gewähren. Außerdem bot sich mir von dieser Stelle auch die Aussicht auf das weite Meer, so daß ich jedes vorbeisegelnde Schiff erblicken konnte. Am Fuße der Felswand bemerkte ich eine Ver= tiefung, die jedoch keine eigentliche Höhle genannt werden konnte. Ihr unmittelbar gegenüber wählte ich meine Wohnstätte auf dem oberen Teile der Fläche. Diese Ebene war ansehnlich breit und dehnte sich noch einmal so lang wie ein grüner Rasenteppich vor meinem Zelte aus. Da sie auf der Nordwestseite des Hügels lag und den kühlenden Winden freien Zutritt gestattete, so sah ich mich auch vor der glühenden Hitze des tropischen Himmels geschützt.

Ehe ich mein Zelt aufschlug, beschrieb ich vor der Höhlung einen Halbkreis, der etwa 9 Meter vom Felsen aus enthielt. In diesen Halbkreis rammte ich, je 16 Zentimeter voneinander, zwei Reihen Pfähle so fest in die Erde ein, daß sie wie Säulen standen; sie ragten anderthalb Meter über den Boden empor und waren oben zugespitzt. Hierauf legte ich die Tauenden, die ich auf dem Schiffe abgeschnitten hatte, zwischen diese beiden Palissadenreihen auf der Spitze übereinander und stemmte von der Seite andre Pfähle dagegen, so daß weder Menschen noch Tiere diesen Zaun zu durchbrechen vermochten.

Der Eingang bestand nicht in einer Thür, sondern ich mußte mit Hilfe einer Leiter darüber klettern. In diese Zaunfestung nun brachte ich mit unendlicher Anstrengung alle meine Reichtümer und errichtete dann ein geräumiges Zelt, das ich doppelt fertigte, indem ich über die untere Zeltdecke noch eine obere spannte. Diese letztere bedeckte ich wiederum mit beteerter Leinwand, welche ich unter dem Segelwerk des Wracks gefunden hatte. Statt auf niederer Erde zu

Robinson erlegt die erste Ziege.

schlafen, wie in meinem ersten Quartier, streckte ich mich jetzt behaglich in derselben Hängematte, in welcher sich früher der Kapitän gewiegt hatte.

Meine nächste Arbeit galt nun der Aufgabe, den Felsen weiter auszuhöhlen, um dort alle jene Lebensmittel und sonstigen Gegenstände unterzubringen, die ich gegen Nässe schützen mußte. Diese

Beschäftigung nahm mich mehrere Tage in Anspruch; doch ehe noch alles zustande gekommen war, trat ein Ereignis ein, das mich zu großer Vorsicht mahnte.

Eines Tages stand ein schreckliches Gewitter am Himmel, und der Regen ergoß sich in Strömen auf den Erdboden. Da fuhr plötzlich ein blendender Blitz hernieder und erhellte die Landschaft auf einige Sekunden mit blaurotem Licht. „Mein Pulver, mein Pulver!" dachte ich. Mein Herz pochte mit gewaltigen Schlägen; dann ließ ich alle andern Arbeiten im Stich und beschäftigte mich damit, meinen Pulvervorrat in kleine Pakete zu teilen und in Kistchen und Beuteln wohl zu verwahren. So hatte ich 240 Pfund in etwa hundert verschiedene Päckchen gesondert und jedes derselben vorsichtig so weit von dem andern entfernt gestellt, daß, wenn sich auch unglücklicherweise eines derselben entzündete, doch die übrigen nicht zugleich in die Luft fliegen konnten.

Bei meinem ersten Morgenspaziergange, welchen ich, mit einer Flinte bewaffnet, unternahm, um irgend etwas Eßbares zu schießen, machte ich die erfreuliche Entdeckung, daß die Insel mit zahlreichen Ziegen bevölkert war; doch zeigten sie sich so scheu und schnellfüßig, daß ich mich ihnen nicht auf Schußweite nähern konnte. Ich hatte beobachtet, daß sie stets erschreckt davonliefen, wenn sie vom Berge herab mich im Thale bemerkten; weideten sie jedoch im Thale und ich selbst stand auf dem Felsen, so nahmen sie keine Notiz von mir. Dies brachte mich auf die Vermutung, daß jene Tiere wohl leicht von oben herab, aber schwer von unten nach oben sehen könnten. Um zu erfahren, ob meine Vermutung richtig sei, stieg ich auf einen Berg, während unten die Herde graste. Mit dem ersten Schuß, den ich abfeuerte, erlegte ich eine Ziege, die ein Junges bei sich hatte. Als ich mich dem getöteten Tiere näherte, um es aufzuheben, blieb jenes ganz harmlos stehen, ja es folgte mir freiwillig in mein Zelt. Ich hoffte, das Junge aufziehen zu können; doch da es keinerlei Futter annehmen wollte, so sah ich mich genötigt, es zu schlachten und zu verzehren. Durch diese beiden Tiere war ich auf etliche Tage hinlänglich mit gutem Fleisch versehen und sparte dadurch an meinem Vorrat, welchen ich vom Schiffe gerettet hatte.

Einige Zeit nach meiner Landung dachte ich daran, eine Zeit=
rechnung aufzustellen, um in der Tag= und Monatsfolge nicht
ganz irre zu werden und ebenso den Sonntag nicht mit den Werk=
tagen zu verwechseln. Da ich weder Papier, noch Tinte, noch
Federn besaß, verfiel ich auf die Abfassung einer Art Kalender.

Ich rammte einen viereckigen Pfahl in die Erde und befestigte
an dessen oberen Teil in Gestalt eines Kreuzes eine länglich vier=
eckige Tafel; nach den Berechnungen, die ich anstellte, war ich am
30. September 1659 an dieser Insel angelangt, die etwa 9° 22'
nördlich vom Äquator gelegen sein mußte; deshalb schnitt ich auf
die Tafel mit großen Buchstaben ein:

„Hier landete Robinson Crusoe am 30. September 1659."

An jedem neuen Tage machte ich an der Kante des Pfahles einen
Messereinschnitt, deren siebenter, länger als die übrigen, den Sonn=
tag bezeichnete. Der erste Tag eines Monats wurde durch einen
stärkeren größeren Schnitt angemerkt. So ging es eine längere
Zeit fort, während welcher ich emsig an der Vergrößerung meiner
Höhle arbeitete, auch einen Tisch und einen Stuhl fertigte. Dabei
kamen mir noch allerhand Dinge zu statten, die ich nicht einzeln,
sondern in Kästen und Säcken verpackt vom Wrack abgeholt hatte.
So fand ich mehrere Kompasse, mathematische Instrumente, Fern=
gläser, Seekarten, deren Nützlichkeit mir in meiner damaligen Lage
nur wenig einleuchtete. Was mich aber in eine freudige Aufregung
versetzte, war der Fund eines vollständigen Schreibzeuges. Nun
fühlte ich mich in meiner Einöde nicht mehr so verlassen wie vor=
her, konnte ich doch dem Papiere alle meine Gedanken und Eindrücke
anvertrauen. Also begann ich ein Tagebuch anzulegen und schrieb
meine Lebensgeschichte seit dem 30. September nieder. Leider hatte
ich in meinem Tagebuche gar bald ein Ereignis zu verzeichnen,
das leicht unglücklich für mich hätte ablaufen können. Ich schrieb
darüber die nachstehenden Zeilen nieder:

Am 10. Dezember. — Ich hatte an der Vergrößerung meiner Höhle
gearbeitet, die Erdarbeiten waren glücklich von statten gegangen, meine Arbeit
schien beinahe vollendet; da stürzte plötzlich unter furchtbarem Gekrach eine ge=
waltige Erdmasse von der Decke und von einer Seite nieder. Jedenfalls hatte

ich meine Minierarbeit zu weit ausgedehnt und dadurch den Einsturz selbst veranlaßt. Ein Glück war's, daß ich mich in demselben Augenblicke nicht in der
Höhle befand, sonst wäre ich unzweifelhaft mein eigner Totengräber geworden.

Die Wiederherstellungsarbeiten — die Reinigung des Ganges, die
Unterstützung der Decke — nahmen eine geraume Zeit in Anspruch.

Am 27. Dezember. — Die Tage des Weihnachtsfestes verliefen sehr
traurig; es regnete unaufhörlich, und so blieb ich in das Innere meiner Hütte
gebannt. Da tauchten die trauten Bilder der Heimat und der fröhlichen Jugend-
zeit mit schmerzlicher Sehnsucht in mir auf, und ich überließ mich willenlos
gaukelnden Träumen, die mich hinübertrugen weit übers Meer an Englands
Küste und in das Vaterhaus, in welchem die Eltern gewiß weinend des ver-
schollenen Sohnes gedachten. Meine Wehmut löste sich in ein inbrünstiges
Gebet auf zu dem, der alles herrlich hinausführt; allmählich zog Trost ein in
mein banges Herz.

Am zweiten Tage nach Weihnachten klärte sich das Wetter,
und eine erfrischende Brise kräuselte die Wogen des Meeres. Ich
streifte in mein Revier hinaus und schoß eine junge Ziege; eine
andre verwundete ich nur, fing sie deshalb und führte sie in meine
Hütte. Dort verband ich ihr den verwundeten Fuß, legte ihr
Schienen an und pflegte sie auf das sorgsamste. Unter meiner
ärztlichen Behandlung gedieh das Tier ganz vortrefflich und wurde
mit der Zeit so zahm, daß es bei meiner Wohnung behaglich graste,
ohne davonzulaufen.

Robinson im Gebet.

Fünftes Kapitel.

Robinsons Tagebuch.

Neujahr. — Sicherung der Hütte. — Wilde Tauben. — Beleuchtung. — Getreideähren. — Erd‑
beben. — Schleifstein. — Ein Fäßchen Pulver. — Zertrümmerung des Wracks. — Fischjagd. —
Schildkröten. — Krankheit. — Nächtlicher Traum. — Fieber. — Reuige Betrachtungen. — Wieder‑
herstellung durch Tabak. — Bibelfund. — Pflanzen und Früchte im Innern der Insel. — Bau
eines Landhauses. — Die Katze und ihre Jungen. — Jahrestag der Landung. — Ernteerfolge.

~~~~~~~~~

Zum neuen Jahre, am 1. Januar 1660, beglückwünschte ich
mich selbst. Es ist freilich ein Neujahr auf einer öden Insel, und
ich verlassen von allen menschlichen Wesen! Doch nicht verzagt,
Robinson! Mutig in die Zukunft geblickt!

Ich hing meine Flinte über die Schulter und wanderte nach
dem Innern der Insel. Die Hitze war gewaltig, denn bekanntlich

ist im Januar unter den Tropen ebenfalls heiße Jahreszeit; so
sah ich mich genötigt, wiederholt unter dem Schattendache belaubter
Bäume auszuruhen. Den ganzen Tag wanderte ich umher. Allmählich nahte der Abend heran, nachdem ich mehrere liebliche Thäler
durchschritten hatte, die sich nach dem Herzen des Eilandes verliefen.
Hier sah ich an verschiedenen Plätzen zahlreiche Herden von Ziegen
weiden; aber so oft ich auch versuchte, mich diesen Tieren zu nähern,
immer wußten sie mit schlauer List zu entrinnen. Deshalb beschloß
ich am andern Tage, meinen Hund mitzunehmen und ihn auf die
Ziegen zu hetzen, um womöglich mehrere lebendig in meine Gewalt
zu bekommen und sie wie Hausvieh an mich zu gewöhnen. Ich
hatte indes die Rechnung ohne den Wirt gemacht; denn als ich am
nächsten Tage meinen Phylax auf eine Herde losließ, kehrten sich
die Tiere plötzlich gegen den Hund um, dieser aber verspürte keine
absonderliche Lust, mit den hörnernen Waffen der Langbärte Be-
kanntschaft zu machen. Er schmiegte sich furchtsam an mich, und
so ließ ich die Sache einstweilen ruhen.

Bis gegen die Mitte des Monats April beschäftigten mich die
Arbeiten für eine bessere Umzäunung meiner Burg; während dieser
Zeit hatte mich der Regen oftmals gezwungen, mehrere Tage hintereinander mit meinen Befestigungskünsten einzuhalten. Daß mir
die Herrichtung jedes einzelnen Pfostens große Schwierigkeiten verursachte, kann man sich wohl denken, zumal die Pfähle weit aus
dem Innern der Insel zu holen waren und die Einrammung meine
Kräfte stark in Anspruch nahm.

Einst traf ich eine Art wilder Tauben, welche nicht wie die
andern Holztauben ihre Nester auf Bäumen bauen, sondern nach
Art der Erdschwalben in den Ritzen des Gesteins nisten. Ich nahm
einige der Jungen aus und fütterte sie groß; als ihnen jedoch später
mit den wachsenden Flügeln der Mut gewachsen war, flogen sie
davon, ihren alten Heimatssitzen zu.

Obwohl ich viele Dinge besaß, die mir in meiner Einsamkeit
trefflich zu statten kamen, so empfand ich doch nicht selten aufs
schmerzlichste den Mangel an Beleuchtung. Ein guter Gedanke
leitete mich auf das Fett der Ziegen, welches ich bisher nur verspeiste.

Robinson und seine Ziege.

Ich sammelte das Fett in ein irdenes, an der Sonne getrocknetes Gefäß und verfertigte mittels eines von Kabelgarn bereiteten Dochtes mir eine Art Kerzen.

Während dieser Zeit hatte ich eine freudige Überraschung eigentümlicher Art. Wenige Schritte von meiner Festung bemerkte ich zehn oder zwölf Ähren Gerste und außer diesen etliche Weizen- und Reishalme. Wie mochten jene Getreidearten nach diesem Eiland und in dieses Klima gekommen sein? Unwillkürlich kam ich auf den Gedanken, daß die Vorsehung Gottes hier ein Wunder zugelassen habe. Endlich erinnerte ich mich, daß ich während der Regenzeit an dieser Stelle jenes Säckchen ausgeschüttet hatte, in welchem sich noch einige kümmerliche Reste der durch die Ratten benagten Gersten-, Weizen- und Reiskörner befanden. Jenes Säckchen hatte ich mittlerweile zum Pulverbeutel benutzt.

Mit dieser natürlichen Erklärung des Wunders regte sich bei mir erst recht das Gefühl der Dankbarkeit gegen Gott. Hatte ich doch alle Ursache, die Erhaltung dieser wenigen Körner als ein besonderes Zeichen seiner Güte anzusehen.

Die Umhegung meiner Hütte war um Mitte April nun vollendet, und ich glaubte mich jetzt für hinreichend geschützt halten zu können. Aber schon am nächsten Tage hätte nicht viel gefehlt, und es wären fast alle meine Arbeiten, die Frucht so langer Zeit und so vieler Mühen, zerstört worden.

Ich war gerade hinter meinem Zelte mit einer Arbeit beschäftigt, als plötzlich der Boden anfing zu erzittern. Von der Decke der Höhle fiel Schutt nieder, die Stützen der Mauern wankten und stürzten mit fürchterlichem Gekrach zusammen. Aus Furcht, unter den Trümmern begraben zu werden, legte ich eiligst die Leiter an und sprang über die Palissaden hinüber. Kaum hatte ich den Erdboden erreicht, so sah ich, wie eine ziemliche Strecke von mir entfernt ein mächtiger Felsblock sich von einem der Berge ablöste und mit donnerähnlichem Getöse in die wildbrandenden Wogen hinabrollte. Noch nie hatte ich ein so heftiges Erdbeben erlebt; meiner Sinne nicht mächtig, war ich unter einem Baume niedergesunken und unwillkürlich rief ich: „Herr Gott, erbarme dich meiner!"

Zwar faßte ich wieder etwas Mut, aber die Luft wurde immer schwerer, der Himmel umzog sich mit dichten Regenwolken, und es erhob sich ein Wind, der bald zum schrecklichen Orkan anwuchs. Die See kochte, der Schaum kräuselte sich in wildem Tanze auf ihrer Oberfläche, und die Fluten stürzten brausend an die Ufer. Nach drei Stunden ließ das Toben nach, und ein heftiger Regen strömte hernieder. Jetzt erst fiel mir ein, daß Wind und Regen die Folgen des Erdbebens seien und daß sie das Ende desselben anzeigen könnten. Durch diesen Gedanken ermutigt, kehrte ich nach meinem Zelte zurück und flüchtete ganz durchnäßt in die Höhle, obwohl ich noch immer befürchtete, es möchte die Decke über mir zusammenbrechen.

Der Regen währte die ganze Nacht und den größten Teil des folgenden Tages, was mich am Ausgehen verhinderte. Es drängte sich mir der Gedanke auf, daß ich mich durchaus nach einer andern Wohnung umsehen müßte; denn wie leicht konnte mich die Wiederholung eines Erdbebens lebendig unter den Trümmern meiner Höhle begraben! Da ich aber sah, wie alles um mich her sich in schönster Ordnung befand, wie ich eigentlich sicher und bequem wohnte, und als ich an die unsägliche Mühe dachte, welche mir die Einrichtung meines kleinen Festungswerkes verursacht hatte, so konnte ich mich nur schwer dazu entschließen, meinen jetzigen Aufenthalt zu ändern. Ich zog es daher vor, einstweilen noch in meiner alten Wohnung zu bleiben, bis ich eine neue errichtet hätte, und begnügte mich damit, vor der Hand den herabgefallenen Schutt herauszuschaffen.

Vor der Ausführung meiner Pläne prüfte ich meine drei starken Äxte sowie mehrere kleine Beile. Diese waren durch das Fällen und Behauen des harten Palissadenholzes so schartig und unbrauchbar geworden, daß ich sie in solchem Zustande nicht mehr benutzen konnte. Da blitzte ein Gedanke in mir auf: ich besaß ja einen Schleifstein. Aber wie ihn drehen? Nach langem Sinnen glückte es mir, eine Trittvorrichtung zu vollenden, welche ich mit dem Fuße in Bewegung setzen konnte, während mir beide Hände frei blieben. Und nun wurde ich der eifrigste Schleifer, der nur jemals gefunden werden kann.

Als ich einige Tage darauf, am Morgen des ersten Maitages, bei niederem Wasserstande nach dem Meere hinausschaute, gewahrte ich einen Gegenstand, der wie ein Fäßchen aussah und sich als eine kleine Tonne nebst einigen Trümmern unsres Schiffes erwies, dessen Lage sich durch den letzten Sturm verändert hatte, denn sein Rumpf ragte höher aus dem Wasser hervor. Das Vorderteil steckte nicht mehr im Sande, sondern stand zwei Meter über der Wasserfläche empor. Das Kastell, von dem übrigen Teile losgerissen, lag auf der Seite, und Berge von Sand hatten sich um das Schiff herum aufgehäuft, so daß ich jetzt zur Zeit der Ebbe trockenen Fußes zu dem Wrack gelangen konnte. Ich begriff sehr bald, daß diese Veränderung durch das Erdbeben veranlaßt war. Die Gewalt desselben hatte ohne Zweifel das Schiff noch mehr zertrümmert, denn täglich spülte die Flut abgelöste Stücke ans Land. Ich wälzte die gefundene Tonne weiter an das Ufer und fand nach Eröffnung derselben, daß sie Pulver enthielt.

Am 3. Mai ging ich mit einer Säge an das Wrack und durchschnitt einen Balken, der augenscheinlich einen Teil des Oberdecks trug. Hierauf räumte ich, so gut es ging, den Sand fort, sah mich aber genötigt, die Arbeit einzustellen, da die Flut zu steigen begann. Den nächsten Tag versuchte ich zu angeln. Zwar hatte ich keinen Angelhaken, nahm aber ein Stück gekrümmten Eisendraht an einer langen, aus aufgedrehten Tauen gemachten Schnur; ich fing auch eine Menge Fische, unter andern einen jungen Delphin. Später wiederholte ich diese Fischjagden öfters, trocknete meistens die gefangene Beute und aß sie gedörrt.

Fast täglich arbeitete ich nun auf dem Wrack, brach Bretter los, schlug eiserne Bolzen und andre Stücke von demselben Metall heraus und fand auch neben mancherlei andern verwendbaren Dingen eine Rolle Blei, von welcher ich kleine Stücke abschlug, um diese einzeln in meinen Gewahrsam zu schaffen.

Während der ganzen Nacht des 16. Mai blies der Wind so heftig, daß die Reste des gestrandeten Schiffes fast ganz zertrümmert wurden. Die Flut trieb Kisten, Zimmermannsholz und Deckplanken an das Ufer, und der Holzvorrat, welchen ich am Lande aufgestapelt

hatte, war zu einem solch ansehnlichen Haufen angewachsen, daß ich
davon eine Barke hätte erbauen können, wenn ich nur einen Begriff von Schiffbaukunst gehabt hätte. Auch ein Faß mit Schweinefleisch kam ans Land geschwommen; ich hätte dasselbe gern gegessen,
mußte jedoch auf den Genuß verzichten, weil es durch das ein-
gedrungene Seewasser gänzlich ungenießbar geworden war.

Als ich eines Morgens im Monat Juni früh am Ufer des
Meeres entlang ging, sah ich eine große Schildkröte, die erste,
welche ich fand. Ich tötete und zerlegte sie, und ihr Fleisch, das
ich kochte, schien mir das angenehmste und saftigste zu sein, das ich
je gegessen. Hatte ich mich doch seit meiner Ankunft auf der Insel
auf das Fleisch wilder Ziegen und Vögel beschränken müssen!

Bald darauf, in den letzten Tagen des Juni, kam eine schwere
Prüfung über mich. Ich fühlte starkes Frösteln und brachte die
Nächte zum Teil schlaflos zu. Hierzu gesellten sich heftige Kopf-
schmerzen. Das Fieber mit abwechselndem Frost und Schweiß
hatte mich gepackt, so daß ich leider den ganzen Tag über, ohne
Speise und Trank zu genießen, an mein Lager gefesselt war. Mich
quälte unsäglicher Durst, doch hatte ich nicht Kraft genug, um mir
Wasser zu holen. Nach langer Zeit richtete ich wieder einmal meine
Gedanken auf Gott, alle meine Sinne waren so eingenommen, daß
ich nichts weiter ausrief als: „O Gott, sieh gnädig auf meine
Not, erbarme dich meiner!" Endlich schlief ich vor Ermattung
ein. Erst spät in der Nacht erwachte ich und fühlte mich um vieles
besser, nur wurde ich durch heftigen Durst gequält. Da ich indes
keinen Tropfen Wasser in meiner Wohnung hatte, so mußte ich
auf dieses Labsal verzichten und schlief endlich wieder ein.

Während dieses zweiten Schlafes hatte ich einen fürchterlichen
Traum. Mir war es, als säße ich außerhalb der Umzäunung auf
dem Boden an der Stelle, wo ich dem Ausgange des Erdbebens
entgegensah. Da stieg aus einer großen grauschwarzen Wolke ein
Riese herunter, den leuchtende, mich brennende Flammen umgaben.
Lange schlängelnde Blitze durchzuckten die Luft, und als seine Füße
den Erdboden berührten, erbebte die Erde in ihren innersten Grund-
festen. Er schwang einen langen Speer, den er in der Hand trug,

gegen mich und sprach mit drohender Donnerstimme: „Da so viele Warnungen dich nicht zur Reue erweckt haben, so stirb jetzt, Elender, von meiner Lanze durchbohrt!"

Robinson, von Reue erfüllt.

Bei diesen Worten schreckte ich aus meinem Traume auf, und noch lange Zeit nach meinem Erwachen konnte ich mich kaum über= zeugen, daß alles nur ein Traum gewesen sei.

Leider hatten die Worte dieser nächtlichen Erscheinung nur Wahrheit ausgesprochen, denn ich war ein gefühlloser Mensch, der

4*

eigentlich gar keine Gottesfurcht empfand. Die guten Lehren meines
Vaters waren längst während der acht Jahre vergessen, in denen
ich fast nur mit gottlosen Leuten verkehrt hatte. Niemals hatte
ich daran gedacht, das Mißgeschick, das mich in so vielfachen Ge=
stalten traf, als eine gerechte Strafe des Himmels anzusehen.
Solange ich in Afrika als Gefangener lebte, hatte ich mich kaum
ein einziges Mal an Gott um Beistand gewendet, auch dann nicht,
als ich mit Xury den gefahrvollen Fluchtversuch ausführte. Als
ich hierauf von dem portugiesischen Kapitän aufgenommen ward,
regte sich kein Gefühl der Dankbarkeit für eine so wunderbare
Rettung. Ja, als ich später nackt und hilflos auf dieses Eiland
geworfen wurde, fühlte ich nicht einmal Reue über die Verhärtung
meines Gewissens, sondern hatte nur Klagen darüber, daß ich zu
nichts als zum Unglück auf der Erde bestimmt sei.

Zwar regten sich damals, als ich mich gerettet aus Sturmes=
fluten und wohlbehalten auf der Insel wiederfand, Gefühle in
mir, die einem Danke für Gottes Güte gleichen mochten; allein sie
endeten nur als Äußerungen der Freude, Gefühle des wechselnden
Augenblicks. Ich dachte nur daran, mich gegen den Hunger zu
schützen, und trug lediglich Sorge für meinen Unterhalt und um
meine Verteidigung.

Nur vorübergehend hatte die Entdeckung des aufsprossenden
Getreides mein Gemüt dankbar gestimmt; ebenso vorübergehend nur
war ich durch die Furchtbarkeit des Erdbebens an Gottes Allmacht
gemahnt worden. Erst die Heftigkeit des Fiebers, die ganze Hilf=
losigkeit meiner Lage preßten mir Thränen aus und riefen die
Stimme meines Gewissens wach. „Jetzt", sagte ich mir, „jetzt ist
die Prophezeiung deines Vaters in Erfüllung gegangen; niemand
ist um mich, der mir Trost und Beistand gewähren könnte. O
meine guten Eltern, hätte ich doch eure Ermahnungen beachtet und
der Heimat nicht lebewohl gesagt. O Gott, bei dem da ist alle Kraft
und alle Barmherzigkeit, verlaß mich nicht, denn mein Elend ist groß!"

So betete ich nach langer Zeit inbrünstig zum erstenmal.
Nachher ließ der Fieberanfall nach, obgleich der Traum der ver=
gangenen Nacht noch lange einen großen Schreck in mir zurückließ.

Ein Viertelstündchen der Erholung benutzte ich dazu, um eine Flasche mit Wasser sowie etwas Rum vor mein Lager zu stellen; auch röstete ich auf Kohlen ein Stück Ziegenfleisch, doch wollte es mir noch nicht recht munden.

Hierauf unternahm ich einen Spaziergang ins Freie, konnte aber wegen Ermattung nur eine kleine Strecke zurücklegen. Auf einem Felsenstück ließ ich mich nieder, von welchem das Auge weit über den jetzt ruhigen Spiegel des Meeres schweifen konnte. Da tauchten Gedanken in mir auf: „Wer ist es, der alle diese Dinge, Meer, Himmel und Erde, geschaffen hat? Und wer erhält und lenkt sie unwandelbar? Ist es nicht Gott, der alles weiß und sieht? Ja, er sieht auch mich. Durch seinen Willen, ohne den nichts geschieht, lebe ich auf diesem Eiland; ich ergebe mich in seine Fügung, der Herr wird es wohl machen!"

Diese Betrachtungen flößten mir Trost ein, und ich kehrte nachdenkend in meine Wohnstätte zurück. Noch vor derselben fiel mein Blick auf die von der Sonne goldig gebräunten Ähren, welche jetzt harte Körner trugen. Ich pflückte die Stengel, nahm sorgfältig die Frucht aus den Rispen und bewahrte sie für die kommende Säezeit auf.

Dieser Ausgang hatte mich mehr angegriffen als ich gedacht, und es überkam mich die Furcht, aufs neue vom Fieber geschüttelt zu werden. Da fiel mir ein, daß die Brasilianer fast alle ihre Krankheiten mit Tabak kurieren. Sofort ging ich nach dem Keller, wo ich einen ziemlichen Vorrat in einer Kiste aufbewahrte. Gott selbst mußte mir diesen Gedanken eingegeben haben; denn neben dem Tabak fand ich auch jene drei Bibeln, die mir von England nach Brasilien geschickt waren. Welch ein kostbarer Fund!

Wie aber sollte ich den Tabak gebrauchen? Ich wußte es nicht und versuchte es daher auf verschiedene Weise. Zuerst kaute ich ein Stückchen von dem Blatte; dann ließ ich ein andres zwei Stunden lang in Rum liegen, um davon zu trinken, und als dritte Heilmethode verbrannte ich ein Blatt auf Kohlen und hielt |die Nase darüber, um den beißenden Dampf in vollen Zügen einzuatmen. Die Pausen, welche zwischen diesen drei Bereitungen lagen, suchte ich durch Lesen in der Bibel auszufüllen; allein die Betäubung durch meine etwas sonderbare Medizin ließ mich nur eine Stelle erkennen, auf welche meine Augen zuerst gefallen waren: „Rufe mich an in der Not, so will ich dich erretten, und du sollst mich preisen!" Diese Worte, so ganz auf meine gegenwärtige Lage passend, machten einen überwältigenden Eindruck auf mich. O wie sehnte ich mich jetzt nach der Heimat zurück, aber lange, lange Jahre sollten noch vergehen, ehe sich dieser Wunsch verwirklichte.

Der Genuß des durch Tabak gebeizten Rums versetzte mich in einen Zustand ungewöhnlicher Betäubung; ich verfiel bald in einen so tiefen Schlaf, daß ich erst am andern Tage nachmittags erwachte. Ja, ich mußte sogar glauben, daß ich noch einen ganzen Tag verschlafen habe, denn es fehlte mir in der Folge ein voller Tag in meiner Zeitrechnung. Indessen fühlte ich mich merklich wohler, und es stellte sich auch wieder ein tüchtiger Hunger ein. Ich bereitete mir daher eine kräftige Suppe von saftreichem Schildkrötenfleisch und genas von dieser Zeit an täglich mehr, obgleich ich am 2. Juli noch einmal zu meiner Arznei, einer Dosis Tabak, greifen mußte.

So fand ich denn auf seltsame Weise die erwünschte Besserung — durch ein Mittel, für dessen ganz unfehlbare Heilkraft ich nicht immer einstehen möchte. Obwohl ich noch schwach und abgemagert war, so versäumte ich doch nicht, mit meinem stets geladenen Gewehr kleine Ausflüge in mein „Königreich" zu unternehmen. Einmal stieß ich hierbei auf herrlich grüne Wiesengründe, die ich vorher noch nicht bemerkt hatte. Ich fand daselbst Tabakspflanzen mit langen, starken Stengeln, eine Gattung Aloe und Zuckerrohr. Hernach kam ich in einen waldigen Grund, wo ich mancherlei eßbare Früchte traf, namentlich saftige Melonen am Boden liegend, und eine Art wildwachsender Weintrauben, welche in vollster Reife aus Rebenlaub hervorschauten, das sich von Baum zu Baum üppig weiterrankte. Diese Trauben sammelte ich, um sie an der Sonne zu trocknen; denn ich mochte die Frucht nicht in frischem Zustande genießen, da ich mich erinnerte, daß mehrere englische Sklaven, die zu viel davon genossen hatten, während meines Aufenthalts in der Berberei an der Brechruhr gestorben waren.

Meine Entdeckungsreise hatte mich so sehr in Anspruch ge=
nommen, daß mich der Abend überraschte, ehe ich es gemerkt hatte.
Auch fühlte ich mich zu abgespannt, um wieder nach meiner Burg
zurückkehren zu können. So schlief ich zum erstenmal außerhalb
meiner Wohnung. Wie am Tage meiner Landung auf der Insel,
kletterte ich auch heute auf einen Baum und brachte hier die Nacht
unversehrt zu. Am andern Morgen setzte ich meinen Weg weiter
fort und behielt immer die Richtung nach Norden im Auge, da meine
Aussicht zu beiden Seiten durch einige Hügelreihen begrenzt war.

Am Ende meines Marsches breitete sich ein offenes Gefilde
aus, das von einem nach Osten verlaufenden Bache durchschlängelt
wurde. Eine reizende Gegend in grünem Wiesenschmuck, gleich
einem Teppich von tausend und abertausend bunten Blumensternen
durchwirkt. Palmen streckten ihre Kronen empor; Orangen=, Zitronen=
und Limonenbäume luden mich ein, ihre Früchte zu pflücken. Schwer
beladen mit köstlichen Früchten schied ich von dem paradiesischen
Garten, um meiner länger als sonst verlassenen Hütte zuzueilen.

Als ich in meinem „Hause" ankam, fand ich die Trauben ver=
dorben und die Beeren zerquetscht, während die Zitronen, deren ich
überhaupt nur wenige gefunden hatte, vortrefflich erhalten waren.

Jenes Thal mit seinem reichen Pflanzenwuchs zog mich so
sehr an, daß in mir der Gedanke aufstieg, meine Wohnung dort=
hin zu verlegen; allein die Erwägung, daß ich von meinem Hause
am Strande die offene Aussicht über das Meer hatte und so ein
vielleicht hier vorbeisegelndes Fahrzeug erspähen könnte, brachte mich
von dem schnell gefaßten Plane ab, und ich beschränkte mich darauf,
eine Art Lusthaus in jenem gesegneten und reizvollen Thale zu
errichten. Ohne Zeit zu verlieren, ging ich ans Werk und umgab
meine zweite Wohnstätte mit einer doppelten Pfahlreihe, die ich
noch durch ein Flechtwerk von Schlingpflanzen und Baumstämmen
verstärkte. Diese Arbeiten beschäftigten mich bis Anfang August.

Unterdessen fand ich meine aufgehängten Weintrauben nun
genug getrocknet, und ich beeilte mich, sie einzusammeln, denn schon
kündigte sich die in der heißen Zone übliche Regenzeit auf fühl=
bare Weise an. Zweihundert Päckchen von Rosinen schaffte ich in

meine Vorratskammer, und so konnte ich mir nun die folgenden Monate hinreichend versüßen.

Am 14. August erlebte ich die Freude einer Vermehrung meiner Familie. Meine Katze nämlich, die ich vom Wrack mit= genommen hatte, war eine Zeitlang verschwunden, ohne daß ich mir erklären konnte, wohin sie geraten sei. Während ich nun an jenem Tage über die Landschaft schaute, sah ich meine alte Freundin samt drei jungen Sprößlingen wohlgemut auf meine Hütte zukommen und zögerte nicht, die neuen Gäste freundlichst aufzunehmen. Sie hatte die Jungen in einem Versteck so weit groß gezogen, daß sie vor den Angriffen des Katers sicher waren, und führte sie mir jetzt zu. Mit diesem Tage begann auch die Regenzeit, und ich machte mich wieder darauf gefaßt, wochenlang in meinem wohl= geschützten Strandhause zubringen zu müssen. Vom 14. bis 29. August währte ununterbrochen der Regen; meine Nahrung bestand aus Rosinen, Ziegenfleisch und geröſteter Schildkröte. Dabei war ich täglich beschäftigt mit der Erweiterung meines Kellers.

Gegen Ende September erinnerten mich die Einschnitte, die ich in meinen hölzernen Kalender gemacht hatte, daß seit meiner Landung auf der Insel ein Jahr verflossen war. Ich feierte diesen Tag mit dankerfülltem Herzen gegen Gott, dessen Güte mich so wunderbar beschirmt hatte.

Robinson vor seinem Kalender.

Sechstes Kapitel.

Robinson als Handwerker und Ackersmann.

Robinson säet Getreide. — Korbflechterei. — Töpferarbeiten. — Weitere Entdeckungsreisen auf der Insel. — Tierreicher Küstenstrich. — Robinson bringt einen Papagei sowie eine Ziege nach Hause. — Tröstliche Gedanken über Sonst und Jetzt. — Tageseinteilung. — Verheerung des Getreidefeldes. — Exekution an den Kornplünderern. — Kleine Ernte.

———

Mit Anfang November ließ der Regen nach, und es lockte mich an dem ersten schönen Tage nach dem Innern der Insel zu meinem Lusthause. Hier fand ich noch alles so unversehrt, wie ich es wenige Monate vorher verlassen hatte. Die Hecke, welche ich

um meine Villa gezogen, war wohl erhalten, nur der „lebendige"
Zaun war mit einem Wäldchen grüner frischer Reiser geschmückt,
die in wilder Unordnung sich ineinander schlangen. Diese verschnitt
ich und suchte in das ganze Gewirr einige Ordnung zu bringen.
In der That versprach die Fenz schon nach wenigen Jahren ein
dichtes und schattiges Laubbach zu bilden. Eine gleiche grüne
Mauer zog ich auch um mein festeres Haus am Strande, und die
Folgezeit lehrte, welchen Vorteil mir diese Pflanzung bei Verteidigung meiner Stammburg brachte.

Da mein ohnehin kleiner Vorrat von Tinte durch die tägliche
und umständliche Aufzeichnung der gewöhnlichen Begebenheiten und
Beschäftigungen sehr auf die Neige ging, so mußte ich ernstlich auf
möglichste Beschränkung meiner Schreibseligkeit Bedacht nehmen,
und nur die merkwürdigsten Ereignisse wurden fortan noch auf-
gezeichnet.

Schon früher erwähnte ich der mir unerwartet zugekommenen
Getreidehalme. Ich glaubte nun gut zu thun, wenn ich die gewonnenen Körner nach der Regenzeit säete. Deshalb grub ich ein
Stück Land, so schwer es mir auch wurde, mit einem hölzernen
Spaten um, teilte es in zwei Hälften und übergab die Körner der
ernährenden Mutter Erde; den dritten Teil derselben behielt ich
indes aus Vorsorge zurück, falls ich die Jahreszeit nicht richtig gewählt haben sollte. Der folgende Monat war ein außerordentlich
trockener und ließ meine Saat kaum zum Aufkeimen kommen; ja,
ich mußte ganz auf eine Ernte verzichten, da sich die Keime vor der
wiederkehrenden Regenzeit nicht bis zur Reife entwickeln konnten.
Ich suchte nun einen feuchteren Boden auf, grub ihn um und
säete den zurückbehaltenen Rest der Körner im Februar, kurz
vor dem Eintritt der nassen Jahreszeit. Die regnerischen Monate
März und April waren meiner Pflanzung, auf die ich meine
letzten Hoffnungen gegründet hatte, so günstig, daß ich etwa ein
Liter von jeder Gattung erntete.

Die Jahreszeiten wechselten unter dem Himmel meiner Insel
nicht mit so angenehmen Übergängen wie in der Heimat, sondern
sie schieden sich nur in zwei Perioden, in eine trockene und eine

nasse: von Mitte Februar bis Mitte April Regen, von Mitte April bis Mitte August trockene Zeit; von Mitte August bis Mitte Oktober Regen, von Mitte Oktober bis Mitte Februar Trockenheit.

Die gezwungene Zurückgezogenheit in den Regenmonaten benutzte ich zu allerhand nützlichen Beschäftigungen. So versuchte ich unter anderm auch, einen Korb zu flechten, und wurde in dieser Arbeit durch Erinnerungen aus frühester Kindheit unterstützt. Wie hätte ich vorher ahnen können, daß die Besuche bei unserm Nachbar Korbflechter, in dessen Werkstatt ich ein täglicher Gast gewesen, mir später nützlich sein würden? Die ersten Zweige, mit denen ich meine Arbeit beginnen wollte, zeigten sich freilich recht spröde. Meine Blicke lenkten sich unwillkürlich auf die jungen Stecklinge um die Hütte; diese versprachen besseres Flechtmaterial. Ich fand sie wirklich so geschmeidig wie Weidenruten, und es ward meinen Künstlerhänden nicht schwer, die verschiedensten Körbe zu mannigfachen Zwecken herzustellen.

Meine häuslichen Verhältnisse hatten sich immer behaglicher gestaltet, nur noch ein einziges Gerät vermißte ich schmerzlich: ein Kochgeschirr. Zwar besaß ich einen Kessel; allein dieser war von so bedeutender Größe, daß ich darin weder ein kleines Stück Fleisch kochen, noch weniger mir Fleischbrühe bereiten konnte. Wie ließ sich diesem Übelstand abhelfen? Ich dachte so: wenn es mir gelänge, Thonerde zu finden, so könnte wohl die Glut der tropischen Sonne meine Töpferarbeiten trocknen. Ach! — meine Töpferarbeiten! Ich will hier nicht erzählen, wie viel ungeschickte Versuche ich machte, welche ungeheuerlichen Formen sich die Mutter Erde unter meinen Händen gefallen lassen mußte, wie oft meine Gefäße in der großen Sonnenhitze zerbröckelten oder beim Fortschaffen zerbrachen. Erst nach zwei Monaten hatte ich endlich zwei Erzeugnisse zusammengebracht, die nicht einmal mit den schlechtesten Schiffskrügen nur annähernd verglichen werden konnten. Weniger mißlangen meine Versuche im Anfertigen kleinerer Gefäße, z. B. der Teller, Töpfe, Krüge, kurz aller Gerätschaften, die sich mit der Hand formen ließen. Dabei kam mir auch die günstige Witterung zu statten; die Sonne meinte es in diesen

Tagen überaus gut, so daß mein Töpfergeschirr in erwünschter
Weise Härte gewann.

Mittels meiner fortschreitenden Töpferkünste hatte ich mir
Gefäße zum Aufbewahren von allerlei Lebensmitteln beschafft, aber
noch immer fehlten mir solche, welche auch das Feuer auszuhalten
vermochten. Da ich weder einen Begriff von der Einrichtung eines
Ofens, noch von der Glasur hatte, mit der die Töpfer ihre Waren
überziehen, so beschränkte ich mich darauf, drei Krüge dicht neben=
einander zu stellen; auf diese setzte ich kleinere Geschirre, und um
die so aufgetürmte Pyramide zündete ich dann ein tüchtiges Feuer
an, welches die Sandbestandteile der Thonerde schmelzen sollte.
Die Töpfe nahmen nach Verlauf von fünf bis sechs Stunden eine
hochrote Farbe an. So wurde ich schließlich der glückliche Besitzer
von drei leiblichen Krügen nebst zwei irdenen Töpfen, die sich auch
als feuerfest erwiesen.

Von meiner Insel blieb noch mancher Teil zu durchstreifen
übrig. Deshalb nahm ich eines Tages meine Flinte samt der
nötigen Munition, ein Beil, zwei Zwiebäcke sowie ein Päckchen
Rosinen mit und machte mich in Begleitung meines Hundes auf
den Weg. Am Ende des Thales angelangt, in welchem meine
Villa lag, sah ich westwärts auf das Meer und, da die Luft äußerst
rein und durchsichtig war, fern am Horizont einen nebligen Streifen,
der von West nach West=Süd=West verlief und eine Ausbe...ung
von fünf bis sechs Stunden haben mochte. Zwar wußte ich nicht,
ob ich die Küste einer Insel oder die des amerikanischen Festlandes
erblickte; vielleicht war ich auf dem rechten Wege, als ich vermutete,
daß die spanischen Kolonien nicht allzu entfernt von jenem Küsten=
striche lägen, und daß sich doch wohl ein Schiff in diesen Gewässern
sehen lassen müsse. Möglicherweise konnten aber auch dort jene
wilden, menschenfressenden Völkerschaften hausen, die unter dem
Namen „Kannibalen" weithin gefürchtet sind.

Unter solcherlei Gedanken schritt ich über Ebenen und Wiesen,
die mit Pflanzen und Blumen prächtig geschmückt und auch mit
Sträuchern besetzt waren. Auf den Bäumen hatten sich Scharen
von Tauben niedergelassen, deren Gegirr von dem schrillen Geschrei

buntgefiederter Papageien übertönt ward. Solch einen ſchmucken
Papagei mußte ich haben, und in der That gelang es mir, einen
jungen Vogel dieſer Art zu fangen, indem ich ihn durch einen
Wurf mit meinem Wanderſtab ſo gut traf, daß er betäubt vom

Schildkröten und Fetttaucher auf der Inſel.

Aſte herabfiel. Ich hob ihn auf, er kam allmählich wieder zu ſich,
und ich nahm ihn mit mir.

In den Niederungen ſah ich außerdem Tiere, welche ich für
Haſen hielt; wieder andere mochten Füchſe ſein; aber ich ließ meine
Flinte in Ruhe, denn Ziegen, Tauben und Schildkröten lieferten
ſo leckeres Fleiſch, und ich beſaß an Roſinen eine ſo ſchmackhafte

Zukost, daß selbst der beste Markt von London nichts Besseres ge=
liefert haben würde.

Auf meiner Entdeckungsreise durch die Insel rückte ich täglich
nur zwei bis drei Meilen vor, doch machte ich nach links und rechts
manche Abstecher, bis ich ermüdet an einem solchen Platze anlangte,
welcher mir zum Nachtlager geeignet schien. Zum Bett mußten
entweder die breiten Äste eines Baumes oder der harte Boden der
Erde dienen. Als ich an das Ufer des Meeres kam, sah ich zu
meiner Überraschung, daß die Küste meines Königreichs viel an=
genehmer und von Tieren mehr bevölkert war als der entgegen=
gesetzte Strand. Zahlreiche Schildkröten sonnten sich hier im Sande,
und Seevögel marschierten mit stolzer Würde umher.

Trotz alledem verspürte ich keine Lust, meine Wohnung in diese
Gegend zu verlegen. Indessen setzte ich meine Reise noch etwa
zwölf Stunden gegen Osten weiter fort. Den äußersten Grenzpunkt
meiner Wanderungen bezeichnete ein eingerammter Pfahl, der mir
später einmal als Erkennungszeichen dienen sollte. Dann wandte
ich mich gegen Westen, um auf einem andern Wege nach Hause
zurückzukehren. Nachdem ich etwa drei Meilen zurückgelegt hatte,
befand ich mich in einem Thalkessel, der rings von hohen, dicht mit
Waldung gekrönten Bergen umsäumt war, so daß ich mich beim
weiteren Fortschreiten, um mich zurecht zu finden, nach dem Stande
der Sonne richten mußte.

Während der drei Tage, die ich in diesem Thale verweilte,
hing aber der Himmel voll trüber Wolken, und ich wußte oft nicht,
wohin ich mich wenden sollte, ob nach Ost, West, Süd oder Nord.
So sah ich mich denn genötigt, nach meinem Pfahl zurückzukehren
und von da aus den Heimweg anzutreten.

Unterwegs fing mein Hund eine junge Ziege ein. Eiligst
sprang ich hinzu, um sie seinem scharfen Gebiß zu entreißen, was
mir auch glückte. Bald war dem Tiere ein Halsband übergeworfen,
ein Strick durchgezogen, und weiter ging nun die Wanderung, bis
wir endlich, jedoch erst nach mehreren Tagemärschen, durch die
sengende Sonnenglut aufs äußerste ermattet, in meinem Wohnsitze
ankamen. Ich empfand wirklich eine große Freude, wieder daheim

zu sein! Wie sanft schlief ich nach einer Abwesenheit von mehr als einem Monate zum erstenmal wieder in meiner Hängematte.

Das nächste, wofür ich Sorge zu tragen hatte, war, meinem Papagei, welcher sich an mich bereits etwas gewöhnt hatte, einen Käfig zu bauen, sowie die Ziege, welcher ich einstweilen in meinem Lusthause ihren Aufenthalt angewiesen, nach Hause zu schaffen, um das ausgehungerte Tierchen mit frischem Futter zu versorgen.

Ich fand es angebunden an derselben Stelle, wo ich es verlassen hatte, und es folgte mir wie ein zahmes Haustier Schritt für Schritt, indem es fortwährend aus meiner Hand das Futter fraß, mit dem ich es lockte.

————

Wieder war der 30. September gekommen, und wieder hatte ich unter inbrünstigem Gebet den Jahrestag meiner Strandung begangen. Zwei Jahre lebte ich nun schon auf dem Eilande als dessen alleiniger Bewohner, mein eigner König und mein einziger Unterthan; — zwei Jahre reich an Prüfungen und Erfahrungen! Und doch hatte sich mir nicht einmal ein Strahl von Hoffnung gezeigt, diese einsame Insel verlassen zu können. Indessen dankte ich Gott für die unendliche Güte, mit welcher er mein armseliges Dasein fristete und meine Einsamkeit mir erträglich erscheinen ließ.

Wenn ich in der ersten Zeit meines Verlassenseins hinausstreifte auf die Ebenen und Berge, sei es, um ein Tier auf der Jagd zu erlegen, oder sei es, um auf Entdeckungen auszugehen, da begleitete mich der stete Gedanke an mein Unglück und meine oft trostarme Lage. Ich kam mir vor wie ein Gefangener, der, eingeschlossen durch die endlosen Riegel und riesigen Schlösser des Ozeans, in einer Wüstenei, ohne Hoffnung auf Befreiung, ein erbärmliches Dasein fristet, und aufgelöst in Schmerz und Betrübnis rang ich die Hände und weinte bitterlich.

Jetzt war es anders! Neue Gedanken, geschöpft aus der Heiligen Schrift, dem Buche der Bücher, gaben meinem Geiste eine heilsame Richtung, und ich gewann meine ganze Seelenstärke wieder, wenn meine Augen auf die Worte des Trostes fielen. Ich fand

Beruhigung in dem Gedanken, daß ich in meinem gegenwärtigen
Zustande der Vereinsamung glücklicher sein könnte, als ich es vielleicht
in irgend einer andern Lebensstellung geworden wäre. Ich dankte
dann Gott dafür, daß er mich auf dieses Eiland geführt hatte.
Dann wieder schien mir jener Gedanke zu weitgehend. „Solltest
du wirklich so zwiespältig im Gemüte sein", sagte ich zu mir selbst,
„Gott für die Versetzung in eine Lage zu danken, aus welcher er-
löst zu werden ein verzeihlicher und natürlicher Wunsch ist?" Jedenfalls dankte ich Gott doch innig dafür, daß ich jetzt endlich zur
Selbsterkenntnis hinsichtlich der begangenen Fehler gelangt war.

Nun trat ich in das dritte Jahr meines Insellebens. In
meine täglichen Beschäftigungen hatte ich eine gewisse Regelmäßig-
keit gebracht. Zunächst verwandte ich auf die Erfüllung meiner
religiösen Pflichten, insbesondere auf das Lesen in der Bibel täglich eine bestimmte Zeit; dann jagte ich, wenn das Wetter schön
war, ungefähr drei Stunden des Morgens. Kam ich nach Hause
zurück, so hatte ich die mitgebrachten Lebensmittel wohl aufzubewahren
oder zuzubereiten. Die Hitze während der mittleren Tageszeit gestattete keinen Ausflug, und ich überließ mich dann gewöhnlich der
Ruhe. Manchmal arbeitete ich auch des Morgens und ging des
Abends auf die Jagd.

Ende November war herangekommen, und ich konnte bereits
meiner Gersten- und Reisernte entgegensehen. Aber wie groß war
mein Schrecken, als ich bei einer Besichtigung meines kleinen Acker-
feldes gewahr wurde, daß die Ziegen alle jungen saftigen Halme
abgefressen hatten. Es galt nun, schleunigst weiteren Verwüstungen
vorzubeugen. Ich umgab mein Zelt mit einer dichten Umzäunung,
worüber ich nahe an drei Wochen zubrachte. Ferner schoß ich auf
die Tiere, welche sich am Tage heranwagten, und ließ während der
Nacht meinen Hund Wache halten, so daß sich endlich die ab-
geschreckten Eindringlinge fern hielten.

Gleichwie die behaarten Vierfüßler sich zu den kräftig empor-
sprossenden Halmen hingezogen fühlten, hatten es die gefiederten
Zweifüßler auf die Körner abgesehen. Als ich eines Tages nach
dem Stande meiner Feldfrüchte sah, wimmelte die ganze Umgebung

von zahlreichen verschiedenartigen Vögeln. Ich schoß unter den dicksten Haufen, und sofort erhob sich mit wirrem Schreien mitten aus dem Kornfeld eine wahre Wolke von Vögeln, die ich vorher gar nicht bemerkt hatte.

Meine Ernteaussichten schienen nach solchen Betrachtungen trostloser Natur zu sein; doch durfte ich um keinen Preis den Rest meines Getreides der Vernichtung überlassen.

Während ich nun neben meinem Felde stand und die Flinte von neuem lud, saßen die durch meinen ersten Schuß aufgescheuchten Vögel auf den nächsten Bäumen und schienen nur auf meine Ent= fernung zu harren. Als ich mich etwas entfernte, fielen die ge= fräßigen Tiere von neuem über die Körner her. Ihre für mich so verderbliche Eilfertigkeit versetzte mich derart in einen unverständigen Zorn, daß ich nicht einmal wartete, bis alle herangekommen sein würden, sondern sogleich unter die ersten schoß, wodurch drei der kleinen Räuber getötet wurden. Dann vollführte ich an ihnen eine Art Strafgericht; gleichwie man anderwärts die Diebe aufhängt, so hing ich auch die Vögel auf, damit sie ihren lüsternen Genossen als warnendes Beispiel dienten.

Die Wirkung war auffallend: keines der Tiere wagte sich mehr auf mein Feld, ja sie verließen sogar allesamt jenen Teil der Insel, auf dem es ihnen nicht mehr geheuer zu sein schien. Nach diesem Säuberungszug hatte ich die Freude, gegen das Ende des Dezember, zur Zeit der zweiten Reise, mein Korn einernten zu können. Ich sammelte die abgemähten Ähren in einen großen Korb und körnte sie einzeln mit den Händen aus. Das Liter Samen hatte mir nach oberflächlicher Schätzung zwei Scheffel Reis sowie einen halben Scheffel Gerste eingetragen, und ich beschloß, den ganzen Ertrag an Körnern für die nächste Aussaat aufzubewahren. Inzwischen ver= suchte ich, zur passenden Umgrabung des Ackerbodens mir einen Spaten zu fertigen, was mich eine ganze Woche Zeit kostete. Ein besonderes Meisterwerk war mir mit diesem Spaten allerdings nicht gelungen, denn er wurde mir vermöge seiner Schwerfälligkeit oft recht unbequem; indes empfand ich doch ein Gefühl der Befriedigung darüber, daß sich meine Einrichtungen abermals um einen Schritt

weiter vervollkommnet hatten. Die Getreidekörner wurden auf den
geräumigen Feldern ganz nahe an meiner Wohnung in die Erde
gebracht, wobei ich für den Reis die feuchteste Stelle aussuchte,
da, wie ich bemerkt hatte, derselbe nur auf nassem Boden eine ein=
trägliche Ernte versprach.

Ich umzäunte die Felder mit einem starken Gehege und durfte
nun hoffen, am Ende des Jahres eine grüne und schattige Hecke zu
haben, welche nur hier und da einmal ausgeputzt zu werden brauchte.

Während der inzwischen eingetretenen Regenzeit hielt ich mich
meist im Innern meiner Hütte auf und beschäftigte mich mit mancherlei
häuslichen Verrichtungen. Empfand ich hin und wieder das Be=
dürfnis, mich von meinen anstrengenden Arbeiten zu erholen, dann
unterhielt ich mich mit meinem munteren Hausgenossen, dem Papagei,
und lehrte diesen sprechen; bald konnte das gelehrige Tier seinen
Namen nachplappern und wiederholte mit deutlicher Stimme: „Poll!
Poll!" Das war der erste artikulierte, wie von einer Menschenstimme
kommende Laut, den ich auf dem Eilande in meiner Einsamkeit, fern
von allen menschlichen Wesen, vernahm.

Wie Robinson die Halme niedermäht.

Siebentes Kapitel.

Robinson als Bäcker und Schiffbauer.

Robinson macht sich einen Mörser und ein Sieb. — Ernte. — Brotbacken. — Vergebliche Anstrengungen wegen der Schaluppe. — Robinson baut ein Boot; vereitelte Hoffnungen. — Rückblicke auf das dreijährige Inselleben. — Trauriger Zustand der Kleider. — Robinson wird Schneider.

———

Von allen bekannten Handwerken war mir bis zu dieser Zeit meines Lebens keines so wildfremd geblieben, wie das eines Steinmetzen, und doch mußte ich darauf sinnen, mir einen Mörser oder ein andres geeignetes Werkzeug zu schaffen, um das Getreide in Mehl zu verwandeln. Lange Zeit suchte ich vergebens nach einem Steinblock, der sich mörserartig aushöhlen ließe; dann entschloß ich mich endlich, einen harten Holzblock aus meinem Forst zu holen.

Mit unsäglicher Anstrengung fällte ich einen dicken Baum=
stamm, hieb am unteren Ende ein amboßähnliches Stück ab, rundete
es ringsum mit meiner Axt und höhlte es durch Feuer aus, wie
es die wilden Eingebornen Brasiliens mit ihren kleinen Seefahr=
zeugen (Kanoes) thun. Als Stampfe diente mir eine wuchtige
Keule aus demselben harten Holze.

Aber auch für ein Sieb mußte gesorgt werden, um das durch
Stampfen gewonnene Mehl durchzuschütten und es von der Kleie
zu sichten. Hier war guter Rat teuer, denn ich hatte weder Kane=
vas noch Bastgeflechte. Aber unter den Matrosensachen, die ich
vom Wrack gerettet hatte, befanden sich etliche Halstücher von
Kattun und Musselin; aus diesen verfertigte ich drei kleine Siebe,
die ich auch ziemlich brauchbar fand.

Die Zeit der Ernte nahte heran. Mit meinen Körben schritt
ich hinaus aufs Feld und überschaute den Früchtereichtum des
Bodens. Dann schnitt ich die Ähren, sammelte sie in Garben=
büscheln in die Körbe und trug die segensschwere Last nach Hause.
Hier ließ ich alles so stehen, wie ich es eingeheimst hatte, bis ich
Zeit und Mittel finden konnte, das Getreide auszukörnen; denn ich
hatte weder eine Tenne noch einen Dreschflegel.

Im ganzen brachte ich 20 Scheffel Gerste und ebensoviel Reis
in mein Kornmagazin, weshalb es sich als notwendig herausstellte,
das letztere besser einzurichten. Aus Erfahrung wußte ich jetzt, daß
ich jährlich zweimal säen und ernten könne; die Entscheidung darüber,
was in Zukunft für mich und meinen Hausstand am zweckmäßigsten
sein würde, wollte ich von der Größe meines diesmaligen Verbrauchs
abhängig sein lassen.

Zunächst nahm ich meine Ähren, rieb sie aus, stampfte die
Körner in meinem Mörser und siebte sie durch die Matrosenhals=
tücher. Zum Brotbacken braucht man aber bekanntlich einen Ofen,
und die Not macht erfinderisch. Ich baute mir große irdene Ge=
fäße zusammen, die wohl breit, aber nicht zu tief waren; dann
härtete ich diese mehr pfannenartigen Gefäße im Feuer. Wollte
ich nun Brot backen, so zündete ich ein tüchtiges Feuer auf meinem

Herde an, den ich mit rotgebrannten Steinen eigner Fabrik ge-
pflastert hatte. Sobald das Holz hierauf zu glühender Kohle aus-
gebrannt war, breitete ich dieselbe derart auf dem Boden aus, daß
die Steine gehörig durchhitzt wurden. Dann zog ich die Kohlen
zurück, fegte die Asche weg, legte meine Brote oder vielmehr flachen
Kuchen an deren Stelle, bedeckte dieselben mit den beiden irdenen
Gefäßen und häufte ringsumher glühende Kohlen und Asche, um
die Hitze noch zu verstärken. So bereitete ich meine Brote ebenso
gut, als wären sie im besten Ofen der Welt gebacken worden; ja,
ich versuchte mich sogar im Backen verschiedener Arten von Kuchen
und Reispuddings, die in meinen einförmigen Speisezettel eine angenehme Abwechselung brachten.

Bei all dieser mich sehr in Anspruch nehmenden Arbeit beschäftigten sich doch meine Gedanken wiederholt mit jenem Küsten-
lande, welches ich auf meiner letzten Entdeckungsreise deutlich als
dunklen Streifen am Horizont wahrgenommen hatte. Im Glauben,
daß jenes Land zum amerikanischen Festlande gehöre, flogen meine
Wünsche über die weite Meeresfläche und regten mit aller Gewalt
in mir die Sehnsucht an, dorthin zu gelangen.

Indes empfand ich die Wahrheit des alten Spruches: „Das
Wasser hat keine Balken." Ich wünschte mir lebhaft meinen treuen
Xury und das Boot mit den lateinischen Segeln zurück, mit dem
ich eine so weite und gefahrvolle Reise längs der afrikanischen Küste
zurückgelegt hatte; ohne Bedenken hätte ich mich dann von neuem
dem unsicheren Elemente anvertraut.

Da fiel mir eines Tages die Schaluppe unsres Schiffes ein,
welche weit auf die Küste geworfen worden war. Flugs machte ich
mich auf, um zu untersuchen, in welcher Verfassung sie sich befände.
Ich traf sie auch noch an der nämlichen Stelle, wo sie zuerst gelegen hatte, aber in umgekehrter Lage, denn die Gewalt der Fluten
und der Stürme hatte sie auf eine sehr hohe Sandbank geworfen
und aufs Trockene gesetzt. Es kam zunächst darauf an, die Schaluppe
wieder umzukehren und flott zu machen. Nach vielen vergeblichen
Mühen und Anstrengungen kam ich auf den Einfall, den Sand

unter dem Boote wegzugraben, um es von selbst herabgleiten zu lassen und den Abrutsch durch untergeschobene Walzen und Stützen zu lenken. Aber auch hierdurch gelang es mir nicht, die Schaluppe vorwärts zu schieben und ins Wasser gelangen zu lassen, deshalb gab ich nach einer fruchtlosen Arbeit während drei bis vier Wochen die ganze Sache auf.

So sehr auch meine Hoffnungen vereitelt waren, so wurden doch meine Begierde und mein Mut nur verstärkt, und ich faßte den Entschluß, selbst ein Kanoe aus einem Baumstamm zu bauen. Ich hielt dies nicht nur für möglich, sondern sogar für leicht, zumal ich über viel mehr Hilfsmittel verfügte als die Neger oder Indianer. .Freilich hätte ich auch überlegen sollen, daß ich vereinsamter mit ganz andern Schwierigkeiten zu kämpfen haben würde als die Indianer, die einander beistehen. Was half es mir am Ende, falls ich auch das schönste Kanoe von ganz Amerika zustande brächte, wenn ich es nicht ins Meer zu schaffen vermöchte?

Man sollte denken, daß die Erfahrungen, die ich vordem mit der aufs Trockene gelegten Schaluppe gemacht hatte, mir hinsichtlich der Möglichkeit, das Boot in das Wasser zu bringen, einen handgreiflichen Wink gegeben hätten: nichts von alledem! Meine unstäten Gedanken verschmolzen sich schon so sehr mit der Meerfahrt, daß ich die Sache möglichst ungeschickt anfing. Aber stets beschwichtigte ich alle Befürchtungen mit der thörichten Tröstung: „Laß nur gut sein, Robinson! Erst das Boot fertig, das übrige wird sich finden!"

Kurz, mein Eigensinn siegte über den Verstand. Ich fand auch einen prächtigen Baum, der mir für meinen Zweck ganz wie geschaffen schien. Zwanzig Tage brachte ich dazu, den Riesen zu fällen, und vierzehn Tage mußte ich darauf verwenden, Äste und Krone abzuhauen. Dann kostete es fast einen ganzen Monat Zeit, dem Stamme jene bauchförmige äußere Gestalt des Bootes zu geben, damit er auf dem Wasser schwimmen könne, ohne sich zur Seite zu neigen. Weiterhin brauchte ich noch drei Monate, um das Innere auszuhöhlen, und zwar bediente ich mich dazu nicht des Feuers nach Art der Indianer, sondern nur des Beiles und des Meißels.

Als ich mit meiner Arbeit zu Ende war, empfand ich eine wahrhafte Freude an meiner Schöpfung, denn ich hatte in der That noch nie einen so großen, aus einem einzigen Baumstamm ge= hauenen Ruderkahn gesehen, groß genug, um mehr als zwanzig Mann zu fassen, und demzufolge auch mich samt meinen Habselig= keiten zu tragen. Das Boot hatte unzählige Axt= und Hammer= schläge, manchen Schweißtropfen gekostet, und wäre es mir gelungen, dasselbe flott zu machen, wer weiß, ob ich nicht die unüberlegteste Reise gewagt hätte, wie sie nur je ein wagehalsiger Abenteurer unternehmen konnte.

Mein neues Fahrzeug lag zwar nicht weit vom Meere ent= fernt; aber das große Hindernis bestand darin, daß das Ufer zum Meere bergan lief. Ich ließ indes den Mut nicht sinken, sondern versuchte, die Anhöhe wegzuräumen und das Land nach der Küste zu abfällig zu machen. Als der Weg so ziemlich geebnet war, be= fand ich mich um nichts gefördert, denn das Kanoe rückte äußerst wenig von der Stelle, so wenig wie vordem die Schaluppe. Hierauf maß ich die Entfernung ab, welche zwischen meinem Boote und dem Meere lag, sowie die Tiefe des Bodens und die erforderliche Breite, um einen genügend breiten und tiefen Kanal bis zum Meere zu bauen und in diesem Bassin mein Boot hinabzuführen. Indem ich den Kraftaufwand hinsichtlich solch kolossaler Bauten veran= schlagte — denn der Kanal hätte sehr viel Tiefe haben müssen — und damit die mir zu Gebote stehenden Arbeitsmittel, d. h. meine zwei rüstigen Arme, in Vergleich brachte, erlangte ich als Ergebnis meines Voranschlags die Überzeugung, daß recht gut zehn bis zwölf Jahre vergehen könnten, ehe ich ans Ziel meiner Wünsche kommen konnte.

Dieses erfüllte mich mit großer Betrübnis; ich sah jetzt, leider zu spät, ein, wie thöricht es ist, ein Werk zu beginnen, wenn man sich vorher nicht Klarheit darüber verschafft, ob der Größe des Unternehmens gemäß auch die zur Verfügung stehenden Mittel zur Ausführung hinreichen.

Mitten unter dieser Arbeit hatte ich mein viertes Jahr auf
dem Eiland zurückgelegt. Ich feierte den Jahrestag meiner An=
kunft, wie in früheren Jahren, durch ernste und gottergebene Be=
trachtungen, die mir reichen Trost einflößten.

An eben demselben Jahrestage, an welchem ich meinen Eltern
entlief, um mich in Hull einzuschiffen, ward ich durch den Seeräuber
von Saleh gefangen genommen und zu Sklavendiensten gezwungen.
An dem nämlichen Tage, als ich aus dem Schiffbruch auf der
Reede von Yarmouth gerettet ward, entfloh ich glücklich aus Saleh.
Am 30. September 1659 endlich, an meinem 26. Geburtstage,
wurde ich wunderbar gerettet und auf diese Insel verschlagen.

Der erste meiner Vorräte, welcher mir nach der Tinte aus=
ging, war der Schiffszwieback, und obgleich ich mit demselben höchst
haushälterisch umgegangen war, so hatte ich ihn dennoch schon ein
Jahr vor meiner Kornernte gänzlich aufgezehrt, was mich allerdings
etwas in Verlegenheit versetzte.

Mit meiner Kleidung sah es gleichfalls recht windig aus, denn
seit längerer Zeit besaß ich nichts weiter als wenige Matrosen=
hemden, die meine Haut vor den stechenden Sonnenstrahlen schützten.
Bei einer Durchsuchung meiner Kisten fand ich jedoch etliche taug=
liche Kleidungsstücke sowie ein paar große Überröcke. Fast mußte
ich über den Fund dieser letzteren lächeln, denn ich hätte es in
denselben vor Hitze nicht aushalten können, und doch wußte ich auch
hieraus etwas Brauchbares zu schaffen. Da sich nämlich alle meine
Jacken in einem Zustande bedenkenerregender Zerfahrenheit befanden,
so lag es sehr nahe, mich auch einmal als ehrsamen Kleiderkünstler
zu versuchen, und ich fertigte nun drei Jacken, die ich ziemlich lange
tragen zu können hoffte. War aber schon das Fabrikat derjenigen
Kleidungsstücke, die meinen Oberkörper bedecken sollten, in einer Weise
ausgefallen, die selbst das Mitleid nachsichtiger Leute heraus=
forderte, so legten meine Versuche hinsichtlich der Beinkleider ein
noch glänzenderes Zeugnis bejammernswürdiger Unbeholfenheit ab.

Ich muß hier nachträglich erwähnen, daß ich die Häute aller
getöteten vierfüßigen Tiere aufbewahrte und auf Stäben an der

Sonne trocknen ließ. Einige derselben waren so hart geworden, daß
sie zu nichts mehr taugten; andre aber, die nicht bis zu jener Steife
zusammengedörrt waren, leisteten mir leidlich gute Dienste.

Das erste, was ich mir nun verfertigte, war eine neue große
Kopfbedeckung aus Ziegenfell, an welchem ich die Haar außerhalb
ließ, um mich so besser gegen den Regen zu schützen.

Noch etwas andres stellte sich mir als unentbehrlich heraus,
nämlich ein Regen= oder Sonnenschirm. Denn da ich meist
im Freien weilen mußte, so quälte mich die Hitze der tropischen
Sonne äußerst empfindlich. Lange Zeit währte es, bis ich etwas
Taugliches zustande brachte. Die Hauptschwierigkeit bestand darin,
den Schirm so zu verfertigen, daß ich ihn zusammenlegen konnte;
im andern Falle hätte ich ihn stets aufgespannt tragen müssen,
was sicherlich die Bequemlichkeit nicht sehr vermehrt haben würde.
Ich bedeckte dieses tragbare Wetterdach mit Ziegenfellen, deren
Haare ich nach auswärts kehrte; so schützte ich mich, so gut es
gehen wollte, gegen den Regen wie gegen die Sonnenstrahlen. Bedurfte ich seiner nicht mehr, so klappte ich den Schirm zusammen.

Vor der Hand hatte ich nun so ziemlich alle Bedürfnisse befriedigt, die sich in meiner Einsamkeit überhaupt einstellen konnten;
aber nie schweigen die Wünsche des Menschen still. Ich wollte
mit dem gewonnenen Nützlichen auch das Angenehme verbinden,
und was konnte mir da wohl näher liegen als der Besitz — einer
Tabakspfeife? Hatte ich mich doch in der Töpferei hinlänglich
erprobt, daß mir die Fabrikation eines Pfeifenkopfes nur leichtes
Spiel schien; auf künstlerische Verzierung dieses Thonstückes mußte
ich freilich immer noch Verzicht leisten. Ein ausgehöhltes Rohr
herzurichten, machte wenig Kopfzerbrechen, und so konnte ich nun
mit meinem edlen Kraute das Inselreich durchdampfen.

Ich kann nicht sagen, daß mir in fünf Jahren etwas Un-
gewöhnliches begegnet sei, denn ich lebte in derselben Lage, an dem
nämlichen Orte, auf die gleiche Weise wie früher. Ich baute mein
Korn, buk Brot, erntete Trauben ein und sorgte immer für einen
ausreichenden Vorrat hinsichtlich aller nötigen Nahrungsmittel; oft

ging ich auf die Jagd, schoß Vögel und Ziegen, fing auch, um eine
sehr schmackhafte Suppe zu haben, dann und wann eine Schild=
kröte und angelte Fische. Daß ich auch die ehrsamen Gewerke eines
Zimmermanns, Töpfers, Korbflechters, selbst des Schneiders in
Ehren hielt, habe ich bereits erwähnt.

Während dieser fünf Jahre richtete ich mein Hauptaugenmerk
darauf, mir eine andre Barke zu bauen, diesmal aber die Sache
klüger anzufangen als vorher. Zwar fand ich auch jetzt nicht näher
am Strande einen für mein Vorhaben tauglichen Baum; denn die
Baumregion begann erst eine ziemliche Strecke vom Ufer. Da
schlenderte ich eines Tages ungefähr eine halbe Stunde landein=
wärts, längs dem Ufer jenes Baches hin, wo ich mit den Flößen
gelandet war. Dort fand ich endlich, etwa zehn Schritt vom Wasser,

Robinsons Tabakspfeife.

was ich suchte. Ich fällte den Baum, hand=
habte dann unablässig Beil und Meißel und
hatte schließlich die Freude, meine Piroge
fertig zu sehen. Nun grub ich einen Kanal,
schaffte unter manchem Schweißtropfen mein
Kanoe von der Werft auf das Wasser und
flößte es nach dem Meere hinab in die Bucht.

Obgleich ich nicht weniger als zwei Jahre mit meinen Schiffs=
zimmerarbeiten zugebracht hatte, so entsprach doch die Größe der
Barke nicht dem Zwecke, welchen ich bei Erbauung der ersteren ver=
folgte, nämlich dem, mit derselben das gegenüberliegende Festland
zu erreichen, welches nach meiner Schätzung wohl vierzig englische
Meilen entfernt lag. Dennoch empfand ich eine nicht zu be=
schreibende Freude, als ich mein selbsterbautes Fahrzeug so sicher
und leicht auf den Wellen dahingleiten sah, und wenn ich auch
auf den Wunsch verzichten mußte, jenes ferne Küstenland zu er=
reichen, so schien mir mein Boot doch hinlänglich fest, um in
demselben eine Rundreise um mein Eiland unternehmen zu können.
Zu diesem Zwecke pflanzte ich einen kleinen Mast auf meinen
Ruderkahn und brachte ein Segel zustande, das ich aus mehreren
Stück Leinwand zusammenschneiderte. Ebenso sorgte ich an beiden

Seiten für Kästchen und sonstige Behältnisse, um darin Lebens=
mittel, Pulver und Blei aufzubewahren und so gegen den Regen
und den Gischt des Meeres gesichert zu sein. Im Innern des
Bootes machte ich der ganzen Länge nach eine Höhlung, legte
meine Flinte hinein und nagelte zum Schutze gegen die Nässe Lein=
wand darüber. Außerdem befestigte ich noch meinen Schirm am
Hinterteile der Barke, zum Schutze gegen die brennenden Sonnen=
strahlen, setzte ein Steuerruder sowie einen Anker in Bereitschaft
und versuchte mich zunächst in kleinen Lustfahrten in der Nähe
meiner Besitzung.

Nachdem ich die Tauglichkeit meines Bootes durch solche Aus=
flüge auf dem Wasser erprobt hatte, konnte ich doch der Begierde,
den ganzen Umfang meines kleinen Königreichs kennen zu lernen,
nicht länger widerstehen. Ich brachte in mein Kanoe eine hin=
längliche Menge Proviant, nämlich zwei Dutzend Brote oder viel=
mehr Gerstenkuchen, einen Topf mit Reis, eine Ziegenhälfte und
ein Fläschchen Rum; auch nahm ich Pulver und Blei mit, sowie
zwei Überröcke, die mir in kühlen Nächten teils als Matratzen, teils
als Decke dienen sollten.

So ausgerüstet begab ich mich am 6. November des sechsten
Jahres meines Insellebens an Bord und stach in See. Indessen
sollte diese Seefahrt eine andre Wendung nehmen, als ich gedacht
hatte. Nachdem ich eine Strecke hinausgefahren und an die öst=
liche Küste gelangt war, bemerkte ich eine Kette von Felsen, die
meilenweit ins Meer hinausragten und von denen einige Klippen
über, andre unter der Wasserfläche vorschoben. Am Ende des
Riffs breitete sich noch eine Sandbank von einer halben Stunde
in derselben Richtung aus, so daß ich einen großen Umweg zu
machen hatte, wenn ich die Spitze umsegeln wollte.

Diese Entdeckung kam mir sehr ungelegen, und da mir die
Fahrt denn doch etwas gefährlich schien, steuerte ich in meine Bucht
zurück und legte meine Barke vor Anker. Hierauf griff ich zur
Flinte, stieg ans Land und erklomm einen Hügel, von wo ich das
ganze Felsenriff überschauen konnte.

Ich bemerkte eine heftige Strömung, die in der Richtung nach Osten ganz nahe an der äußersten Spitze der Sandbank hinlief. Dieser Umstand konnte für mich sehr gefährlich werden; denn wenn mich der Strom packte und mit sich fortriß, so mußte ich der Insel vielleicht auf immer lebewohl sagen. Von der Südseite ließ sich ein ähnlicher Strom in der Richtung nach Ost=Nordost wahrnehmen, jedoch in einer größeren Entfernung vom Ufer. Dann sah ich eine ziemlich genau angedeutete Sandbank, die gegen die Küste ver= lief. Diesen Beobachtungen zufolge mußte ich meinen Kurs so nahe an der ersten Sandbank halten, als es ohne Gefahr, zu stranden, irgend anging.

Ein steifer Wind aus Ost=Südost sauste gerade dem norböst= lichsten Strom entgegen und drängte das Wasser in heftiger Brandung an das Riff und die Spitze der Landzunge. Deshalb konnte ich mich nicht auf das Meer wagen. Wegen der Brandung war es doch zu gefährlich, mich nahe am Lande zu halten, und die Strömung legte mir anderseits die Notwendigkeit auf, mich nicht weit vom Lande zu entfernen. Aus diesem Grunde blieb ich ruhig in meiner Bucht zwei Tage vor Anker liegen.

Robinsons Nachtruhe.

Achtes Kapitel.

Robinsons unglückliche Bootfahrt.

Gefährliche Seereise. — In die See hinausgetrieben. — Sehnsuchtsvolle Betrachtungen. — Die beiden Strömungen und glückliche Landung. — Des Papageis Ruf. — Robinsons „Familie". — Ziegenfang und Ziegenpark. — Schneiderkünste. — Neue Beobachtungen. — Rückblicke.

Am Morgen des dritten Tages legte sich der Wind, das Meer wurde ruhig, und nun erst begann ich meine Seefahrt. Mein Schicksal möge unerfahrenen und wagehalsigen Schiffern zur Warnung dienen! Kaum hatte ich die Spitze der Sandbank erreicht, von dem Ufer nur um die Länge meiner Barke entfernt, als ein Strom gleich einer Mühlschleuse mich mit überwältigender Heftigkeit packte. Alle Mühe, dagegen anzukämpfen, erwies sich als umsonst; immer weiter trieb mich die Strömung von der Sandbank, die mir zur Linken lag. Weder Segel noch Ruder konnte ich mit Erfolg gebrauchen. Wurde ich von der Strömung etwa in die See hinausgeworfen, so schien mein Untergang unvermeidlich, insbesondere wegen des Mangels an Lebensmitteln. Denn die am ersten Tage in die Barke geschafften Vorräte nebst einer noch am Meeresufer von mir gefangenen Schild= kröte konnten nicht ausreichen, wenn ich weit hinaus auf den un= ermeßlichen Ozean getrieben wurde, vielleicht viele Meilen von der Küste entfernt.

Jetzt gedachte ich meiner einsamen und verlassenen Insel, die mir nun wie ein behaglicher und reizender Ort erschien. „Glück= liche Einöde!" klagte ich, „werde ich dich jemals wiedersehen? Nie wollte ich dich wieder verlassen!" So erkannte ich, als mir meine Besitzung schon verloren schien, erst ihren vollen Wert. Ich ruderte aus allen Kräften und blieb möglichst in derselben Richtung, in welcher die Strömung die Sandbank treffen konnte. Plötzlich erhob sich ein leichter Süd=Süd=Ostwind, der sich nach einer halben Stunde zu einer frischen Brise verwandelte. Das Wetter zeigte sich günstig; ich sah nach meinem Mast, ob er auch noch feststehe, breitete meine Segel aus und suchte mich aus der Strömung zu bugsieren. Bald bemerkte ich, daß der Strom nicht mehr so trübe und heftig war und sich an Felsenklippen brach, so daß der Hauptstrich dieselben nordöstlich liegen ließ und selbst nach Süden lief. Der andre Arm hingegen, von der Klippe abprallend, strömte nach Nordost. Mit Hilfe dieser Brechung und vom Winde unterstützt, segelte ich eine Zeitlang fort, bis ich bemerkte, daß mich die Strömung zu weit nach Norden und von der Insel ablenken würde. Nun befand ich mich zwischen zwei großen Flutarmen: dem des Südens, der mich zuerst mit fortgerissen hatte, und dem des Nordens, welcher auf der andern Seite der Insel die Strecke von etwa einer Meile beherrschte. Ich bot daher meine ganze Kraft auf, um mich etwas westlich zu halten und mein Fahrzeug in stilleres Wasser zu bringen. Es gelang mir, und etwa gegen 5 Uhr nachmittags kam ich, durch den Wind begünstigt, auf meiner Insel wieder an.

Sobald ich unter meinen Füßen wieder Land fühlte, ließ ich den Gefühlen meines dankbaren Herzens in einem Gebet zu Gott Worte und gelobte mir feierlich, auf jeden weiteren Versuch einer Meerfahrt zu verzichten und mich nicht mehr auf die offene See

zu wagen. Nachdem ich mich erholt und durch eine kleine Mahl=
zeit gestärkt hatte, legte ich mich im Schatten der Bäume nieder
und schlief bald ein. Am andern Tage überlegte ich, wie ich die
Rückreise zu meiner Behausung antreten sollte. Ich entschloß mich,
an der Küste hin gegen Westen zu steuern, um ein sicheres Asyl
für mein Boot zu finden. Bald entdeckte ich einige Meilen weiter
einen Kanal, der weit in das Land einmündete, immer schmäler
wurde und in einen kleinen Fluß auslief.

Hier ließ ich mein Fahrzeug zurück und beschloß, den Rückweg
zu Fuß zurückzulegen, nahm auch von dem ganzen Gepäck nur mein

Glückliche Rückkehr nach verunglückter Seefahrt.

Gewehr und meinen Sonnenschirm mit. Wohlbehalten kam ich
gegen Abend auf meinem Landsitze wieder an und fand daselbst
alles noch, wie ich es verlassen hatte. Flugs überstieg ich den
Zaun, legte mich im Schatten nieder und schlief, von der Hitze
und dem weiten Wege ermüdet, auch bald ein. Ich mochte etwa
eine Stunde geschlafen haben, als ich durch eine Stimme erweckt
wurde, die mehrmals rief: „Robin, Robin, Robin Crusoe! Wo
bist du? Robin Crusoe, wo bist du? Wo bist du?"

Es war mein lieber Poll, der, auf einem Zaune sitzend, die
Worte sprach, die ich ihn mit vieler Mühe gelehrt hatte, wenn der
Kummer über meine Verlassenheit mich anwandelte. Ich wußte
mir nicht zu erklären, wie das Tier hierher gekommen war; das=

selbe setzte sein Geschwätz und seine Schmeicheleien fort, als wäre
es glücklich, mich wieder zu haben. Natürlich nahm ich den Schwätzer
ohne Verzug mit mir. — Gern hätte ich mir den Besitz des Fahrzeuges gesichert, aber ich fand kein Mittel, diesen Wunsch zu ver-
wirklichen; auch fühlte ich geringe Neigung, mich noch einmal den
überstandenen Gefahren auszusetzen.

In ruhiger Stimmung des Gemütes und ohne besondere Wand-
lungen in meinen Verhältnissen verbrachte ich fortan einige weitere
Jahre. Ich hatte mich mit meiner Lage ausgesöhnt, so daß ich
mich auch ohne menschliche Gesellschaft leidlich glücklich fühlte.
Während dieser Zeit vervollkommnete ich mich in vielen Hand-
fertigkeiten, die ich in meiner Lage glaubte besitzen zu müssen. Es
gelangen meine Zimmermannsarbeiten, trotz der mangelhaften Werkzeuge, immer mehr nach Wunsch; auch die Gerätschaften, die aus
meiner Töpferwerkstatt hervorgingen, zeigten nicht mehr die frühere
Unförmigkeit, selbst die Korbflechterei nahm unter meinen fleißigen
Händen einen immer höheren Aufschwung.

Der ernsthafteste Mensch hätte sich eines Lächelns nicht enthalten können, hätte er mich im Kreise meiner Familie gesehen.
Vor allem würde er meine eigne, absonderlich aufgeputzte Person
bewundert haben, mich, den König der Insel, den unumschränkten
Herrn über Leben und Tod aller ihrer Bewohner. Mit könig-
licher Würde hielt ich Tafel und speiste in Gegenwart meines ge-
samten Hofstaates. Poll, mein Günstling, genoß allein das Vor-
recht, mit mir zu sprechen, und machte davon häufigen Gebrauch,
wobei er sich nicht selten auf meine Schulter stellte. Mein Hund,
der alt und gebrechlich geworden war, behauptete stets, wie ein
alter erprobter Diener, den Platz zu meiner Rechten. Zwei Katzen
warteten zu beiden Seiten des Tisches wie ein paar Hofschranzen
auf ein Zeichen meiner Huld und schnappten begierig die Brocken
auf, die ich ihnen zuwarf. Diese zwei Tierchen mit den Samt-
pfötchen waren aber nicht diejenigen, welche ich vom Schiffe mitgebracht hatte, denn diese hatte ich längst mit eigner Hand in der
Nähe meiner Wohnung zur Erde bestattet. Die jüngeren Katzen,
die mich jetzt umgaben, waren die Nachkommen der ersteren. Dieses

Geschlecht hatte sich in solchem Grade vermehrt, daß es endlich eine
wahre Geißel für mich wurde; die Tiere plünderten und hausten
in meiner Wohnung schonungslos. So sah ich mich endlich ge=
nötigt, gegen sie energisch einzuschreiten und die Mehrzahl von ihnen
aus der Welt zu schaffen.

Während der langen Zeit meines Aufenthalts war mein Pulver
so sehr auf die Reige gegangen, daß ich ernstlich daran denken
mußte, das für mich so wertvolle Gut zu ersetzen. Wie sollte ich
Ziegen und Vögel schießen? Wie konnte ich mich im Falle eines
Angriffs verteidigen? Bis auf die äußerste Not durfte ich es nicht
ankommen lassen, deshalb ging ich darauf aus, Ziegen zu fangen,
um meinen letzten Vorrat an Pulver zu schonen. Besonders gern
hätte ich eine Mutter mit ihren Jungen gehascht, und es mochten
sich vielleicht auch schon einige gefangen haben, aber die Netzstricke
waren nicht stark genug, und wenn ich eine Beute zu haben glaubte,
fand ich die Schlingen zerrissen. Endlich versuchte ich es mit Fall=
gruben und machte an jenen Plätzen, wo die Ziegen zu weiden
pflegten, tiefe Löcher, legte über diese Gruben ein Flechtwerk von
dünnen Ruten, streute Erde darauf und auf diese wiederum Reis
und Gerste. An der Spur der Ziegen bemerkte ich, daß diese die
Körner gefressen hatten, und als ich am andern Morgen erwartungs=
voll meine Fangmaschinen besichtigte, sah ich in der That sämt=
liches Getreide abgefressen — aber keine Ziege gefangen. Nach
einigen weiteren mißlungenen Versuchen hatte ich endlich doch eines
Morgens die Freude, in einer der Gruben einen großen, feisten
Bock, sowie in einer andern drei junge und zwei ältere Ziegen und
einen Bock gefangen zu erblicken. Der letztere, ein alter Bursche,
war so wild, daß ich mich nicht an ihn herangetraute, und ihn
zu töten konnte nicht in meiner Absicht liegen, da sein zähes Fleisch
für meinen Gaumen durchaus nicht verlockend schien. Ich gab
ihm daher ohne langes Besinnen die Freiheit, und er floh in
weiten Sätzen davon.

Damals dachte ich freilich noch nicht daran, daß der Hunger
selbst einen Löwen zähmen kann; hätte ich den Bock nur drei bis
vier Tage hungern lassen, ihm dann Wasser und grünes Futter

gegeben, so würde er gewiß zahm geworden sein wie ein Lamm. Meine Zicklein nahm ich eines nach dem andern aus der Grube, band sie mit Stricken aneinander und trieb sie nach Hause. Anfangs wollten sie durchaus nicht fressen; als ich sie jedoch ein paar Tage hatte hungern lassen und ihnen dann saftige Kräuter vorhielt, ließen sie sich zum Fressen verlocken und wurden in kurzer Zeit zahm.

Das war der erste Anfang zu meiner Ziegenherde, und ich sah schon im Geiste der Zeit entgegen, wo ich, ohne Pulver und Blei nötig zu haben, fortwährend mit Ziegenfleisch versorgt sein würde. Freilich drängte sich mir bei dieser frohen Aussicht der Gedanke an einen leidigen Übelstand auf. Da ich nämlich um jeden Preis zu verhüten hatte, daß die Tiere mit ihren Brüdern im Thale und in den Wäldern zusammenträfen, so mußte ich einen Park von Hecken oder Palissaden errichten, damit weder meine zahmen Ziegen entfliehen, noch die wilden von außen hereinbrechen konnten.

Wer in der Errichtung solcher Gehege einige Übung besitzt, würde sich kaum eines Lächelns haben enthalten können, hätte er gesehen, wie ich zu meiner ersten Hürdenanlage eine jener großen Wiesen aussuchte, die man in den Ländern des Westens Savannen nennt.

Einige klare Bäche schlängelten sich durch den Wiesengrund, an dessen einem Ende schattige Bäume standen; um aber diese Wiese mit einem Zaune zu umgeben, bedurfte es einer Reihe Palissaden von beinahe einer halben Meile Ausdehnung. Hierbei bedachte ich allerdings nicht, daß in einem so großen Umkreis die Ziegen ebenso schwer zu fangen sein mußten, als wenn sie frei auf der ganzen Insel hätten umherlaufen dürfen.

Schon hatte ich etwa 150 Schritte fertig, als mir dieser Gedanke nachträglich beikam. Ich beschloß deshalb, nur ungefähr 200 Schritt einzufriedigen, was für eine Herde, wie ich sie in einiger Zeit haben konnte, wohl genügen mochte. Nach Vollendung jener Arbeit, welche drei Monate in Anspruch nahm, waren meine Ziegen schon so zahm geworden, daß sie mir überallhin folgten und mir aus der Hand fraßen. Binnen zehn Monaten hatte sich meine Herde bis auf zwölf Stück junge und alte vergrößert, in zwei Jahren war sie auf 43 gestiegen, obgleich ich mehrere davon zu meinem Lebensunterhalt geschlachtet hatte.

Nicht allein Fleisch hatte ich nun im Überfluß, auch Milch hatte meine Speisekammer mehr wie ausreichend aufzuweisen. Nach einigen vergeblichen Versuchen lernte ich sogar Butter und Käse machen, da ich auch Salz gefunden hatte, was durch Verdunstung von Seewasser in Vertiefungen am Meeresufer sich in Krusten gebildet hatte.

Die größte Beeinträchtigung erfuhr meine Würde als Herr des Insellandes durch die Beschaffenheit meiner Kleidung. Mein Anzug würde in jedem von Menschen bewohnten Lande die größte Heiterkeit oder vielleicht auch Furcht erregt haben. Als Kopfbedeckung trug ich eine hohe aus Ziegenfell gefertigte Mütze mit einem Zipfel, der bis auf die Schultern fiel, um mich vor der Sonne und vor Regen zu schützen. Rock und Beinkleider stammten gleichfalls von Ziegen her, und meine Füße schützte ich durch eine Art Sandalen, die an der Seite festgehalten wurden. Den Rock hielt ein Gurt von Leder zusammen, in welchem statt des Degens eine Axt und eine Säge hingen. Ein andres umgehängtes Band diente dazu, um meine mit Pulver und Schrot gefüllten Taschen festzuhalten. In einem Tragkorbe befanden sich meine Lebensmittel, meine Flinte hing über der Schulter, und außerdem hatte ich noch meinen Sonnenschirm zu halten, der sich mir als ganz unentbehrlich zeigte. Was meine Gesichtsfarbe betrifft, so war sie nicht so braun, als man bei dem heißen Klima vermuten möchte. Das kam natürlich daher, daß ich meinen Regen= und Sonnenschirm immer bei mir führte, auch wenn ich mich nur eine kleine Strecke von meiner Wohnung entfernte.

Jedenfalls war ich in jeder Beziehung ein Landesherr, der seinesgleichen suchen konnte.

Robinsons Ziegenherde.

Neuntes Kapitel.

Robinson entdeckt Spuren von Menschen.

Neuer Ausflug auf Entdeckungen. — Menschliche Spuren. — Robinsons Bangen. — Untersuchung
der Fußspuren. — Allerlei seltsame Gedanken.

Mit allem Notwendigen ausgerüstet, begann ich einen neuen
Ausflug, auf den ich fünf bis sechs Tage zu verwenden gedachte.
Mein erster Weg führte mich an jenen Ort, wo ich meinen Anker
ausgeworfen hatte, um die Felsen zu ersteigen und die Gegend zu
überblicken. Auch diesmal erstieg ich die Höhe und gewahrte zu
meinem Erstaunen, daß die See glatt war wie ein Spiegel, nirgends
vermochte ich eine Brandung zu entdecken. Diese befremdliche Erscheinung hatte jedenfalls ihren natürlichen Grund in der abwechseln-
den Bewegung der Ebbe und Flut. Da ich mir jedoch darüber noch
nicht ganz klar war, so wollte ich wie ein Naturforscher der Sache
auf den Grund gehen. Ich stieg deshalb gegen Abend, als es bereits dämmerte und die Ebbe eintrat, hinauf auf den Hügel und
sah auch jetzt wieder ganz deutlich die ungestüme Strömung. Zugleich

bemerkte ich aber, daß dieselbe eine halbe Stunde von der Küste entfernt schien, während sie früher dicht an der Sandbank hinlief. Auf diese Beobachtungen gestützt, sagte ich mir, daß ich die Insel ohne Schwierigkeit mit meinem kleinen Fahrzeug umschiffen könnte, wenn ich nur genau auf die Wiederkehr der Flut und Ebbe achtete. Indes hatten die überstandenen Gefahren einen so nachhaltigen Eindruck in mir zurückgelassen, daß ich für jetzt auf das Wagnis einer neuen Seefahrt verzichtete. Es kam mir nun ein ganz entgegengesetzter, wenn auch höchst mühselig auszuführender Plan in den Sinn.

Sollte es nicht möglich sein, mir eine neue Piroge zu bauen, um auf jeder Küste meiner Insel ein Fahrzeug zu besitzen?

Ich hatte damals sozusagen zwei Pflanzungen. Zunächst war es am Fuße des Felsens und in der Nähe des Ufers mein Zelt oder meine Burg samt Einzäunung und Höhle hinter dem Zelte. Letztere hatte ich allmählich vergrößert und neue Gemächer geschaffen, worin ich meine Vorräte, namentlich das Erzeugnis meiner Ernten, in zahlreichen großen Körben aufbewahrte. Im Verlauf der Jahre waren die Pfähle der zweiten Umhegung, die, wie ich erwähnte, Zweige getrieben hatten, bereits zu stattlichen Bäumen angewachsen und ihre Äste so ineinander verschlungen, daß man selbst in ziemlicher Nähe hinter diesem grünen Flechtwerk keine menschliche Wohnung bemerkt hätte. Etwas weiter in das Land hinein lagen meine beiden Kornfelder, auf deren Bebauung ich stets den größten Fleiß verwandte, so daß ich jährlich durch reichliche Ernten belohnt wurde.

Eine weitere Pflanzung hatte ich mir noch in der Nähe meines Landhauses angelegt. Auch dort, in jenem reizenden Thale, wuchs die grüne Hecke stattlich empor und gewährte erquickenden Schatten. In der Mitte spannte sich das Zelt von Segeltuch aus, und die Ziegenfelle, welche ich dorthin gebracht hatte, boten ein weiches Lager, während eine wollene Decke und ein großer Mantel mir während der kühlen Nächte zum Zudecken dienten. So konnte ich hier, wenn ich mein „Schloß" auf einige Zeit mit dem Lusthaus vertauschen wollte, mehrere Tage in aller Bequemlichkeit zubringen.

Ganz in der Nähe des Landhauses hatte ich, wie bereits erwähnt, die Einzäunungen für meinen Viehstand angebracht. Die beständige Sorge, daß mir die Ziegen einmal ausbrechen möchten, ließ mir keine Ruhe, bis ich das Palissadenwerk so dicht gemacht hatte, daß man kaum eine Hand hindurchstecken konnte. Als gar während der Regenzeit die Ruten und Stäbe ausschlugen, bot dieses Gehege den Vorteil einer undurchdringlichen Mauer.

In demselben Thale befanden sich auch die Weinstöcke, welche mir beträchtliche Vorräte für den Winter lieferten, und da die wert= vollen Reben meine Tafel mit den saftigsten Beeren versahen, so versäumte ich nie, zur gehörigen Zeit die Trauben zu trocknen.

Eines Tages überkam mich wieder die Lust zu einem Ausflug nach der Ost= und Nordseite meiner Insel, und ich wollte im Vorbeigehen auch nach meiner Barke sehen.

Zunächst begab ich mich an jenen Hügel, von welchem aus ich meine Beobachtungen angestellt hatte; dann wartete ich die Ebbe ab, um bei niedrigem Wasserstande über die Mündung des Baches zu gelangen, der am Fuße des Hügels hinfloß. Anfangs hielt ich mich längs des Ufers desselben, dann aber bog ich nordwärts ab und kam so gegen Abend an einen Fluß, der bei weitem be= deutender war als alle übrigen, welche ich bisher aufgefunden hatte. Diesen passierte ich schwimmend und befand mich bald an der Küste, die sich hier sehr wild und öde, teils hügelig, teils felsig und nur mit Gestrüpp bewachsen zeigte.

Schon brach die Nacht herein, als ich endlich mein Fahrzeug auffand; ich machte es mir darin so bequem als möglich und war, von dem Ereignis des heutigen Tages befriedigt, bald in tiefen Schlaf versunken.

Kaum hatte mich die Morgensonne aus meinem Schlummer erweckt, als ich wohlgemut meine Reise weiter fortsetzte. Nachdem ich einige Meilen zurückgelegt hatte, wurde mir eine Überraschung zu teil, die mich in die peinlichste und für die Folge auch schäd= lichste Aufregung versetzte: ich sah im Sande die deutliche Spur eines — Menschenfußes.

Eigentlich hätte ich mich freuen sollen, nach so langer Einsamkeit einmal die Spur eines menschlichen Wesens zu treffen; mein erster Gedanke galt jedoch den Wilden, den Menschenfressern, die, wie

Ein Menschenfuß!

früher erwähnt, die benachbarten Gebiete oder Inseln bewohnen
sollten. Wie vom Blitz getroffen, blieb ich beim Anblick des Fuß=
abbrucks stehen; ich lauschte, ich blickte umher, sah und hörte aber
nicht das Geringste. Ich bestieg in der Nähe einen kleinen Hügel,
von welchem aus ich einen größeren Raum überblicken konnte; dann

ging ich wieder an das Ufer des Meeres hinab und durchlief die
Küste von einer Seite zur andern, um zu sehen, ob noch andre
Fußtritte im Sande abgedrückt wären, aber ich konnte nichts entdecken.
Hierauf untersuchte ich die zuerst erblickte Spur noch einmal, um mich
zu vergewissern, ob mich vielleicht meine Sinne getäuscht hätten. Allein
Zehen, Ferse, Ballen, kurz alle Teile eines Menschenfußes waren nur
zu deutlich abgedrückt. Woher mochte diese Spur kommen?

Es schien fast unmöglich, dieses Geheimnis zu enträtseln. Ent=
setzen durchfuhr meine Glieder, wenn ich an die kaum mehr zu
bezweifelnde Nähe von Kannibalenhorden dachte, und in äußerster
Verwirrung schlug ich den Heimweg ein. Jetzt erschrak ich vor jedem
Strauche, vor jedem Baume und fürchtete bei dem Rascheln eines
Blattes einen Wilden auf mich losstürzen zu sehen. In halber Be=
sinnungslosigkeit traf ich endlich wieder in meiner Burg ein, ohne
daß ich mich nachträglich besinnen konnte, ob ich auf der Leiter oder
durch die Felsenthür hereingekommen war. Kein Fuchs sucht hastiger
seinen Bau auf, als ich nach meinem Zufluchtsorte eilte.

Vor Sorgen vermochte ich die ganze Nacht kein Auge zuzu=
drücken. Meine erregte Einbildungskraft erschreckte mich durch die
furchtbarsten Trugbilder, und ich glaubte sogar einen Augenblick, daß
jene Spur von dem leibhaftigen Gottseibeiuns herrühre. Konnte
denn irgend ein menschliches Geschöpf ohne Fahrzeug meine Insel
erreichen? Wo aber war irgend ein Schiff zu sehen, und wie kam
es, daß ich nur eine einzige Fußspur entdeckte, da doch der Boden
ringsum ganz dieselbe sandige und lockere Fläche zeigte?

Die Fußspur im Sande kam mir nicht aus dem Sinn. Konnten
aber nicht die Kannibalen von jenem Festlande, welches ich gesehen
hatte, durch irgend welchen Zufall auf meine Insel verschlagen worden
sein? Vielleicht fühlten sie, da sie gerade an dem ödesten Teile der
Insel landeten, kein sonderliches Behagen, hier Hütten zu bauen; sie
konnten dann sehr wahrscheinlich meine Piroge gesehen und hieraus
geschlossen haben, daß die Insel von Menschen bewohnt sei. Wie,
wenn sie nun in größerer Anzahl von neuem erschienen, mich ge=
fangen nahmen und nach ihrer barbarischen Weise schlachteten und
verzehrten? Oder, wenn auch das nicht, so konnten sie doch meine

Ziegen wegführen, meine Felder zerstören und mich meiner Vorräte berauben.

Solche und ähnliche Gedanken marterten meinen Geist drei Tage und drei Nächte lang, und ich wagte nicht, nur einen Schritt weit von meiner Felsenburg mich zu entfernen. Indessen gingen meine Vorräte an Wasser, Milch und Gerstenkuchen völlig zu Ende, und ebenso notwendig, als diese zu ersetzen waren, mußte ich meine Ziegen melken, weil sonst zu befürchten stand, daß ihnen die Milch vergehen möchte. Da half kein Zaudern mehr, und so schwer es mir auch ankam, wieder landeinwärts zu gehen, so mußte ich mich doch der Notwendigkeit fügen. Nachdem ich einige Schritte gegangen war, wurde ich etwas beherzter, ja ich fing an, mich über meine Zaghaftigkeit selbst auszuschelten. Dann endlich an Ort und Stelle angekommen, melkte ich meine Ziegen, welche mich schon längst erwartet zu haben schienen.

Einige Tage verlebte ich hier, ohne daß ich etwas Besonderes bemerkt hätte. Ich streifte wieder mit meiner Flinte umher, besichtigte meine Pflanzungen und melkte meine Ziegen wie zuvor; aber meine frühere Ruhe und Unbefangenheit waren dahin. „Die Fußspur! die Fußspur!" Ich mußte Gewißheit darüber haben, ob ich den Abdruck meines eignen oder eines fremden Fußes gesehen habe. Zu meiner Beruhigung entschloß ich mich endlich, noch einmal an Ort und Stelle eine genaue Besichtigung vorzunehmen. Als ich aber den Ort des Schreckens erreichte, überzeugte ich mich zunächst, daß ich bei meiner Landung mit dem Boote unmöglich diese Gegend berührt haben konnte, denn sie lag jedenfalls weit davon entfernt. Nachdem ich vollends die rätselhafte Spur mit meinem Fuße gemessen hatte, ergab sich's deutlich, daß sie viel länger und breiter war. Nun stellte es sich für mich als klar und unumstößlich heraus: das Merkmal rührte von einem fremden und sicherlich wilden Menschen her.

Bei dieser Entdeckung bemächtigte sich meiner von neuem Angst und Bangen, eisiger Frost schüttelte mich wie einen Fieberkranken; ich wußte nicht, was ich beginnen sollte. Die Furcht gab mir die unsinnigsten Gedanken ein.

Im erſten Augenblick wollte ich meine Umzäunungen nieder=
reißen und all mein Vieh in den Wald hinauslaſſen, aus Furcht,
daß es der unbekannte Feind finden und verlockt werden möchte,
öfter hierher zurückzukehren. Dann wollte ich meine Pflanzungen,
mein Zelt und das ſchützende Wäldchen vernichten, um jede Spur
einer menſchlichen Wohnung zu tilgen. Die Verwirrung meiner
Gedanken hielt mich die ganze Nacht munter, und erſt gegen Morgen
ſchlief ich bis zum Tode ermattet ein. Als ich erwachte, dachte ich
weniger befangen über meine Lage nach. Endlich kam ich zu dem
Schluß, daß die anmutige und fruchtbare, nur in mäßiger Ent=
fernung vom Feſtland gelegene Inſel nicht ſo ganz verlaſſen ſein
könne, als es mir bis jetzt vorgekommen, und daß ſie wenigſtens
mitunter von Wilden, die entweder freiwillig oder gezwungen mit
ihren Kanoes hier landeten, beſucht würde. Zwar hatte ich ſeit
den f ü n f z e h n J a h r e n meines Aufenthalts auf dieſer Inſel noch
keinen einzigen Menſchen geſehen; doch mochte dies ohne Zweifel
daher rühren, daß diejenigen, welche aus irgend einem Grunde
hierher kamen, keine Veranlaſſung fanden, länger zu verweilen.
Die einzige Gefahr für mich war eine zufällige Landung herum=
ſtreifender Menſchen vom Feſtlande. Da es aber wahrſcheinlich
war, daß dieſe nicht leicht aus eignem Antriebe die Inſel beſuchen
würden, ſo beeilten ſie ſich auch wohl, dieſelbe ſchnell zu verlaſſen,
und mochten ſich nicht einmal eine Nacht an der Küſte aufhalten,
aus Furcht, die günſtige Strömung und die Tageshelle zur Rück=
fahrt entbehren zu müſſen. Sonach hatte ich alſo für den Fall,
daß die Anweſenheit von Wilden außer allem Zweifel ſtand, nichts
weiter zu thun, als mich in meine Feſtung zurückzuziehen und mich
hinter den Wällen ſtill zu verhalten.

Trotz ſolcher beruhigenden Erwägungen ſteigerten Zweifel meine
Unruhe und Angſt. Mein Vertrauen auf die allwaltende Güte
Gottes war dahin; Trübſal und Verwirrung umſchatteten meinen
Geiſt ſo ſehr, daß er ſich nicht aufzurichten vermochte in einem
Gebet zu dem, der da ſpricht: „Rufe mich an in der Not, und ich
will dich erretten." Hätte ich nur auf dieſe Stimme gehört und
den Herrn in meiner Not angerufen, ſo wären ſicherlich feſter Mut

und größere Beharrlichkeit in meine Seele eingezogen; Zaghaftigkeit und Furcht, die alle meine Sinne gefangen hielten, würden dann niedergekämpft worden sein.

Jetzt bereute ich es, daß ich mir einen Ausgang aus meiner Höhle gegraben hatte, der nicht durch Verschanzungen gesichert war. Ich nahm mir daher sogleich vor, in einiger Entfernung von der Mauer eine zweite Palissadierung im Halbkreise aufzuführen, gerade da, wo ich vor zwölf Jahren eine doppelte Reihe von Bäumen angepflanzt hatte. Diese standen ohnehin schon dicht genug, daß es nicht mehr viel beburfte, um die Zwischenräume zwischen ihnen auszufüllen, so daß nach wenigen Jahren ein undurchbringliches Gehege emporwuchs. So schützte mich eine doppelte Mauer, und die äußere ließ sich noch durch Bohlen, alte Taue, Schutt und Erdreich verstärken. Diesen Wall führte ich nicht nur über den Ausgang, sondern auch über die Quelle hinaus, um nie Gefahr zu laufen, daß es mir an Wasser mangle.

Nachdem dies alles geschehen war, besteckte ich den ganzen Abhang der kleinen Wiese vor meinem zweiten Befestigungswerke mit mehr als 2000 Schößlingen von jenem weidenähnlichen Holze, ließ aber überall zwischen denselben und meinem Baumwall einen beträchtlichen freien Raum, damit ich den Feind herankommen sehen, er aber hinter den jungen Bäumen kein Versteck finden konnte. Schon nach drei bis vier Jahren war das Gehölz um meine Festung so dicht, daß es in der That undurchbringlich schien und kein Mensch hinter diesem Gebüsch eine menschliche Wohnung vermuten konnte. Da ich keinen Weg nach meinem Schlosse offen gelassen hatte, so gelangte ich über den äußeren Wall nicht anders als mit Hilfe zweier Leitern.

Die eine lehnte ich gegen einen sehr hohen Teil des Felsens, auf dem ich die zweite unterbringen konnte. Waren beide Leitern weggenommen, so konnte kein Mensch zu mir gelangen, ohne sich der größten Gefahr auszusetzen. In der inneren Verschanzung brachte ich sieben Schießlöcher an, nicht größer als nötig, um den Arm durchzustecken; außerdem verstärkte ich diesen Wall bis auf drei Meter, indem ich dagegen Erde aufschüttete, die ich aus der

Höhle schaffte und mit den Füßen feststampfte. In jene sieben Öffnungen brachte ich sieben mir noch übrig gebliebene Musketen, richtete Gestelle für sie auf, auf denen sie so ruhten, wie Kanonen auf ihren Lafetten, und ich war somit im stande, alle meine Gewehre binnen einer Minute abzuschießen.

Auf diese Weise hatte ich alle Maßregeln ergriffen, welche die Klugheit eingeben konnte, und ich fand später, daß sie mir von Nutzen waren. Während dieser Arbeit versäumte ich jedoch meine übrigen Angelegenheiten nicht; besonders war ich um meine Ziegenherde besorgt.

Verschiedene kleine Rasenplätze, mit hohen, dichten Wäldern umzäunt, boten einen geeigneten Park für meine Herden, und dies erschien mir um so ratsamer, als ich dann nur wenig mittels Einzäunung nachzuhelfen brauchte. Nach einem Monat hatte ich diese Hecken vollendet und trieb nun zehn junge Ziegen und zwei Böcke dorthin.

Für die Sicherheit eines Teiles meiner lebendigen Vorräte war jetzt gesorgt. Nun durchstreifte ich die Insel, um einen Platz ausfindig zu machen, der sich zu einem Reservepark umschaffen ließe. Bei diesen Wanderungen drang ich weiter, als dies bisher geschehen war, gegen die westliche Spitze der Insel vor, und als ich meine Augen auf die See hinausrichtete, kam es mir vor, als schaukle ein Boot auf den Wellen.

Ich war jetzt an einer Stelle der Insel, die ich bis dahin noch nicht betreten hatte. Wer aber malt mein Entsetzen, als ich mich hier umschaute! Jetzt fand ich mit einem Mal Aufklärung über jene Fußspur, und zwar in einer Art, die meine vormalige Furcht völlig rechtfertigte. Ringsum sah ich das Ufer mit Hirnschädeln, Arm- und Fußknochen und andern menschlichen Körperteilen bedeckt. Besonders fiel mir ein Kreis in die Augen, den die Kannibalen in die Erde gegraben hatten, um wahrscheinlich innerhalb desselben bei einem großen Feuer ihre abscheulichen Festmahlzeiten abzuhalten.

Dieser Anblick erschütterte mich so, daß ich im Augenblick an die eigne Gefahr gar nicht dachte. Mein ganzes Gefühl empörte ſich gegen eine ſolche Entartung der menſchlichen Natur. Dieſer Platz war mir fortan ein Ort des Grauens, und ich eilte, ſo ſchnell mich meine Beine trugen, nach meine Wohnung zurück. Als ich eine halbe Meile gelaufen, blieb ich plötzlich ſtillſtehen, um meine

Die Reſte der Kannibalenmahlzeit.

Gedanken zu ſammeln. Mit thränenden Augen blickte ich zum Himmel empor und dankte Gott aus der innerſten Tiefe meines Herzens, daß er mich unter Menſchen geboren werden ließ, wo ſolche Abſcheulichkeiten nicht vorkommen. Ebenſo dankte ich auch der Vorſehung, daß ſie mich an derjenigen Seite der Inſel ſtranden ließ, wo jene Kannibalen nur höchſt ſelten, ja vielleicht niemals

landeten, und daß troß meiner öfteren Hin= und Herzüge in und
um das Land meine Anwesenheit von ihnen noch nicht bemerkt
worden war. Beherrscht von dieser trostreichen Stimmung, setzte
ich meinen Gang fort und kam endlich in meiner Burg wieder an,
weit mehr beruhigt über meine Sicherheit als zuvor.

Dieses Gefühl der Sicherheit dauerte indes nicht lange; die
Unruhe nahm wieder überhand, und ich verhielt mich fast zwei
Jahre lang in meinen Wohnungen gleichsam wie ein Gefangener,
kaum daß ich mich zu meinen drei Pflanzungen, meinem Lusthause
und meiner Weide im Walde hinwagte, welche letztere ich nur be=
suchte, um Ziegen zu fangen. In beständiger Besorgnis, daß die
Wilden meinen Aufenthalt auswittern möchten, suchte ich alles zu
vermeiden, was ihnen die Spur meines Verweilens verraten konnte.

Vor allen Dingen unterließ ich es jetzt, ein Feuergewehr ab=
zuschießen, weil ich befürchtete, von den Wilden gehört zu werden.
Aber ein ander Ding war es mit dem Rauch, der aus meinem
Versteck aufstieg! Wie leicht konnte er mich den Falkenaugen der
Kannibalen verraten! Wenn ich daher Brot zu backen oder irdene
Geschirre zu brennen hatte, so wendete ich Holzkohlen an. Ich hatte
nämlich als Knabe in der Heimat gesehen, wie man Holz unter
Torferde anzündete und durch Glühen in Kohlen verwandelte.
Dieses Verfahren wandte ich jetzt an und vermied dadurch das
Aufsteigen des Rauches.

Auch ging ich während dieser Zeit nicht mehr aus, um nach
meinem Kanoe zu sehen; denn unter den jetzigen Umständen durfte
ich nicht daran denken, das andre Fahrzeug zurückzuholen. Stets
unternahm ich meine Ausflüge nur unter dem Schutze von zwei
oder drei Pistolen sowie eines Degens, zu welchem ich mir ein
eignes Bandelier gemacht hatte. Man wird mir wohl glauben, daß
ich in diesem Aufzuge im stande war, einigermaßen Furcht ein=
zuflößen. Auf der Rückseite des bekannten Hügels fand ich einen
Ort, wo ich die Wilden, falls sie landen sollten, von ihnen unbemerkt
beobachten, mich auch durch das dichte Gebüsch heranschleichen, in
einem hohlen Baume verbergen und ihrem barbarischen Treiben zu=
schauen konnte. Da stellte ich mir denn einige zwanzig Menschen

vor, die unter meinen Kugeln oder Hieben zu Boden stürzten; die umherliegenden Schädel und Gebeine steigerten nur noch meinen Racheburst.

Jede meiner Musketen lud ich mit vier bis fünf größeren Kugeln, die Jagdflinte mit grobem Schrot und die Pistolen mit drei bis vier kleineren Kugeln. Nachdem ich alles zu einem Kriegszuge ausgerüstet hatte, wanderte ich jeden Morgen auf einen Hügel, der ungefähr eine Meile von meiner Burg entfernt war, um zu beobachten, ob sich nicht ein Boot auf der See zeige, das nach meiner Insel zusteure. Drei bis vier Monate lang hielt ich hier Tag für Tag Wache und spähte auf das Meer hinaus, ohne auch nur die geringste Spur eines Fahrzeugs zu entdecken. — Nach so vielen fruchtlosen Bemühungen war es natürlich, daß sich mein Eifer abkühlte; eine andre Anschauung der Verhältnisse gewann in mir die Oberhand.

Wer, so fragte ich mich selbst, hatte mich denn zum Richter über diese Menschen gesetzt, die noch gänzlich ihren grausamen Gewohnheiten ergeben vielleicht der Meinung leben, sie verrichten eine ihrer Gottheit gefällige Handlung? Ist es doch bei diesen Völkern Kriegsbrauch, welchen sie seit alten Zeiten von ihren Vätern ererbt haben, Gefangene mit sich zu führen und sie zu töten, und scheint es ihnen doch ebensowenig strafwürdig, als wenn wir ein unschuldiges Tier schlachten.

Allerdings geben sich die Wilden einem blutdürstigen Götzendienste hin, welcher Menschenopfer fordert; aber ist diese Barbarei zu vergleichen mit den Greueln, welche die Spanier in Mexiko und in Peru verübt hatten, wo sie ganze Völkerschaften vertilgten? Als ich daran dachte, was mir mein Vater aus jenen grausamen Zeiten erzählt hatte, wurde ich milder gegen die unglücklichen Kannibalen gestimmt, und ich fand es selbst von meiner Seite unmenschlich, sie in feindseliger Absicht anzugreifen, solange sie mich nur selbst in Ruhe ließen.

Außerdem hätte ich wahrscheinlich durch ein allzu rasches Handeln meinen eignen Untergang herbeigeführt. Denn gesetzt, es wäre eine Anzahl von 30 Wilden auf mich eingestürmt, war ich

denn wirklich so sicher, sie alle zu töten? Ja, wenn nur ein einziger
mir entkam, um seinen Kriegsgefährten in der Heimat Kunde zu
bringen, so landeten bald Hunderte, vielleicht Tausende, um den
Tod ihrer gefallenen Freunde zu rächen. Aus alledem zog ich den
Schluß, daß die Klugheit und die Menschlichkeit mir in gleicher
Weise verböten, mich in die Angelegenheiten jener halbtierischen
Menschen überhaupt zu mischen.

Die Religion vereinigte sich mit der Besonnenheit, um mich
zu überzeugen, daß meine grausamen Entwürfe gegen die Wilden,
die mir noch nie etwas zuleide gethan hatten, meinen Pflichten
durchaus zuwiderliefen. Ich hatte jetzt alle Ursache, Gott auf den
Knieen dafür zu danken, daß er mich nicht eine That begehen ließ,
die ich nunmehr für einen Menschenmord ansah. Ich flehte zu
Gott, mich vor diesen Barbaren zu bewahren, und gelobte mir,
nur dann Hand an sie zu legen, wenn meine Selbstverteidigung
dies erforderte. Bei solchen Gesinnungen beharrte ich fast ein
ganzes Jahr und war so wenig gegen die schlimmen Nachbarn
ungehalten, daß ich während dieser Zeit nicht einmal den Hügel
bestieg, um zu sehen, ob sich ihre Fahrzeuge in der Ferne zeigten
oder ob sie kürzlich auf der Insel gewesen wären.

Achtzehn Jahre lebte ich nun schon auf meiner Insel, und
noch hatte ich nicht mehr als einen einzigen Fußabdruck im Sande
und die Reste einer Blutmahlzeit angetroffen. Ich durfte daher
wohl annehmen, daß die Besuche der Wilden auf dem Eilande sehr
selten stattfanden und daß ich auch in der Folgezeit unentdeckt
bleiben würde. Mein kleines Boot schaffte ich auf die östliche
Spitze der Insel in eine durch Felsen geschützte Bucht, wohin die
Fremden wegen der widrigen Strömung nicht gelangen konnten.
Inzwischen war mein Vorrat an Kohlen zu Ende gegangen, und
ich mußte darauf bedacht sein, denselben wieder zu erneuern. Des=
halb wanderte ich in jenes Felsenthal, wo meine Ziegenherden unter=
gebracht waren und wo ich in einer Höhle am Fuße eines Berges
einen passenden Platz für meine Kohlenbrennerei gewählt hatte.
Während ich in der Nähe eines Felsens Äste abhieb, gewahrte ich
hinter einem dichten Gebüsch eine dunkle Höhlung in der Berg=

wand, die sich ziemlich tief in den Berg verlief. Schon hatte ich
mir durch das Gestrüpp einen Weg gebahnt, um meine Neugierde
zu befriedigen, da funkelten mich gleich flammenden Sternen zwei
große mächtige Augen an. Hierdurch vollständig in Verwirrung
gesetzt, rang ich längere Zeit nach Fassung; endlich fing ich an,
mich über meine Furcht zu schämen. Als ich wieder vor der Fels=
wand stand, nannte ich mich einen Feigling, indem ich mir sagte,
daß ein Mensch, der seit fast 20 Jahren allein auf einem öden
Eiland gelebt, doch mehr Besonnenheit haben sollte, um nicht vor
jedem außergewöhnlichen Anblick wie ein furchtsames Kind zu er=
zittern. Ich faßte also frischen Mut, nahm einen Feuerbrand und
trat in die Grotte ein. Kaum hatte ich jedoch drei bis vier Schritte
gethan, als ich erschrocken zurückfuhr, so daß auf meiner Stirn
Schweiß stand. — Meine Haare sträubten sich empor, denn aus
dem Innern der Höhle klang es wie das Seufzen eines leidenden
Menschen, dann folgten ein Stöhnen und tiefes Seufzen.

Ich sammelte alle meine Kräfte und ermutigte mich durch den
Gedanken, daß Gott allgegenwärtig sei und mich überall beschützen
könne. Noch einmal trat ich mit dem Feuerbrand in die Höhle
zurück, und nun erst gewahrte ich, daß es nichts weiter war, als
ein großer, alter Ziegenbock, der hier im Sterben lag. Ver=
gebens bemühte ich mich, ihn aufzurütteln, er sank immer wieder
in seine vorige Lage zurück. Ich ließ ihn also liegen und sah mir
die Höhle etwas genauer an. Sie war ziemlich groß und hoch
und offenbar nicht durch Menschenhand, sondern von der Natur
selbst gebildet. Im Hintergrunde entdeckte ich eine Öffnung, die
noch tiefer in die Erde ging, indes so niedrig war, daß man nur
auf Händen und Füßen hineinkriechen konnte. Für heute begnügte
ich mich aber mit den gemachten Beobachtungen, brannte meine
Kohlen, melkte die Ziegen und kehrte nach meiner Wohnung zurück.

Am andern Tage kam ich mit sechs großen Lichtern an dem=
selben Orte an. Ich muß hier erwähnen, daß ich schon seit mehreren
Jahren ganz leiblich Lichter aus Bocksfett herstellte, zu deren Dochten
ich teils alte Lumpen oder Tauenden, teils die getrockneten Stengel
einer Nesselpflanze verwandte. Der alte Bock hatte sich während

meiner Abwesenheit bis an die Öffnung der Höhle geschleppt, wo
er auch liegen blieb. Ich schaffte das schwere Tier beiseite und
begrub es sogleich. Dann zündete ich zwei Lichter an und trat in
die Höhle. Als ich an die enge Öffnung im Hintergrunde kam,
buckte ich mich nieder und kroch ungefähr drei Meter weit auf den
Händen fort; da erweiterte sich die Öffnung, und meine Augen
wurden durch ein prachtvolles Schauspiel gefesselt. Ich befand mich
nämlich in einer herrlichen Wölbung, an deren Wänden sich der
Strahl der Lichter in tausendfachem Schimmer brach. Waren es
Diamanten oder vielleicht Goldkörner, die sich an die Felsenwände
kristallisiert hatten? Ich konnte es nicht entscheiden. Der Boden war
trocken und eben, mit äußerst feinem Kies bedeckt, und nirgends eine
Spur von Feuchtigkeit, schädlichen Ausbünstungen oder widerwärtigen
Tieren. Als einzigen Übelstand fand ich die Beschwerlichkeit des
Eingangs und die dichte Finsternis. Dennoch freute ich mich über
meine Entdeckung, da die Grotte eine sichere Zufluchtsstätte zu
bieten versprach; ich beschloß also gleich, diejenigen Gegenstände,
die mir am wertvollsten schienen, ohne Zögern hierher zu schaffen.

Vor allem brachte ich meinen Vorrat an Pulver samt meinen
beiden Jagdflinten und drei Musketen nach der Grotte. Bei dieser
Gelegenheit öffnete ich auch mein letztes Pulverfäßchen, das ich aus
der See aufs Trockene gerettet hatte, und bemerkte, daß das Meer=
wasser ein Stück eingedrungen, das Pulver soweit zu einer harten
Schale zusammengebacken, der Rest aber vollständig gut erhalten
war. Alles das schaffte ich in die Grotte und behielt für meinen
gewöhnlichen Bedarf nur wenig zurück. Auch das Blei, welches
ich noch besaß, um daraus Kugeln zu gießen, barg ich nebst andern
wertvollen Dingen an diesem von der Natur so geschützten Orte.
Ich gewann nun die Überzeugung, daß, wenn mich die Kannibalen
auf der Insel auszuspähen versuchten, sie mich hier kaum finden
würden; jedenfalls glaubte ich nun vor Angriffen sicher zu sein.
Ich kam mir jetzt vor wie einer der Riesen aus der Vorzeit, welche
in Höhlen und Felsenklüften lebten, in denen sie unnahbare
Zufluchtsstätten fanden.

———— •o• ————

Robinson bringt seinen neuen Freund ins Trockene.

Zehntes Kapitel.

Stillleben mit Unterbrechungen.

Robinsons Menagerie. — Viehzucht und Bierbrauerei. — Neuer Besuch von Wilden. — Das
Wrack. — Ein neuer Freund. — Reiseträume.

Dreiundzwanzig Jahre lebte ich nun auf meinem Eilande,
und ich hatte mich während dieser Zeit mit meinem Schicksal aus=
gesöhnt. Nur selten überkam mich ab und zu die Furcht, durch
die Überfälle der Wilden beunruhigt zu werden. In meinem Haus=
wesen hatte ich mir alle möglichen Bequemlichkeiten verschafft, ja
selbst an Vergnügungen fehlte es nicht. Zwar war mir schon nach
dem 16. Jahre meiner Einsiedelei in meinem Phylax ein treuer
Gefährte gestorben, doch ersetzten zwei oder drei Lieblingskatzen
diesen Verlust. Außerdem sprangen noch einige zahme Ziegen und
ein Böckchen um mich her, die mir überall folgten und ihr Futter

7*

aus meiner Hand nahmen. Den größten Zeitvertreib gewährte mir mein alter Freund Poll, der im Laufe der Zeit so vielerlei und deutlich sprechen lernte, daß er mich fast die Sehnsucht nach dem Umgang mit Menschen vergessen ließ; ich besaß nebenbei aber auch noch zwei andre Papageien, aus deren Schnabel ebenfalls lustig ein lautes „Robin, Robin!" „Crusoe, Crusoe!" ertönte. Überdies hatte ich sogar mehrere Land= und Seevögel zahm gemacht, ihnen die Flügel gestutzt und in dem Zaungehege meines Schlosses ihren Nistplatz angewiesen, wo sie sich bald vermehrten und durch ihr reges Treiben Leben um meine Burg verbreiteten.

Neue Pläne beschäftigten fortan meinen Geist, um die selbst= geschaffene Behaglichkeit zu vermehren. So geriet ich unter anderm auf den Einfall, mir den Lebensgenuß durch die Beschaffung des edlen Gerstensaftes zu erhöhen. Wochen und Monate brachte ich mit zahllosen Versuchen zu, ohne ein Ergebnis zu erzielen. In= dessen glaubte ich doch, daß ich bei meiner Beharrlichkeit noch einen trinkbaren Gerstensaft zusammengebraut haben würde, wenn nicht die beständige Sorge vor den Wilden mich zu andern Beschäftigungen angetrieben hätte.

So nahte der Dezember des 23. Jahres heran, und die Aus= sicht auf eine gedeihliche Ernte hatte mich häufiger als je auf meine Felder und Pflanzungen gelockt; da wurde ich von neuem in eine nicht geringe Aufregung versetzt. Als ich nämlich, noch in der Morgendämmerung, ausrückte, sah ich zu meinem großen Er= staunen den Widerschein eines Feuers am Ufer, aber nicht etwa in der meiner Wohnung entgegengesetzten Seite, sondern gerade vor meinem Bezirk, und zwar höchstens eine halbe Stunde entfernt. In großer Bestürzung zog ich zuerst mich in ein Wäldchen zurück, das ich nicht zu verlassen wagte. Dann aber lief ich geradeswegs nach meiner Burg zurück, zog die Leiter an mich heran und traf Anstalten zu meiner Verteidigung.

Fest entschlossen, mich bis auf den letzten Blutstropfen zu ver= teidigen, lud ich alle meine Kanonen, wie ich die auf den Lafetten liegenden Musketen nannte, sodann auch meine Pistolen mit Kugeln und Eisenstücken. Darüber vergaß ich aber nicht, mich dem Schutze

Gottes zu empfehlen und ihn zu bitten, er möge mich vor den
gefährlichen Unholden bewahren.

In dieser Lage verharrte ich fast zwei Stunden; endlich konnte
ich die peinliche Ungewißheit nicht länger ertragen. So lehnte ich
wieder meine Leiter an, stieg auf den neben meinem Schloß befindlichen Felsen und spähte nun mit dem Fernglase nach der
Richtung hin, wo ich das Feuer bemerkt hatte. Hier sah ich gegen
zehn ganz unbekleidete Wilde um einen Herd herum kauern, auf
dem sie ein loderndes Feuer unterhielten, um eine ihrer entsetzlichen
Menschenmahlzeiten abzuhalten. Plötzlich erhoben sie sich und
führten unter allerlei Gebärden einen Tanz auf. Die Kannibalen
hatten zwei Kanoes am Ufer befestigt, und da gerade die Zeit der
Ebbe war, so schien es, als ob sie die Zeit der Flut abwarten
wollten, um wieder von der Insel abzufahren. Es ist schwer, sich
einen Begriff von der Verwirrung zu machen, welche dieser Anblick
in mir hervorrief; aber ich hatte richtig geurteilt, denn als die
Flut zu steigen begann und nach Westen strömte, sah ich, wie sich
die Wilden sämtlich wiedereinschifften und fortruderten. Die Beobachtung, daß die Fremden nicht anders als mit der Ebbe ankommen könnten, gab mir eine große Beruhigung. Solange die
Flutzeit dauerte, konnte ich also mit aller Sicherheit umherstreifen.

Nunmehr nahm ich meine beiden Gewehre auf die Schultern,
steckte ein paar Pistolen zu mir, hängte ein großes Jagdmesser um
und begab mich eilends nach der Stelle, wo die Fremden ihr
blutiges Fest gehalten hatten. Da sah ich denn gräßliche Spuren
ihrer Grausamkeit: Blut, Knochen und einige Stücke Fleisch von
den menschlichen Opfern. Dann begab ich mich auf jenen Hügel,
wo ich das erste Mal ähnliche Überreste gefunden hatte, und bemerkte von hier aus, daß noch drei andre Kanoes mit Wilden da-
gewesen waren, welche sich gleichfalls an Menschenfleisch gesättigt
hatten. Ein Blick auf das Meer zeigte mir, wie sie ihrer Heimat
zufuhren. Von neuem flammte mein Zorn auf, und ich beschloß,
den ersten, der sich mir auf Schußweite nahen würde, durch eine
Kugel niederzustrecken. Wieder gab ich mich zornigen Gefühlen
gegen die Barbaren hin und sann auf Mittel, wie ich sie am vor-

teilhaftesten überraschen könnte, wenn sie sich, wie bei dem vor=
hergegangenen Besuche, in zwei Haufen trennten.

Inzwischen vergingen Jahr und Tag, ohne daß sich der Besuch
der Wilden wiederholt hätte; wenigstens konnte ich keine Spur
davon entdecken. Zudem durfte ich auch sicher sein, daß sie in der
Regenzeit sich nicht auf die hohe See hinauswagten. Dennoch
befand ich mich während dieser ganzen Zeit in großer Unruhe.
Bange Träume von Verfolgung und Blutvergießen marterten mein
Hirn, so daß ich selbst im Wachen zwischen Beängstigung und
Racheburst schwebte.

Es war am 16. Mai des 24. Jahres meiner Herrschaft als
Inselkönig, als ein heftiger Sturm, begleitet von fast ununter=
brochenen Blitzen und Donnerschlägen, einen ganzen Tag sowie den
größten Teil der Nacht hindurch tobte. Ernste Gedanken über
meine gegenwärtige Lage beschäftigten mich. Eben hatte ich gegen
Abend meine Trösterin, die Bibel, zur Hand genommen, um aus
diesem ewig quellenden Born neue Zuversicht zu schöpfen, da schreckte
mich plötzlich ein dumpfer Knall, wie von einer Kanone, aus
meiner Andacht auf.

Eine Bestürzung ganz eigner Art rief die verschiedensten Ge=
fühle in meiner Seele wach. Eiligst kletterte ich über die Fenz
und stieg auf meine Warte hinauf. Gerade in dem Augenblicke,
als ich den Gipfel erreichte und nach der tobenden See schaute,
verkündigte von dort her ein Blitz einen zweiten Schuß, dessen
Knall auch nach mehreren Sekunden mein Ohr erreichte. Er kam
von jener östlichen Strömung her, in die ich früher selbst einmal
mit meinem Kanoe geraten war. Ich vermutete sofort, daß der
dumpfe Knall von einem in Not geratenen Schiffe herrühre, welches
einem andern in seiner Nähe dahinsegelnden durch Signale von
seiner gefährlichen Lage Kenntnis geben wollte. Wiewohl ich den
in Not Geratenen doch keine Hilfe zu bringen vermochte, so konnten
sie vielleicht mir helfen. Ich trug daher so viel trockenes Holz,
als sich in der Eile zusammenraffen ließ, auf die Warte zusammen,
schichtete es in einen hohen Haufen und zündete es an, obgleich der
Wind heftig wehte. Bald schlug die Lohe hoch empor, und sicherlich

wurde sie von den auf dem brandenden Meere Befindlichen gesehen, denn das Fahrzeug feuerte kurz hintereinander mehrere Kanonen= schüsse ab. Während der ganzen Nacht blieb ich auf meinem Posten und unterhielt den Brand durch immer neu hinzugetragenen Zünd= stoff; von Zeit zu Zeit drang der dumpfe, unheimliche Knall der Notsignale durch Sturm und Nacht an mein Ohr, bis endlich alles verstummte.

Der Morgen brach hell und freundlich an; der Sturm hatte ausgerast. Ich lugte mit meinem Fernrohr gegen Ost und ge= wahrte in ziemlicher Entfernung von der Insel einen nur undeut= lich erkennbaren Gegenstand; aber nach meiner Überzeugung mußte es ein Schiff oder Wrack sein. Da ich nun auch den Tag über, wie man sich leicht denken kann, mit gespanntester Aufmerksamkeit nach diesem Punkt hinsah, derselbe aber sich nicht von der Stelle rührte, so schloß ich daraus, daß ich wohl ein gestrandetes Schiff vor mir habe. Um hierüber klar zu werden, nahm ich mein Ge= wehr samt Pistolen und eilte nach dem südlichen Teile der Küste und der Felsen, gegen welche mich einst die Strömung getragen hatte. Dort angekommen, sah ich deutlich bei vollkommen klarem Himmel Bug und Masten eines dem Untergang verfallenen Schiffes, genau an derselben Stelle, an welcher einst auch unser Fahrzeug ein gleiches Schicksal ereilte. Dieselben Riffe waren es, welche durch die bewirkte Gegenströmung meine Rettung aus der ver= zweifeltsten Lage bei Umsegelung der Insel herbeiführten.

So wird das, was dem einen Rettung bringen kann, oft Ur= sache zum Verderben des andern.

Das gestrandete Schiff brachte mich auf allerhand Betrachtungen. Besonders fiel mir auf, daß von der ganzen Mannschaft auch nicht ein einziger zu sehen war. Ich dachte, daß die Leute bei nächtlicher Dunkelheit die Küste der Insel nicht bemerkt hatten, sonst möchten sie sich gewiß beeilt haben, mit ihrem Ruderboote anzulegen. Dem widersprach jedoch das Signalisieren mit den Kanonen, denn ohne Zweifel hatten sie mein Feuer auf der Bergesspitze wahrgenommen und mußten demnach Land in der Nähe vermuten. Möglich war es auch, daß sie in ihre Schaluppe gestiegen, aber von dem Strome,

der mich vormals in Gefahr gebracht hatte, gepackt und weit hinaus
in die hohe See geworfen worden waren, wo sie sicherlich dem Ver=
derben verfielen. Kaum vermag ich die Worte zu finden, um das
Gefühl auszudrücken, welches sich meiner beim Anblick der Schiffs=
trümmer bemächtigte. „Ach!" rief ich aus, „wenn sich doch nur
einer oder zwei von den Verunglückten gerettet hätten, Gefährten,
mit denen ich umgehen, Wesen meiner Art, an die ich ein Wort
richten könnte!" Während meines langen Aufenthaltes auf der
Insel trat meine Sehnsucht nach Umgang mit den Menschen nie so
heftig zu Tage, überwältigte mich der Schmerz über meine Verein=
samung nie so bitterlich.

Plötzlich stieg in mir der Gedanke auf: Wie? wenn ich eine
Bootfahrt nach dem Wrack wagte? Vielleicht konnte ja noch ein
Menschenleben zu retten sein, und selbst im Falle, daß ich mit meiner
Hilfe zu spät käme, konnte ich doch sicherlich hunderterlei nützliche
Dinge auf dem Schiffe erlangen. Die Begierde, nach dem Wrack
zu segeln, ward so heftig, daß ich es für eine Eingebung, einen Be=
fehl des Himmels hielt und nicht länger anstand, an die Ausführung
des Unternehmens zu gehen.

Ich eilte nach meiner Burg, nahm einen tüchtigen Vorrat Brot,
einen Topf mit Trinkwasser, eine Flasche Rum, einen Korb Rosinen
sowie einen Kompaß mit. So beladen schritt ich zu meinem Kahne,
schöpfte das Wasser, welches sich darin angesammelt hatte, aus und
machte ihn flott. Hierauf legte ich alles ordnungsmäßig hinein und
kehrte nach Hause zurück, um eine zweite Ladung herbeizuschaffen.
Diesmal nahm ich einen großen Sack voll Reis mit, einen zweiten
Topf frischen Wassers, etwa zwei Dutzend Brote und Kuchen, eine
Flasche Ziegenmilch und einen Käse samt meinem unentbehrlichen
Sonnenschirm. Im Schweiße meines Angesichts brachte ich dieses
Rüstzeug ins Boot und, indem ich Gott um Schutz anflehte, stieß
ich vom Strande ab. Ich steuerte längs der Küste hin, bis ich die
Spitze der Sandbank am nordöstlichen Ende der Insel vor mir sah.
Nun galt es, von hier aus mich auf die offene See zu wagen. Ein
Blick auf die reißende Strömung, die auf beiden Küsten der Insel
sich in gewisser Entfernung bemerkbar machte, erinnerte mich an die

Gefahren, die ich vor Jahren hier bestanden hatte. Der Gedanke, ich könne durch eine dieser Strömungen auch heute mit fortgerissen werden und die Küste gänzlich aus dem Gesicht verlieren, entmutigte mich dermaßen, daß ich, unschlüssig geworden, an das Land sprang und mein Boot in einer kleinen Bucht befestigte. Ich setzte mich auf einen kleinen Hügel nieder, und zwischen Furcht und Verlangen ging ich mit mir zu Rate, was das Zweckmäßigste sei.

Während dieser Betrachtungen bemerkte ich das Eintreten der Flut, ein Umstand, der meine Reise um einige Stunden verzögern mußte. Hierauf dachte ich, ob es nicht möglich sei, daß eine der Strömungen mich mit derselben Schnelligkeit dem Ufer zuführe, mit welcher mich die andre von demselben entfernt hatte. Ich stieg auf einen Hügel, von wo aus ich das Meer nach beiden Seiten genau beobachten konnte. Hier fand ich denn, daß die Strömung der Flut in der Nähe des Landes nach Norden ging, und daß ich, um meiner Rückkehr sicher zu sein, nichts weiter zu thun hatte, als mich einfach nach dieser Seite zu halten. Nun gewann ich meinen früheren Mut wieder, ging den Berg hinunter, bestieg von neuem mein Boot und lavierte anfänglich zwischen dem nördlichen Strome und der Sandbank hin und her. Dann steuerte ich nach Nordnordwest, um die Strömung zu erreichen, ließ mich von dieser nach Nordost treiben und kam nach etwa zwei Stunden glücklich bei dem Wrack an.

Das Schiff, seiner Bauart nach ein spanisches, bot einen bejammernswerten Anblick dar; ich fand es am Felsen eingeklemmt. Das Vorderteil und ein Teil des Decks waren durch die Wucht der Wogen zertrümmert, der Haupt= und der Fockmast an ihrem Fuße abgebrochen; der Bugspriet dagegen schien wohlerhalten geblieben zu sein.

Als ich an das Schiff herankam, zeigte sich auf dem Deck ein Hund, der bei meinem Anblick laut zu bellen und zu heulen anfing. Ich rief ihn; sogleich sprang er ins Wasser und schwamm meiner Barke zu, in welche ich ihm hineinhalf; das arme Tier war halb verschmachtet vor Hunger und Durst! Ich gab dem Tiere zu saufen und fütterte es mit Brot, welches der Hund mit der Gier eines Wolfes verschlang, der 14 Tage lang im Schnee gehungert hat.

Hierauf stieg ich an Bord. Das erste, worauf meine Blicke
fielen, waren zwei in der Vorderkajütte ertrunkene Menschen, die
einander im Tode noch fest umschlungen hielten. Sonst ließ sich
nichts von Tier oder Mensch mehr auf dem Schiffe bemerken. Der
größte Teil der Fracht schien durch das Seewasser stark gelitten zu
haben. Im Mittelraume sah ich, als die Ebbe eintrat, einige Tonnen
mit Wein oder Branntwein; allein sie waren zu groß, als daß ich
sie hätte von der Stelle bewegen können; ebenso fand ich einige
Koffer, die wahrscheinlich den Matrosen gehörten. Daher brachte
ich sie in mein Boot, ohne ihren Inhalt erst zu durchsuchen.

Wäre das Vorderteil des Fahrzeugs nicht zertrümmert gewesen,
so hätte sich gewiß reiche Beute machen lassen; aller Wahrscheinlich-
keit nach kam das Schiff von Buenos Ayres oder vom Rio de la
Plata, südlich von Brasilien, und befand sich auf dem Wege nach
Havana.

In der Nähe der Koffer fand ich auch ein kleines Fäßchen mit
·Likör, ungefähr 20 Liter enthaltend; in der Kajütte lagen mehrere
Gewehre und ein großes Pulverhorn. Da ich jedoch hinreichend
Schießwaffen besaß, so ließ ich jene liegen und nahm nur das Horn
mit, in welchem sich etwa vier Pfund Pulver befanden. Was mir
aber am nützlichsten werden konnte, das waren eine Feuerschaufel,
eine Zange, zwei kleine kupferne Kessel, eine kupferne Schokoladen-
kanne und ein Rost. Mit dieser Ladung und von dem Hunde begleitet, trat ich die Heimkehr an, und von der wachsenden Flut
begünstigt, erreichte ich eine Stunde nach Sonnenuntergang das
Ufer meiner Insel.

Ich fühlte mich von den Anstrengungen des Tages so ermattet,
daß ich nicht mehr nach meiner Burg zurückkehren mochte, vielmehr
legte ich mich, nachdem ich Speise und Trank zu mir genommen,
in meiner Barke schlafen, vor einem plötzlichen Überfall sicher, da
ich ja einen Wächter in dem Hunde zur Seite hatte.

Neu gestärkt erwachte ich am folgenden Morgen. Nach ein-
genommenem Imbiß, den ich mit meinem neuen Freunde gewissen-
haft teilte, schaffte ich meine Fracht ans Ufer und durchsuchte jedes
Stück. Der Branntwein in dem Fäßchen erwies sich als eine Art

Rum, und in den Koffern entdeckte ich mancherlei, was mir sehr
willkommen war, z. B. ein Flaschenfutter von sehr schöner Arbeit,
in welchem sich mehrere, drei Liter haltige, mit silbernen Stöpseln
versehene Flaschen feiner Branntweine befanden; sodann zwei Töpfe
mit eingemachten Früchten, die so fest verschlossen waren, daß das
Seewasser nicht einzudringen vermocht hatte; ferner etliche gute

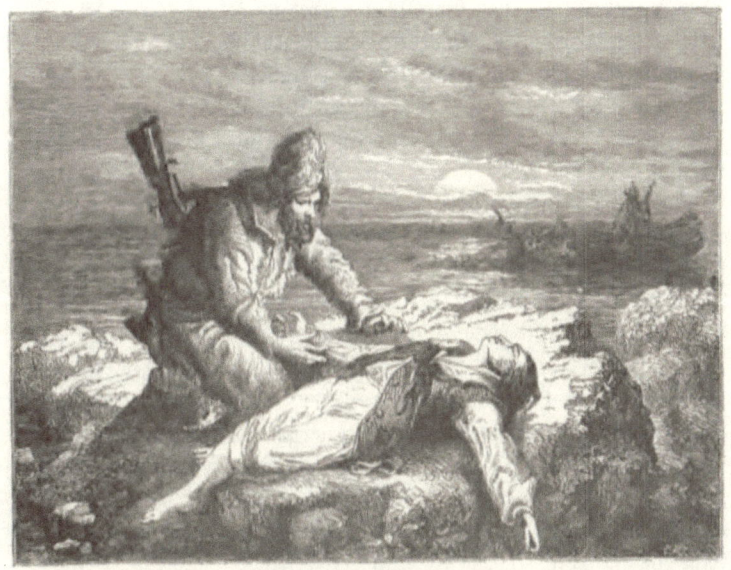

Traurige Überraschung

Hemden, anderthalb Dutzend weißleinene Taschentücher und mehrere
farbige Halstücher. Auf dem Boden des Koffers fand ich zuguterletzt
noch drei große Beutel mit Silbermünzen, im ganzen 1100 Stück;
in dem einen waren 6 Dublonen in Gold und etliche kleine Gold-
barren. Gern hätte ich das ganze Gold, das ich nicht viel höher
als Kieselsteine schätzte, für drei oder vier Paar englische Schuhe
und Strümpfe dahingegeben, die ich seit so vielen Jahren schmerzlich
entbehren mußte. In dem andern Koffer befanden sich Kleidungsstücke sowie ein kleiner Pulvervorrat, dessen außerordentliche Feinheit

darauf hinwies, daß er nur zur Vogeljagd bestimmt sein konnte. Der Koffer, welchen ich zuletzt öffnete, enthielt noch eine Geldsumme in Realen, aber was mir am meisten Freude bereitet, war der Fund von Papier, Federn, Schreibzeug, Federmessern und einer großen Flasche voll Tinte.

Alsbald brachte ich den ganzen Fund unter Dach und Fach nach meiner Grotte, das Boot aber wieder an seinen alten Ort; ich selbst kehrte darin nach der Burg zurück, wo ich alles in derselben Ordnung vorfand, wie ich es kürzlich verlassen.

Zwar entstand ein nicht geringer Aufruhr unter den Ziegen und Katzen, als sie meinen vierbeinigen Gefährten erblickten, der sie laut bellend anfuhr; doch ich schlichtete bald den Streit der Parteien, und sämtliche tierische Genossen lebten dann in ungestörtem „Burgfrieden" einträchtig bei einander.

Als ich nach ein paar Tagen wiederum an das Ufer in die Nähe des Schiffbruchs kam, bemerkte ich zu meinem großen Schmerze den Leichnam eines Schiffsjungen, den die Wogen ans Land gespült hatten. Er trug nur eine Matrosenjacke, an den Knieen zerrissene Beinkleider, sowie ein Hemd von dunkelblauer Leinwand. Nichts verriet, welcher Nation er angehörte. In seinen Taschen fand ich zwei kleine Münzen und eine Pfeife, über welche letztere ich hoch erfreut war, und die in meinen Augen hundertmal mehr Wert hatte als Gold und Silber! Von der ganzen verunglückten Schiffsmannschaft, soviel ich auch umherspähte, entdeckte ich nicht das Geringste.

Nach den eben beschriebenen Ereignissen trat in meinem Leben wieder die frühere Eintönigkeit ein, nur daß ich bei allen Verrichtungen, die ich vornahm, behutsamer zu Werke ging und wachsamer auf alles acht gab, was sich außerhalb meiner Burg etwa ereignete. Wenn ich mein Landhaus besuchte, so wagte ich nicht, mich dahin zu begeben, ohne mich bis an die Zähne zu bewaffnen. Traf es sich aber, daß mich der Weg nach dem östlichen Teile der Insel führte, so konnte ich schon mit größerer Sicherheit, wenn auch immer nicht unbewaffnet, meine Reserveparts besichtigen. Manchmal wandelte mich in dieser Zeit die Lust an, eine zweite

Reise nach dem gestrandeten Fahrzeuge zu unternehmen; allein mein Verstand sagte mir, daß es nichts enthielte, was die Be= schwerlichkeiten und Gefahren vergüten könnte.

Die fehlgeschlagene Hoffnung, bei meinem Besuche auf dem Wrack Menschen, Gefährten in meiner Einöde zu finden, ließ noch ganz andre Pläne in mir emportauchen, die fast ans Ungeheuer= liche grenzten. Mich packte wieder die alte Wanderlust, meine „Ursünde", wie ich sie nannte, und ich wollte wenigstens einmal den beiden meiner Insel zunächst gelegenen Eilanden mit meinem Boote einen Besuch abstatten. Von da aus konnte ich dann auch einen Abstecher nach dem Festlande von Amerika unternehmen. Auch jetzt fiel mir wieder die Barke ein, auf der ich einst mit dem Maurenknaben Xury aus Saleh entflohen war; hätte ich sie in den Augenblicken meiner Reiseleidenschaft zur Verfügung gehabt, ich würde mich wahrscheinlich wieder auf gut Glück dem trügerischen Element anvertraut haben, um zu irgend einer Ansiedelung von Menschen zu gelangen. Gern hätte ich auch wissen mögen, welchen Teil des Erdballs jene Fremdlinge bewohnten, die mich für immer aus meiner sorglosen Ruhe aufgeschreckt hatten, wie weit ihr Land von meiner Insel entfernt sei, und ich fragte mich selbst, warum ich nicht ebenso gut an i h r e r Küste landen könnte, als sie an der meinigen.

Es war in der Regenzeit, im März des 24. Jahres meiner Anwesenheit auf der Insel, als ich eine ganze Nacht schlaflos in meiner Hängematte zubrachte, obgleich ich mich körperlich gerade nicht unwohl fühlte. Es ging nochmals die ganze Geschichte meines vergangenen Lebens wie in einem Zauberbilde an meinem geistigen Auge vorüber. Freudige Betrachtungen wechselten mit traurigen in rascher Folge. Ich rief mir die verschiedenen Zeitabschnitte meines einsamen Aufenthalts zurück und verglich die frühere ruhige Lage mit der beängstigenden Existenz, die ich seit dem Augenblicke führte, als ich in dem Sande die verhängnisvolle Spur eines Fußes fand. Ich zweifelte durchaus nicht, daß die Wilden schon vorher meiner Insel wiederholte Besuche abgestattet hatten; aber da mir dieselben unbekannt blieben, so hatte ich sorglos dahingelebt. Wie gütig nimmt sich doch immer unser Herrgott unser an, indem er unser Urteil und unsre Voraussicht in so enge Grenzen schließt. Ruhig und unbeirrt wandeln wir zwischen Gefahren hindurch, deren Anblick uns allen Genuß an der Gegenwart rauben würde. Wie oft wanderte ich vormals im Gefühle der größten Sicherheit in meinem Königreich einher! Vielleicht hatte ich es nur einem Baum, einem Hügel, dem Einbruch der Nacht zu verdanken, wenn ich nicht in die Hände der Kannibalen gefallen war.

Tief gerührt dankte ich dem Allmächtigen für die Bewahrung vor so vielen augenfälligen und unbekannten Gefahren.

Alle diese Gedanken setzten mein Blut stark in Wallung, und mein Puls hämmerte heftig wie im Fieber. Erst gegen Morgen sank ich vor Ermattung in einen tiefen Schlaf. Da unternahm ich im Traume meinen gewöhnlichen Morgenspaziergang an die Küste auf der Ostseite der Insel und sah zwei Kanoes, aus denen elf Wilde stiegen samt etlichen Gefangenen, die sie verzehren wollten. Plötzlich sprang eines der Schlachtopfer davon und suchte eine Zufluchtsstätte in dem Buschwerk, das meine Burg umgab. Ich ging ihm entgegen und forderte ihn auf, näher zu mir zu kommen. Der arme Gefangene stürzte vor mir auf die Kniee nieder, um meinen Beistand gegen seine Peiniger anzuflehen. Darauf kam es mir vor, als zeigte ich ihm meine Leiter, hälfe ihm über die Mauer und führte ihn in meine Wohnung, wo er mein Diener wurde. „Mit diesem neuen Gefährten", sagte ich mir selbst, „werde ich endlich meinen sehnlichsten Wunsch erfüllen können. Nichts hindert mich jetzt, auf den Ozean hinauszusteuern; denn er wird mir als Pilot oder Lotse dienen und mir sagen, was ich thun oder unterlassen soll."

Ich hatte so lebendig geträumt, und alle Einzelheiten des im Schlafe Geschauten waren so eindrucksvoll an mir vorübergeschwebt, daß ich mich nach dem Erwachen noch längere Zeit der Täuschung überließ, ich könnte das in Wirklichkeit erlebt haben, was mich so außerordentlich ergriff — und ich jauchzte vor Freuden laut auf.

Indes Träume — sind Schäume, sagte das Sprichwort, ich rieb mir die Schlaftrunkenheit aus den Augen, und als ich aus meiner Umgebung die Gewißheit gewann, daß meine Rettungspläne nichts als Hirngespinste waren, bemächtigte sich meiner eine große Niedergeschlagenheit.

Dieser Vorfall brachte mich auf den Gedanken, womöglich einen Wilden, den die Kannibalen nach meiner Insel führten, um ihn abzuschlachten, aus ihren mörderischen Händen zu befreien; auf keine andre Art schien mir eine Rettung für meine eigne Person denkbar zu sein. Aber ein solches mit den größten Schwierigkeiten und Gefahren verknüpftes Unternehmen — wie leicht konnte es fehlschlagen! Auf der andern Seite kamen mir wieder Zweifel gegen die Angemessenheit meiner Pläne bei, ich scheute vor dem Gedanken an Blutvergießen zurück. Kurz, Gründe und Gegengründe stritten lebhaft in mir; endlich siegte der Drang nach Befreiung, und ich beschloß, auf eine Gelegenheit zu achten, um einen Wilden in meine Hände zu bekommen. Nun kam es darauf an, wie zu meinem Ziele zu gelangen sei?

Das nächste Thunliche bestand darin, auf die Kannibalen zu lauern, wenn sie an dieser Küste landeten, und das übrige meinem Glücke anheimzustellen. Ich ging von nun an täglich auf Kundschaft aus, besonders nach dem westlichen und südwestlichen Teile meines Eilandes; aber wie sehr ich auch ringsumher spähte, nirgends wollte sich ein mit wilden Eingeborenen besetztes Boot zeigen. So verlief eine geraume Zeit. Indessen weit davon entfernt, mich unmännlicher Entmutigung hinzugeben, fachte ich meinen Zorn gegen die Kannibalen zur hellen Flamme an, so daß sich täglich in mir immer mehr die Begierde regte, im Kampfe mit meinen Feinden mich zu messen, und es verging kaum eine Nacht, in welcher ich mich im Traume nicht im Streite mit meinen grimmen Feinden befunden hätte.

———— ✦ ————

Robinson auf seiner Warte.

Elftes Kapitel.

Zusammenstoß mit den Kannibalen.

Landung der Wilden. — Die beiden Schlachtopfer. — Der Flüchtling und sein Beschützer. — Reste des Kannibalenschmauses. — Freitags Dankbarkeit. — Seine Ausstattung. — Erste Sprechstudien. — Freitag als Koch und Bäckerlehrling. — Nachrichten über die Nachbarländer. — Die Kariben und ihre religiösen Anschauungen.

Auf die beschriebene Weise mochten weitere anderthalb Jahre verstrichen sein, als ich eines Morgens noch in der Dämmerzeit fünf Kanoes bemerkte, welche dicht nebeneinander und in der Richtung nach meiner Wohnung an der Küste gelandet waren. Eine solche Zahl machte mich stutzig, ich wußte, daß sich gewöhnlich fünf bis sechs Mann in einem Boote befanden, und es erschien mir deshalb ein verzweifeltes Wagestück, allein vielleicht ihrer dreißig angreifen zu sollen. Mit Besorgnissen erfüllt, zog ich mich daher hinter meine Festungswälle zurück. Hier traf ich die nötigen Anstalten, jedem feindlichen Besuch gebührend zu begegnen.

Nachdem ich geraume Zeit vergeblich auf die Ankunft der Gäste gewartet, wollte ich um jeden Preis wissen, was in meinem Inselkönigreich vorgehe. Mein Gewehr legte ich am Fuße der Leiter nieder; gleich nachher war ich selbst mit zwei Sätzen auf dem Gipfel des Hügels. Hier gewahrte ich durch mein Fernglas gegen 30 Wilde, die unter den seltsamsten Gebärden um ein Feuer tanzten. Darauf sah ich, wie man zwei Unglückliche aus den Kanoes herbeischleppte, um sie zu schlachten. Der eine von ihnen stürzte sogleich zu Boden, wahrscheinlich durch eine Keule getötet; in wilder Hast fielen zwei oder drei von den Kannibalen über ihn her und schnitten ihn in Stücke, während das andre Opfer ein gleiches Schicksal erwartete. Plötzlich erwachte in dem Unglücklichen die Lust zum Leben; er ergriff die Flucht und rannte mit unglaublicher Schnelligkeit am Ufer hin, gerade auf meine Burg zu. Ich war auf den Tod erschrocken, als ich ihn diese Richtung einschlagen sah, zumal ein Trupp ihm alsbald nachsetzte. Ich rührte mich nicht und schöpfte erst dann frischen Mut, als ich bemerkte, daß nur noch drei Männer dem Flüchtling folgten, der unterdessen einen beträchtlichen Vorsprung gewonnen hatte.

Zwischen ihnen und meiner Festung lag die Bai, deren ich öfter schon erwähnt habe. Wollte der Flüchtling seinen Verfolgern entrinnen, so mußte er diesen Meeresarm durchschwimmen. In der That warf er sich ohne Zaudern in die Flut und gewann das andre Ufer. Er erkletterte behende das Gestade und setzte seine Flucht mit gutem Erfolge fort. Als die drei Verfolger an das Wasser kamen, kehrte einer bedächtlich um und begab sich zu seinen schmausenden Gefährten zurück; die beiden andern dagegen schwammen dem Flüchtling nach, brauchten aber noch einmal so viel Zeit dazu.

Jetzt schien der Augenblick gekommen, wo mein Traum sich erfüllen konnte. Ich hielt mich von der Vorsehung geradezu für berufen, dem Verfolgten zu Hilfe zu kommen. Rasch stieg ich von meiner Warte herab, nahm die beiden Gewehre, die ich am Fuße der Leiter gelassen, und eilte dem Meere zu, indem ich einen kürzeren Weg einschlug. Bald befand ich mich denn auch zwischen dem Entflohenen und den Verfolgern. Jenen rief ich laut an, allein der

Arme erschrak fast noch mehr über mich, als er sich vor seinen Feinden fürchtete. Ich machte ihm deshalb mit der Hand ein Zeichen, zu mir zu kommen, und wandte mich sodann gegen die Verfolger, stürzte mich auf den Vordersten und schmetterte ihn mit einem Kolbenschlage zu Boden. Der Gefährte des Erschlagenen blieb entsetzt stehen; als ich mich aber ihm nahte, griff er nach Bogen und Pfeil, um auf mich zu schießen. Ich kam ihm indes flugs zuvor und streckte ihn durch einen Flintenschuß nieder.

Knall, Feuer und Rauch machten den armen geretteten Schwarzen so bestürzt, daß er wie angewurzelt stehen blieb. Unschlüssig, was zu thun sei, schien er mehr geneigt, weiter zu fliehen, als sich mir zu nähern. Wiederholt winkte ich ihm mit der Hand, zu mir heranzukommen. Er mochte meine Zeichensprache verstehen, that auch einige Schritte vorwärts, hierauf stand er wieder etwas still, kam dann etwas näher, hielt hernach aber von neuem inne. Ich fuhr jedoch fort, ihm zuzuwinken und ihm durch freundliche Gebärden seine Todesangst zu benehmen. Dies bewog ihn, sich allmählich zu nähern, aber wiederholt kniete er nieder, um mir seine Unterwürfigkeit auszudrücken. Endlich kam er zu mir heran, legte sich nieder, küßte die Erde, ergriff meinen rechten Fuß und setzte ihn auf seinen Kopf. Vermutlich wollte er mir dadurch zu verstehen geben, daß er von diesem Augenblicke an mein Sklave sei. Ich richtete ihn auf, sah ihn freundlich an und that alles mögliche, um ihm Mut einzuflößen.

Während dessen war der Wilde, den ich erschlagen zu haben glaubte, wieder zu sich gekommen und fing an, sich zu regen. Ich machte meinen Schützling darauf aufmerksam. Derselbe richtete hierauf an seinen Verfolger einige Worte, die mir aber seit 25 Jahren nicht mehr gehörte liebliche Laute waren, kamen sie doch aus dem Munde eines Menschen. Jetzt war jedoch keine Zeit, sich Betrachtungen zu überlassen, der Verwundete stand bereits im Begriff, sich wiederzuerheben. Deshalb legte ich auf ihn an, um ihn niederzuschießen, allein mein Schützling gab mir durch Zeichen zu verstehen, daß ich ihm den Säbel, der an meiner Seite hing, überlassen möge. Ich reichte ihm die Waffe, und mit Blitzesschnelle

Robinson findet Freitag.

stürzte er mit derselben auf seinen Feind los und hieb ihm mit einem einzigen Streiche den Kopf vom Rumpfe ab. Mittels dieses Meisterstücks schien er sich bei mir in Achtung setzen zu wollen, denn er wandte sich triumphierend mir zu, lachend und allerhand mir unverständliche Bewegungen ausführend, und legte Kopf und Degen mir zu Füßen.

Was ihn aber am meisten in Erstaunen und in schreckhafte Bewegungen versetzte, war der Umstand, daß ich den einen seiner Verfolger aus weiter Entfernung niedergestreckt hatte. Er ließ mich seine Empfindungen durch Zeichen erraten und schien um die Er= laubnis bitten zu wollen, sich überzeugen zu dürfen, ob sein Feind wirklich tot sei, was ich ihm nicht verwehrte. Als er vor dem Leichnam stand, betrachtete er ihn mit großer Verwunderung, wendete ihn dann bald auf die eine, bald auf die andre Seite und untersuchte die Wunde, aus der nur wenig Blut floß, denn die Kugel war tief in die Brust eingedrungen und das Blut hatte sich nach innen ergossen. Nach dieser Leichenschau kam mein Wilder mit Bogen und Pfeilen des Getöteten wieder zurück, und da ich jetzt heimgehen wollte, gab ich ihm zu verstehen, mir zu folgen. Er aber, als echter Sohn der Wildnis, war vorsichtiger als ich und deutete mir durch Zeichen an, wir möchten die Toten in den Sand eingraben, damit deren Genossen sie nicht so leicht finden könnten. Damit stimmte ich vollständig überein, und nach Verlauf einer Viertelstunde waren die beiden Kannibalen in die Erde eingescharrt.

Noch wußte ich nicht, wohin ich den Wilden bringen sollte. Meinem Traume gemäß hätte ich ihn nach meiner Burg führen müssen, doch besser schien es, mit ihm nach der Grotte, zu dem von meiner Hauptwohnung entferntesten Teile der Insel, zu gehen. Dort gab ich ihm Brot, Rosinen und frisches Wasser, was ihm trefflich mundete. Alsdann wies ich ihm eine Schütte Reisstroh zum Lager an und gab ihm dazu noch eine Decke. Bald war er ruhig eingeschlafen.

Es war ein schöngebauter, kräftiger, schlanker Bursche von etwa 25 Jahren. Seine regelmäßigen Züge waren einnehmend, sie hatten im Grunde wenig Wildes und trugen den Ausdruck männ=

8*

lichen Stolzes. Wenn er lächelte, sprach sogar eine gewisse Sanft=
mut aus denselben, wie sie meist den Wilden nicht eigen ist; seine
langen Haare waren nicht wollig oder kraus, sondern hingen schlicht
auf den Nacken nieder; seine Haut war dunkelbraun, von einer
olivenfarbigen Schattierung. Sein Gesicht war rund und voll, die
Stirn frei, der Mund nicht übel geformt, seine Zähne weiß wie
Elfenbein.

Während der Wilde schlummerte, begab ich mich nach dem
nahen Gehege, um meine Ziegen zu melken. Noch war ich damit
beschäftigt, als mein Indianer, der höchstens eine halbe Stunde ge=
ruht hatte, eilends auf mich zukam, sich wiederum demütig vor mich
hinlegte, meinen Fuß auf seinen Kopf setzte und mir durch alle
möglichen Zeichen seine Dankbarkeit ausdrückte.

Ich verstand seine Zeichen und gab ihm meinerseits zu erkennen,
daß ich mit ihm zufrieden sei; — nachher machte ich ihm verständ=
lich, daß er den Namen Freitag führen solle, weil ich nach meinem
Kalender glaubte, daß ich ihm an einem Freitag das Leben ge=
rettet hätte. Dann bedeutete ich ihn, mich Herr zu nennen, da er
meinen Weisungen Folge zu leisten hätte; in gleicher Weise lehrte
ich ihn den Unterschied zwischen Ja und Nein sowie die Aussprache
dieser Worte. Hiermit endigte die erste Lektion im sprachlichen
Unterricht. Dann gab ich ihm Brot und Milch in einem irdenen
Gefäße, ich selbst aber brockte mir ein Stück Gerstenkuchen in die
Milch und winkte ihm zu, meinem Beispiele zu folgen.

Ich blieb mit ihm den übrigen Teil des Tages und die
folgende Nacht in der Grotte. Sobald es aber Morgen geworden
war, nahm ich ihn mit in meine Burg, um ihn mit Kleidung zu ver=
sehen, denn er lief herum, wie ihn Gott erschaffen hatte. Als wir
an der Stätte vorbeikamen, wo die getöteten Wilden eingescharrt
waren, zeigte er mir genau die Stelle und machte ein Zeichen, als
denke er daran, die Toten auszugraben, um sie zu verzehren. Er
erschrak nicht wenig, als ich ihm deutlich meinen Abscheu ausdrückte.

Nach einer kleinen Weile winkte ich meinen Gefährten zu mir
heran, um mit ihm meine Warte zu ersteigen. Vor allem wollte

ich mich vergewissern, ob die Wilden fort wären; deutlich ließ sich
durch das Fernrohr die Stelle erkennen, wo sie geweilt hatten.
Von ihnen selbst aber und ihren Kähnen war nicht die geringste
Spur mehr zu entdecken; sie hatten sich also offenbar entfernt, ohne
sich um die zurückgebliebenen Gefährten zu bekümmern. Ich mußte
mir Gewißheit verschaffen, gab meinem Freitag einen Säbel in die
Hand, hing ihm Bogen und Pfeile um und gab ihm überdies eine
Flinte für mich zu tragen. Ich selbst ergriff zwei Gewehre, und
so bewaffnet marschierten wir nach dem Lagerplatz der Wilden.

Als wir den Ort der Blutmahlzeit erreichten, erstarrte bei dem
grauenvollen Anblick, der sich mir darbot, mein Blut in den Adern.
Der Boden war ringsum mit Blut gefärbt, Menschenknochen lagen
zerstreut umher. Drei Schädel, fünf Hände, die Knochen von drei
oder vier Beinen und mehrere halbverzehrte Stücke Fleisch waren
die Überbleibsel des Siegesfestes. Freitag gab mir durch Gesten
zu verstehen, daß die Kannibalen vier Gefangene hierher geschleppt
hatten; eine große Schlacht zwischen seinem und dem benachbarten
Stamme habe stattgefunden. Ich ließ Freitag die Schädel, die
Knochen, die Fleischstücke auf einen Haufen tragen und zündete ein
großes Feuer an, um alles zu Asche zu verbrennen. Hierbei regte
sich in Freitag die alte Kannibalennatur; er trug nicht übel Lust,
seinem Appetite nach Menschenfleisch Rechnung zu tragen. Aber
ich verbot ihm dergleichen Gelüste auf das entschiedenste, so daß er
nicht wagte, sein Verlangen zu befriedigen.

Nachdem wir dem Schauplatze menschlicher Grausamkeit den
Rücken gewendet, schlugen wir den geraden Weg zur Burg ein;
hier wollte ich vor allem meinen Diener mit Kleidern versehen.
Zuerst gab ich ihm ein paar Leinwandhosen, dann fabrizierte ich
eine Weste von Ziegenfell nach dem bequemsten Schnitt, denn ich
war ein leidlich gewandter Schneider geworden. Auch für eine
Jacke oder ein Wams wurde nun gesorgt, und eine bequeme, gar
nicht übel aussehende Mütze von Hasenfell vollendete die Ausrüstung
Freitags. Für den ersten Augenblick schien er entzückt darüber zu
sein, fast ebenso auszusehen wie sein Herr; doch fühlte er sich gar

bald in seinem Kostüm unbehaglich. Die Beinkleider schienen ihm
zur Last zu sein, und die Wamsärmel drückten ihm Schultern und
Arm. Nachdem ich aber an den Stellen, die ihm Zwang verursachten,
etwas nachgeholfen, gewöhnte er sich bald an seine Tracht und legte
sie zuletzt sogar mit einem gewissen Wohlgefallen an.

Ich sann nun darüber nach, wo ich meinen guten Freitag
unterbringen könnte, ohne daß ich von ihm etwas zu fürchten hätte;
es schien mir das geeignetste, zwischen meinen beiden Festungswerken
ein Zelt aufzuschlagen. Da man von hier aus einen Eingang zur
Höhle hatte, so brachte ich daselbst eine hölzerne Thür an und setzte
diese in die Öffnung, sodann verriegelte ich die Pforte und zog auch
meine Leiter mit herein. Meine innere Mauer trug eine Bedachung
von langen Stangen, welche mein Zelt bedeckte und sich an die
Felsenwand anlehnte. Über jene Stangen waren als Latten kleine
Stäbe gelegt und auf letztere eine Schicht Reisstroh gebreitet, so
daß es einem Rohrdach glich. Die Öffnung, durch welche man aus
und ein gelangen konnte, hatte ich mit einer Art von Fallthür ge=
schlossen und dadurch mich gegen Freitag vollkommen gesichert.
Hätte er ja in feindlicher Absicht durchbrechen wollen, so wäre ich
durch das Zuwerfen der Thür aufmerksam gemacht worden; aber
ich behielt auch stets Gewehr, Pfeil und Bogen in meiner Nähe.

Doch alle diese Vorsichtsmaßregeln waren, wie ich mich immer
mehr überzeugte, durchaus nicht notwendig; denn es konnte kaum
eine treuere und diensteifrigere Seele gefunden werden, als dieser
Freitag war. Nie legte er Eigensinn, nie Mutwillen an den Tag;
stets fand ich in ihm nur die aufrichtigste Ergebung in meinen
Willen. Er war mir herzlich zugethan und liebte mich wie einen
Vater, so daß ich wohl sagen kann, er hätte gern und freudig sein
Leben für mich hingegeben. Bald konnte ich von seiner Anhänglich=
keit so überzeugt sein, daß ich alle getroffenen Maßregeln wieder=
einstellte. Seine Heiterkeit und seine Unverdrossenheit bei jedweder
Arbeit, die ich ihm auftrug, nahm mich in so hohem Grade für
ihn ein, daß ich keinen sehnlicheren Wunsch hatte, als mich mit ihm
über allerlei Dinge unterhalten zu können. Mit Eifer setzte ich

daher den begonnenen Sprachunterricht fort und hatte meine Freude
an seiner Lernbegierde. Hauptsächlich suchte ich bei ihm dahin zu
wirken, daß er die unnatürliche Begierde, Menschenfleisch zu essen,
unterdrücke. Um dieses zu erreichen, bot ich ihm ein andres
Fleisch an. Ich nahm ihn mit zu meinen Ziegen, und als ich eine
Ziege mit ihren beiden Jungen in geringer Entfernung von mir
liegen sah, faßte ich ihn beim Arme und sprach zu ihm: „Halte dich
still und rege dich nicht!" In demselben Augenblick schoß ich eines
der Zicklein nieder.

Der arme Bursche war so erschrocken, daß er vor Furcht selber
zusammenstürzte; ja, er glaubte sogar, ich habe ihn erschießen wollen,
denn er riß sein Wams auf, um zu fühlen, ob er verwundet sei.
Dann fiel er vor mir auf seine Kniee nieder, stammelte unverständ=
liche Worte und schien mich um Schonung seines Lebens zu bitten.
Ich aber nahm ihn bei der Hand, redete ihm freundlich zu, deutete
auf das Zicklein, das ich erlegt hatte, und gebot ihm, dasselbe zu
holen. Während er meinem Befehle nachkam und das tote Tier
mit Staunen betrachtete, lud ich von neuem mein Gewehr. Er
war noch nicht klar darüber, wie das Tier getötet sein konnte.

Um ihm diesen Vorgang erklärlich zu machen, zeigte ich mit
dem Finger auf die Flinte und dann auf einen Papagei, den ich
in schußgerechter Entfernung auf einem Baume sitzen sah. Hierauf
gab ich ihm zu verstehen, daß ich auch diesen Vogel durch
mein Gewehr töten könne, hieß ihn seine Augen scharf nach dem
Tiere richten, drückte los und schoß den Papagei vom Baume
herunter.

Aber auch diesmal erschrak der arme Freitag auf das heftigste
und zeigte eine wahre abgöttische Scheu vor meinem Jagdgewehr.
Da er nämlich nicht gesehen, wie ich es geladen hatte, so glaubte
er, die Waffe enthielte eine unerschöpfliche Zauberkraft des Schreckens,
des Todes und der Vernichtung, fähig, Menschen und Tiere aus
jeder beliebigen Entfernung zu töten. Er sprach mit dem Gewehr,
als ob er verstanden werden könne, bat dasselbe, daß es ihn doch
ja nicht töten möge, und schien hierauf eine Antwort zu erwarten,

während er wie Espenlaub zitterte. Es dauerte noch etliche Tage, bevor er es wagte, die Flinte anzurühren.

Nachdem sich Freitag von seinem Staunen erholt hatte, gebot ich ihm, den geschossenen Vogel herbeizuholen. Nach längerem Ausbleiben — denn der Papagei war noch nicht ganz tot und eine Strecke weit fortgeflattert — brachte er ihn endlich. Hierauf ergriffen wir auch das Zicklein und kehrten nach Hause zurück; dort zerlegte ich das Tier und kochte einen Teil noch denselben Abend.

Freitag verzehrte mit dem trefflichsten Appetit das saftige Fleisch. Auffallend erschien es ihm hierbei, daß ich meine Speisen mit Salz würzte, und er gab mir zu verstehen, daß dies seinem Geschmack ganz zuwider sei. Um mir seine Abneigung zu verdeutlichen, legte er ein Stück Salz auf seine Zunge, verzog das Gesicht mit unnachahmlicher Grimasse, spuckte den salzigen Schleim wieder aus und spülte darauf den Mund mit frischem Wasser aus. Ich meinerseits suchte ihn mit seinen eignen Gründen zu schlagen, indem ich ein Stück Fleisch ohne Salz zu mir nahm und mich in ähnlichen Gesichtsverrenkungen gefiel, eine Art von Beweisführung, die ihm jedoch nicht stichhaltig schien.

Am andern Tage setzte ich meinem Hausgenossen einen vortrefflichen Ziegenbraten vor; zur Bereitung desselben wendete ich ein Mittel an, wie ich es einst in England gesehen hatte. Ich steckte nämlich zwei Stäbe in gewisser Entfernung voneinander neben einem tüchtigen Feuer in die Erde, einen dritten Stab legte ich quer über die beiden ersten, hing an denselben mein Fleisch am Ende einer Schnur und ließ es drehen. Freitag drückte über dieses sinnreiche Verfahren seine Verwunderung aus. Als er aber erst den Braten gekostet hatte, gab er durch wohlgefälliges Schnalzen und Zähnefletschen kund, welch ein Leckerbissen das Genossene für ihn gewesen sei; ja er war davon so entzückt, daß er mir hoch und teuer versicherte, nie mehr in seinem Leben Menschenfleisch essen zu wollen.

Tags darauf wies ich Freitag an, Gerste auszukörnen und sie auf die schon beschriebene Art zu reinigen, wozu er sich ganz geschickt anstellte.

Ferner unterrichtete ich ihn, wie ich es mit dem Backen hielt und wie ich meine Kuchen zurichtete. Auch das begriff er so rasch, daß ich schon nach kurzer Zeit ihm dergleichen Arbeiten getrost allein überlassen konnte.

Da ich jetzt außer mir noch einen Menschen mit kräftiger Eß= lust zu versorgen hatte, mußte ich eine größere Menge Korn säen, um reicheren Vorrat zu gewinnen. Zu diesem Zwecke suchte ich ein umfangreicheres Stück Ackerland aus und zäunte es auf ähn= liche Weise ein wie die früheren. Bei der Arbeit unterstützte mich Freitag aufs eifrigste, zumal er schon wußte, dies alles geschähe, um für mich und ihn das nötige Brot backen zu können.

Dieses Jahr war von allen, welche ich auf meinem Eilande bisher zugebracht hatte, das angenehmste. Freitag konnte binnen wenigen Monaten sich recht geläufig englisch ausdrücken und wußte die Namen fast aller Dinge, die ich von ihm fordern, und aller Orte, wo ich ihn hinschicken konnte.

So genoß ich, nach einer langen Reihe von Jahren, endlich wieder das Vergnügen menschlicher Unterhaltung in meiner Mutter= sprache; aber außer diesem langentbehrten Genusse fand ich auch täglich mehr Freude an meinem Genossen. Seine Herzenseinfalt und seine Anhänglichkeit machten ihn mir immer teurer, und er wiederum liebte mich, wie er vielleicht niemand zuvor geliebt haben mochte. Einstmals versuchte ich zu ergründen, wie groß sein Ver= langen sei, sein Heimatland wiederzusehen, und da er so viel Eng= lisch verstand, um auf meine Fragen Auskunft geben zu können, so sagte ich zu ihm:

„Hat der Stamm, dem du angehörst, bei seinen Kriegszügen öfters den Sieg davon getragen?"

„O ja!" sprach Freitag lächelnd, „wir kämpften immer als beste."

„Ihr kämpftet am besten, waret den andern also überlegen! Wie kommt es aber dann, daß sie dich zum Gefangenen gemacht haben?"

„Mein Stamm hat deshalb doch den Sieg behalten!"

„Den Sieg? Ich glaub' es nicht; sonst wärest du jetzt kein Gefangener."

„An jenem Tage, o Herr, waren die Feinde gerade zahlreicher als die Brüder meines Stammes; sie nahmen eins, zwei, drei Brüder und mich gefangen; mein Stamm hat sie aber an einem andern Platze, wo ich nicht war, besiegt; mein Stamm hat ihnen dafür eins, zwei, ein zehnmal zehn und noch einmal zehnmal zehn genommen."

„Aber warum haben deine Gefährten nichts für deine Befreiung gethan?"

„Sie nahmen rasch eins, zwei, drei und mich und schafften uns in ihre Kanoes; mein Stamm hatte damals keine Kanoes."

„Und was macht dein Stamm mit den Gefangenen? Schleppt er sie auch fort und verzehrt sie, wie die Menschen, die hier auf der Insel waren?"

„Ja, Herr, mein Stamm ißt auch Menschen, ißt alle Gefangenen auf."

„Wohin aber bringt ihr sie?"

„An einen andern Platz, als sie denken."

„Bringt ihr sie auch manchmal hierher, Freitag?"

„Ja, ja, hierher und an noch andre Orte."

„Bist du auch schon mit ihnen hierher gekommen?"

„Ja, Herr, von dort!" Hierbei zeigte Freitag nach der nordwestlichen Seite der Insel, wo der Landungspunkt lag.

„Aber, verirren sich nicht zuweilen die Kanoes auf der Überfahrt?"

„O, das hat keine Gefahr, Herr! Nur darf man nicht in den Strom fallen, der weit ins Meer hinausläuft; auch weht ein guter Wind des Morgens und wieder ein andrer des Abends."

Anfangs glaubte ich, Freitag wolle von Ebbe und Flut reden; später indes überzeugte ich mich selbst, daß in der That zwei verschiedene Windströmungen in diesen Gewässern herrschten, die wahrscheinlich von der heftigen Flut und Rückflut des gewaltigen Orinokostromes herrührten, an dessen Mündung meine Insel lag. Das

Land, das ich im Westen und Nordwesten erblickte, war die große Insel Trinidad.

Ich richtete an Freitag nun noch vielerlei Fragen, die sich auf sein Land und dessen Einwohner, das Meer, die Küstenstriche und die benachbarten Völkerschaften bezogen. Er beantwortete alles mit bereitwilliger Offenheit, so gut es eben ging, aber ich konnte aus ihm betreffs der Menschen keinen andern Namen bringen als die Bezeichnung „Karibs", woraus ich schloß, daß es die Kariben seien, die den Landstrich von der Mündung des Orinoko bis nach Guayana und St. Martha bewohnen.

Er erzählte mir ferner: weit jenseit des Mondes — d. h. west= wärts, wo der Mond unterging — gäbe es auch so weiße und bärtige Männer, wie ich sei (dabei deutete er auf meinen langen Bart), und diese Männer hätten viele Leute getötet. Es war daraus leicht zu erraten, daß er die Spanier meinte. Die Grau= samkeit derselben war ja in ganz Amerika bekannt und hatte sich durch Erzählung von Geschlecht zu Geschlecht fortgepflanzt.

Als ich ihn fragte, wie ich es anzufangen habe, um jene Insel zu erreichen und zu den weißen Männern zu gelangen, ant= wortete er mir: „Ja, ja, du kannst hingehen in zwei maß Kanoes."

Ich verstand nicht, was er mit „zwei maß Kanoes" sagen wollte, bis sich herausstellte, daß er einen Kahn meinte, zweimal so groß wie der meinige.

Da Freitag immer größere Fortschritte im Erlernen der eng= lischen Sprache machte, so versäumte ich nicht, ihn in die Haupt= lehren der christlichen Religion einzuführen. Es entwickelte sich dabei folgendes Gespräch:

„Sage mir doch, Freitag, wer hat das Land, das Meer, die Berge und die Wälder gemacht?"

„Ein erhabener Greis, Namens Benamucki. Er wohnt auf dem höchsten Berge und ist viel älter als das Meer und das Land, als Mond und Sterne."

„Wenn also", fragte ich weiter, „Benamucki alle Dinge er= schaffen hat, beten ihn dann nicht alle lebendigen Wesen der Welt an?"

Freitag nahm hierbei eine ernste Miene an und sagte mit der größten Herzenseinfalt: „Alle Wesen sagen zu ihm: O!"

„Gehen die Menschen, die in deinem Vaterlande sterben, nach ihrem Tode in eine andre Welt über?"

„Ja, sie gehen alle zu Benamucki."

„Und kommen die Menschen, die ihr gefressen habt, auch dahin?"

„Gewiß, o Herr!"

„Hast du auch schon einmal mit Benamucki gesprochen?"

„Nein, junge Leute dürfen nicht zu ihm gehen, sondern nur alte Männer, die Uwukaki, welche ‚O!‘ sagen. Wenn sie vom Berge herabsteigen, so verkünden sie, was Benamucki ihnen mitgeteilt hat."

Die Uwukaki waren also die Priester der benachbarten Eingeborenen, die sich und ihr Treiben in den Schleier des Geheimnisses hüllten und die unwissende Menge in Aberglauben erhielten. Ich suchte meinem Schüler einen Begriff von dem wahren Gott, dem Allvater, dem Schöpfer des Himmels und der Erde, beizubringen; ich sprach von seiner Allmacht: alles liege in seiner Hand, er könne geben und nehmen nach seinem weisen Willen.

Freitag hörte mir mit gespannter Aufmerksamkeit zu. Mit besonderer Freude vernahm er die Lehre von der Erlösung durch unsern Heiland Jesus Christus sowie von der Wirkung unsrer Gebete, die wir an Gott im Himmel richten.

Darauf bemerkte Freitag in seiner unbefangenen Weise: „Gut! Wenn Gott über der Sonne und den Sternen thront und dort Gebete hört, so muß er ja wohl viel größer sein als Benamucki, der nur dann die Gebete der Uwukaki hört, wenn sie selbst zu ihm hinaufsteigen!"

„Du hast recht, Freitag! Gott ist groß und mächtig wie kein andres Wesen."

Täglich unterrichtete ich nun Freitag in den Lehren unsrer Religion und weihte ihn besonders ein in das Geheimnis der Erlösung durch unsern Heiland, der sich auf Golgatha zur Beseligung der sündigen Menschheit geopfert hat. All mein Kummer kam mir jetzt leichter vor, seitdem ich einen so aufmerksamen Gesellschafter

Robinson als Lehrer.

hatte. Meine Wohnung war mir teurer und angenehmer geworden; ich hielt es nicht mehr für ein Unglück, an die Küste dieser Insel verschlagen worden zu sein. Im Gegenteil, ich empfand unaussprechliche Freude, wenn ich daran dachte, ein armes Wesen, wie Freitag, zur Glückseligkeit wahrer Gotteserkenntnis geleitet zu haben.

Während des Zeitraums von drei Jahren, die wir so mit-
einander verlebten, fühlten wir uns vollkommen glücklich und gehoben durch den ernsten Vorsatz, fest auszuharren in dem unwandel-
baren Vertrauen auf die Barmherzigkeit unsres himmlischen Vaters.
Während ich meinem Gefährten die Bibel auslegte, wie mein Verstand es mich lehrte, mußte ich selbst notwendigerweise tiefer ein-
bringen in das Studium der Heiligen Schrift, und die hunderterlei
Fragen Freitags gaben mir häufig Veranlassung zum fruchtbringen-
den Nachdenken über unsre verschiedenen Heilslehren.

Neben den religiösen Gesprächen machte ich meinen Freund
auch mit meinen früheren Lebensschicksalen bekannt, was mir oft
genug Gelegenheit bot, sittliche Lehren in das empfängliche Herz
des Wilden einzupflanzen. Dann erzählte ich ihm auch wohl von
den Ländern Europas und dessen Völkern, schilderte ihm mein
Vaterland mit seinen gewaltigen Städten, in denen eine betrieb-
same Bevölkerung sich geschäftig regt. Ebenso führte ich ihn in
die geheimnisvollen Wirkungen von Pulver und Blei ein und brachte
ihm die Elemente der edlen Weidmannskunst bei. Zuletzt überließ
ich ihm ein großes Messer zum Gebrauche, worüber er eine un-
gemeine Freude empfand; ich versah ihn mit einem Gürtel, an
welchem eine Scheide hing, ähnlich der, wie man sie in meinem
Vaterlande für die Jagdmesser gebraucht, und endlich bewaffnete
ich ihn mit einem kleinen Beile.

Auf einem unsrer gemeinschaftlichen Ausflüge zeigte ich ihm
auch die Überreste meiner Schaluppe, die jetzt ganz und gar zer-
fallen war. Bei ihrem Anblick stand Freitag eine Weile nachdenk-
lich still. Ich fragte ihn, woran er dächte, und er gab mir endlich
zur Antwort:

„Ich sah ein Schiff kommen, ganz wie dieses da, zu meinem
Volke."

Ich verstand den Sinn dieser Worte nicht und forschte danach,
was er meine. Da erklärte er mir denn, daß ein Boot wie das
meinige in seiner Heimat durch widrige Winde an die Küste getrieben worden sei.

Ich dachte zuerst, daß in jenen Gewässern ein europäisches Schiff gestrandet und daß eine von demselben losgelöste leere Schaluppe an das Land der Kariben geraten wäre. Als aber Freitag weiter hinzusetzte: „Wir haben die weißen bärtigen Männer vom Ertrinken gerettet" — da ward meine Aufmerksamkeit aufs höchste gespannt, und ich fragte ihn: „Wieviel weiße Männer haben sich in jenem Boote befunden?"

„Siebzehn Männer, Herr", berichtete Freitag, an den Fingern zählend.

„Und was ist aus ihnen geworden?"

„Sie leben wohl alle noch, sie wohnen bei meinen Brüdern."

„Weißt du auch, wie lange dies her ist?"

„Ich entsinne mich genau, Robin, es sind seitdem vier Jahre verstrichen."

Jetzt erinnerte ich mich auch, daß diese Zeitangabe genau mit der Strandung jenes Fahrzeugs übereinstimmte, dessen Trümmer an meiner Insel festsaßen. Vielleicht hatte sich die Mannschaft des Schiffes in eine Schaluppe geflüchtet und war, dem Sturme und den Wellen preisgegeben, an die Küste der Wilden getrieben worden.

„Du sagtest mir vorhin, Freitag, daß die weißen Menschen bei deinem Volke lebten. Wie kommt es denn, daß deine Landsleute sie nicht aufgefressen haben?"

„Sie haben Brüderschaft mit uns gemacht", erwiderte Freitag; „und wir essen nicht Menschen, wenn sie nicht im Kriege gefangen sind. Sie befinden sich dort ganz wohl, und unsre Brüder liefern ihnen, was sie zum Unterhalt gebrauchen."

Es war eine geraume Zeit nach dieser letzten Unterredung vergangen, als ich einstmals mit meinem Gefährten auf einen Berg der südöstlichen Hügelreihe stieg. Der Himmel war heiter, und kein Wölkchen zeigte sich an dem tiefblauen Firmament; die Luft war durchsichtig, und von der See her wehte uns eine frische Brise entgegen. Freitag sah auf das weite Meer hinaus und blickte nach einer Weile unverwandt auf einen Punkt hin.

Plötzlich ward er unruhig, fing an zu tanzen, zu springen und zu jubeln und rief mich zu sich heran:

„Robin, Robin, komm schnell hierher!"

„Was gibt's, Freitag?"

„O meine Freude! Ich bin glücklich, selig! Ich sehe mein Heimatvolk! Dort kommt mein Volk."

Das, was meinen guten Freitag in so überschwengliche Aufregung versetzte, rief in mir die entgegengesetzten Gefühle hervor. Was lag näher als die Vermutung, daß in den unverhohlenen Ausbrüchen der Freude sich die Sehnsucht Freitags nach den Seinen aussprach? Von dem Augenblick an erwachte in mir Argwohn gegen meinen Freund und beunruhigte mich wochenlang. Ich zeigte mich unfreundlich, ja verschlossen; aber hierdurch that ich dem armen Burschen das größte Unrecht, denn er kam mir stets mit einem Vertrauen, mit einer Hingebung entgegen, daß ich endlich alle meine Zweifel an seine Aufrichtigkeit fallen ließ.

Eines Tages, als wir auf demselben Bergesgipfel, aber bei nebeligem Wetter, zusammen waren, begann ich Freitag auszuforschen.

„Du würdest dich wohl sehr glücklich preisen, Freitag, wenn du wieder in deine Heimat kommen und deine Brüder sehen könntest?"

„O ja, Robin, ich würde sein viel froh, zu sehen mein Volk."

„Und möchtest wohl gern wieder, wie deine wilden Brüder, Menschenfleisch beim Siegesschmaus essen?"

„O nein, nein! Niemals wird Freitag wieder Menschenfleisch essen; er wird sagen seinen Brüdern, sich untereinander zu lieben, nicht mehr zu Benamucki zu beten, Fleisch von Ziegen und andern Tieren zu essen und Brot von Korn und Gerste zu backen."

„Aber fürchtest du nicht, Freitag, daß sie dich umbringen würden, wenn du so zu ihnen sprächest?"

„O nein, nein, Robin, sie werden mich nicht töten; sie wollen gern lernen."

„So möchtest du also wieder zu den Deinen zurückkehren?"

„Ja, das schon! Aber wie könnte ich so weit bis dort zu jenem Lande schwimmen?"

„Ich will dir ein Kanoe bauen, Freitag."

„Aber dann gehst du mit? Denn ohne dich würde ich die Insel nie verlassen."

„Ich, Freitag? Nur zu bald würden deine Brüder über mich herfallen, mich töten, in Stücke zerlegen und über dem Feuer schmoren lassen."

„Nein, nein, Robin, das wird nimmermehr geschehen; ich werde ihnen sagen, daß du mir das Leben gerettet hast, daß du mich liebst wie einen Bruder, und dann werden sie dich auch lieben und dir Gutes thun."

„Aber nochmals, warum willst du nicht allein zu den Deinen zurückkehren?"

„O Herr, du bist gewiß recht böse auf mich, daß du mich fortschicken willst!"

„Nicht im geringsten, mein guter Freitag! Vielmehr gedachte ich dir eine Freude zu bereiten, wenn ich dich freiwillig in deine Heimat entließe."

Und Freitag bleibt dabei: nichts ohne seinen Herrn.

„Was sollte ich aber bei deinem Volke anfangen?"

„O, dort gibt's genug für dich zu thun; wie du mich unterrichtet und gebessert hast, so wirst du auch meine Brüder sanft erziehen."

„Mein guter Freitag! Du weißt selbst nicht, was du sprichst. Zu einem solchen Werke fehlt es mir an Kraft und Ausdauer."

„O, du kommst doch mit, Robin?"

„Nein, nein, Freitag! Geh du ohne mich; ich werde hier bleiben und wiederum so leben wie vor deiner Ankunft."

Die treue Seele war tief gerührt, Thränen standen ihm in den Augen. Dann griff er an seinen Gürtel, holte das Beil hervor und überreichte es mir.

„Was soll ich damit, Freitag?"

„Mich totmachen, Herr!"

„Aber was fällt dir ein?"

„Ja, schlage lieber Freitag damit tot, als daß du ihn fortjagst; er kann nicht ohne dich leben."

Diese Wendung der Unterhaltung nahm den letzten Zweifel über Freitags Anhänglichkeit aus meinem Herzen, und in mir selbst regte sich von neuem die alte Begierde, eine weitere Seereise zu unternehmen und nach dem großen Festlande zu steuern, auf welchem nach Freitags Bericht die weißen bärtigen Gesichter — Portugiesen oder Spanier — zu treffen sein mußten. Eines Tages führte ich Freitag zu jenem Boote an der Bai, das ich seit mehreren Jahren nicht in Gebrauch genommen, sondern im Wasser versenkt hatte, damit es mich den Wilden nicht verraten sollte. Wir schöpften das Wasser aus dem Kanoe und setzten uns dann selbst hinein. Dabei zeigte Freitag in der Lenkung des Bootes eine Geschicklichkeit und Sicherheit, die mich in Erstaunen setzte. Nach einer Weile sagte ich zu ihm: „Nun, Freitag, wie wäre es, wenn wir jetzt in diesem Boote nach deinem Vaterlande segelten?" Er schien über meine Frage verwundert, denn er fand das Boot viel zu klein, um darin eine so weite Reise zurückzulegen. Hierauf sagte ich ihm, daß ich wohl noch ein größeres Fahrzeug hätte, und daß wir es am nächsten Tage aufsuchen wollten. Ich führte ihn denn auch, wie versprochen, zu dem Orte, wo die Barke lag, die ich nicht hatte ins Wasser bringen können; da ich mich indes länger als 20 Jahre nicht weiter um sie gekümmert hatte, seit ich sie gebaut, so war sie von der Sonne ausgetrocknet und gesprungen, daß sie sich in einer ganz kläglichen Verfassung befand. Freitag aber sagte, daß ein Fahrzeug von dieser Größe, da man genug Eß= und Trinkvorräte darin unterbringen könne, ganz tauglich zu einer Seereise sei, und diese Versicherung kam meinen Plänen entgegen.

Zusammenstoß mit den Kannibalen.

Zwölftes Kapitel.
Eine Zeit großer Ereignisse.

Bau eines neuen größeren Bootes. — Probefahrten. — Neuer Kannibalenbesuch. — Der Kampf mit den Wilden. — Der Spanier und Freitags Vater. — Verpflegung der Befreiten. — Bestattung der Gefallenen. — Geschichte des Spaniers. — Zukunftspläne.

———————

Da ich unaufhörlich an die siebzehn weißen Männer dachte, welche nach Freitags Behauptung bei seinen Landsleuten wohnen sollten, so wuchs in mir das Verlangen, dieselben aufzusuchen. Ich machte mich daher unverzüglich ans Werk, um mit Freitags Hilfe ein neues Boot zu bauen. Alsbald hatte Freitag, der in der Wahl des Holzes besser Bescheid wußte als ich, einen Baum gefunden, wie wir ihn bedurften. Er wollte sich nun anschicken, das Innere des Stammes, nach Art seiner Landsleute, mittels Feuers auszuhöhlen. Aber ich lehrte ihn, wie man denselben Zweck durch Handwerkszeug erreichen könne, und er zeigte sich auch bald als ein brauchbarer Schiffszimmermann. Nach Verlauf eines Monats war endlich ein Fahrzeug von gefälliger Form zustande gebracht;

9*

denn wir hatten auch die Außenseiten sorgfältig mit den Äxten bearbeitet. Noch lag ein schweres Stück Arbeit vor uns; denn um die Barke mit Walzen und Hebebäumen bis an das Meer zu schaffen, gebrauchten wir zwei Wochen. Als sie dann endlich flott geworden, betrachtete ich sie mit einem Gefühle von Genugthuung, denn ihre Größe hätte hingereicht, 20 Mann an Bord aufzunehmen. Auch Freitag empfand lebhafte Freude, und er lenkte das Fahrzeug trotz dessen Größe mit ungemeiner Geschicklichkeit.

„Nun, Freitag, was meinst du wohl, können wir uns mit dieser Barke bis an die Küste deiner Heimat wagen?"

„O gewiß!" entgegnete Freitag; „wir werden darin sehr gut fahren, selbst wenn großer Wind weht."

Aber ich hatte noch einen andern Plan gefaßt. So wie es war, genügte mir unser Boot noch nicht; ich wollte es auch noch mit einem Mast, einem Segel und einem Steuer versehen. Ein Mast war nicht schwer zu erlangen; ich fand einen jungen, schlanken Baum ganz in der Nähe, wie zu meinem Vorhaben geschaffen. Während Freitag denselben fällte und den Stamm nach meiner Anleitung behieb, übernahm ich selbst die Herstellung der Segel. Unter meinem Vorrat alter Segelstücke fanden sich noch einige ziemlich gut erhaltene Stücke, und ich nähte ein dreieckiges oder lateinisches Segel daraus zusammen. Auch brachte ich für den Fall, daß der Wind umsetzte, ein kleines Focksegel und ein Besansegel an; besonders aber ließ ich es mir angelegen sein, ein Steuerruder an dem hinteren Teile der Barke herzurichten.

Als unsre Takelage beendigt war, bestiegen wir das Boot und segelten in der Bai umher. Freitag war zwar ein guter Ruderer, aber er hatte noch keinen Begriff von der Handhabung eines Steuers und dem Gebrauche eines Segels. Er schaute mir daher voll Bewunderung zu, wie ich das Fahrzeug nach meinem Willen vor- und rückwärts lenkte.

Ich hatte jetzt das 27. Jahr meiner „Verbannung" auf meiner Insel angetreten. Nie unterließ ich es, den Jahrestag meines Schiffbruchs und meiner Ankunft auf der Insel in inbrünstigen Gebeten zu Gott zu begehen. Seine Güte hatte mich bisher so

Freitag erhält Unterricht im Schiffbau.

wunderbar behütet, und nun erfüllte mich die beglückende Hoffnung, wieder in die Gesellschaft der Menschen zurückzukehren. Auch während der letzten Zeit setzte ich meine Tagesarbeiten fort. Ich grub, pflanzte, ergänzte meine Einzäunungen, sammelte Korn, Reis, Baumfrüchte und Trauben ein; ich besorgte meine Ziegenherden, buk Brot und Kuchen, verfertigte Kleider, Körbe und Töpfe. — Unterdessen war die Regenzeit herangenaht, und ich mußte Bedacht darauf nehmen, unser Boot sicher unterzubringen. Ich schaffte es daher so weit auf den Strand, als die steigende Flut es erlaubte, und gebot Freitag, daneben ein Becken zu graben, tief genug, um das Boot beständig flott zu erhalten. Als die Flut dann zurückwich, führten wir einen starken Damm auf, der das Becken verschloß und dem Eindringen des Meeres vorbeugte. Um aber unser Fahrzeug gegen den Regen zu schützen, bedeckten wir es mit einem Dach und erwarteten so den Monat November oder Dezember, um die ersehnte Fahrt anzutreten.

Mit Beginn der schönen Jahreszeit beeilten wir uns, die nötigen Zurüstungen zur Reise zu treffen. Denn ich gedachte, vielleicht schon in acht bis zwölf Tagen das Wasserbecken zu öffnen und das Boot auslaufen zu lassen. Eines Morgens hatte ich Freitag nach dem Meere hinabgeschickt, um eine Schildkröte zu fangen, weil wir sowohl das Fleisch als auch die Eier dieses Tieres sehr wohl zu schätzen wußten. Aber schon nach wenigen Minuten kam er eiligst wieder zurück und übersprang den ersten Festungszaun.

„O Herr, Herr, o Jammer!"

„Was gibt's denn, was hast du?"

„Dort unten, dort unten! Eins, zwei, drei Kähne!" Freitag war so erschrocken, daß er am ganzen Körper zitterte; er hatte sich eingebildet, daß die Wilden nichts Geringeres beabsichtigten, als ihn einzufangen, in Stücke zu zerhauen und aufzuessen. Ich suchte ihn zu beruhigen, so gut ich konnte, und ihm begreiflich zu machen, daß ich ja ganz in der nämlichen Gefahr schwebe wie er.

„Freitag", sagte ich, „wir müssen mit ihnen um unser Leben kämpfen; bist du bereit dazu?"

— „Jawohl, ich schieße auf sie; aber ihre Zahl ist groß."

„Was thut das, Freitag? Unsre Gewehre werden einen Teil von ihnen niederstrecken, und das Feuer und der Knall wird die andern in die Flucht schlagen. Wenn ich dich aber mit meinem Leben verteidige, willst du mir auch treulich zur Seite stehen und alles thun, was ich dir sage?"

„Ja, Herr, ich will sterben, wenn du mir zu sterben befiehlst."

Hierauf holte ich eine Flasche Rum, um Freitag in seiner mutigen Stimmung zu erhalten; dann gebot ich ihm, die beiden gewöhnlichen Jagdgewehre herbeizubringen, und ich selbst lud sie mit tüchtigen Posten.

Hiernach stieg ich mit meinem Fernrohr auf die Warte, um zu sehen, was an der Küste vorging. Da entdeckte ich nun, daß 21 Wilde in drei Kanoes gelandet waren, und zwar an der Südost= küste, was mich um so mehr wunder nahm, als ich noch nie an dieser Stelle das geringste Anzeichen einer Landung der Kanni= balen bemerkt hatte. Der Ort, wo sie ausgestiegen waren, schien sehr flach, der Strand niedrig; etwa 100 Schritte davon begann der Saum eines dichten Gebüsches, welches sich ziemlich weit bis in die Felsengruppen der inneren Insel hineinzog. Es deuchte mich, als ob sie drei Gefangene bei sich hätten und auch diesmal aus keinem andern Grunde an meine Insel gekommen wären, als wieder eines ihrer Siegesfestmahle abzuhalten.

Zunächst lud ich nun vier Musketen mit sieben Kugeln, sowie meine beiden Pistolen mit zwei Kugeln. Den Degen steckte ich in den Gürtel und befahl Freitag, sein Beil, ein Pistol, zwei Musketen und eine Flinte nebst Vorrat von Pulver und Blei zu ergreifen; ich selbst aber nahm das andre Pistol und die übrigen Schieß= gewehre. Außerdem steckten wir einige Brotkuchen und getrocknete Rosinen zu uns, sowie ein Fläschchen Rum zur Stärkung unsrer Lebensgeister. So gerüstet rückten wir aus. Auf einem Umweg von ungefähr einer Viertelmeile bogen wir nach dem Rande des Gehölzes ein, um hier, ungesehen von den Wilden, bis an die Bucht zu gelangen und sie in Schußlinie vor uns zu haben.

Unter Beobachtung größter Vorsicht gelangten wir an das Ende des Gehölzes und somit in die Nähe der Feinde, von denen mich nur noch eine einzige Baumgruppe trennte. Ich befahl Freitag, auf einen Baum zu steigen, um zu sehen, was die Wilden vornähmen. Er kletterte sehr bald wieder herab und berichtete, er habe die Feinde ganz deutlich gesehen; sie säßen rings um ein Feuer und verzehrten das Fleisch eines ihrer Gefangenen; ein andrer liege dicht daneben an Händen und Füßen gebunden und werde wahrscheinlich demnächst an die Reihe des Verspeisens kommen. „Aber", fügte Freitag bedeutungsvoll hinzu, „es ist keiner von unserm Stamme, sondern einer von den weißen bärtigen Männern, die sich in unserm Vaterlande angesiedelt haben." Dieser Bericht versetzte mich in Zorn und Wut. Ich stieg nun mit meinem Fernglas ebenfalls auf einen Baum und erkannte deutlich an Gesicht und Bekleidung in dem gebundenen Manne einen Europäer.

Ein kleines Gebüsch zog sich von der Waldspitze noch ungefähr 100 Schritte nach links gegen den Strand hin, und ich konnte, durch dasselbe gedeckt, den Wilden mich noch mehr nähern. Am Ende des Buschwerks gelangte ich auf einen kleinen Sandhügel oder eine Düne, von wo aus ich die jetzt nur noch in einer Entfernung von 80 Schritt lagernden Wilden aufs genaueste beobachten konnte. Es war kein Augenblick mehr zu verlieren, denn eben bemerkte ich, wie sich zwei der Kannibalen anschickten, des Europäers Hände und Füße von den Fesseln zu befreien, um ihn dann am Feuer zu schlachten. Ich sah mich nach Freitag um.

„Jetzt", sagte ich zu ihm, „thue, wie ich dir sagen werde."

„Ja, Herr! Befiehl!"

„So ahme genau das nach, was du mich thun siehst, und fehle nicht!"

Mit diesen Worten legte ich eines der Jagdgewehre und eine der Musketen auf den Boden. Freitag that dasselbe. Dann zielte ich auf die beiden mit ihrem Schlachtopfer beschäftigten Wilden und gebot Freitag, unter den übrigen Haufen zu feuern.

„Bist du fertig, Freitag?" — Freitag nickte zustimmend.

„Nun — dann Feuer!"

Zwei donnerähnliche Schüsse hallten hinaus auf Land und Meer. —

Als sich der Pulverdampf verzogen hatte, sah ich, was wir ausgerichtet hatten. Durch meinen Schuß war der eine getötet, der andre verwundet worden; Freitag dagegen hatte sogar zwei erlegt und drei verwundet. Der Schrecken aber, der durch den Knall unsrer Gewehre unter die Wilden fuhr, ist nicht zu beschreiben.

Befreiung eines Gefangenen.

Die Verwundeten jammerten und wälzten sich am Boden, die andern sprangen entsetzt auf und suchten zu entfliehen. In der gräßlichen Verwirrung liefen sie jedoch nur hin und her; denn sie wußten nicht, von welcher Seite ihnen das Verderben drohte. Freitag verwendete kein Auge von mir, um zu sehen, was ich weiter thun würde. Nach der ersten Salve legte ich mein Gewehr auf

den Boden und ergriff die Flinte; Freitag that dasselbe. „Hahn
gespannt! Angelegt! Feuer!" Wiederum rollte der Donner unsrer
Gewehre über die Häupter der Wilden hinweg. Diesmal stürzten,
da unsre Flinten nur mit grobem Schrot geladen waren, bloß zwei
Männer zu Boden, aber es waren ihrer so viele verwundet, daß
die meisten, mit Blut bedeckt und vor Schmerz heulend, wie im
Wahnsinn durcheinander liefen. Bald stürzten noch drei von ihnen
zu Boden, obgleich sie nicht tot waren.

„Jetzt, Freitag, mir nach!" sagte ich, nachdem ich die letzte,
Freitag aber die dritte Muskete aufgenommen hatte. Mit lautem
Geschrei stürzten wir aus dem Gebüsche, gerade auf die Wilden
los. Der eine von den beiden, welche den Gefangenen losbinden
wollten, lag tot, während der andre, verwundet, in einen Kahn gesprungen war, wohin ihm noch vier seiner Gefährten folgten.

Sogleich gebot ich Freitag, auf die Flüchtlinge zu feuern; er
verstand mich sehr gut, lief ungefähr 40 Schritte weit, um die
Flüchtigen aufs Korn zu nehmen, und schoß los. Er hatte seine
Sache gut gemacht; denn sofort stürzten alle fünf nieder, so daß
ich schon glaubte, er hätte sie sämtlich getötet; indessen sprangen
zwei von ihnen wieder auf, die andern blieben regungslos liegen,
entweder schwer verwundet oder getötet.

Während dies geschah, war ich zu dem Gefangenen geeilt und
schnitt mit einem Messer die Bande entzwei, welche ihn an Händen
und Füßen gefesselt hielten; dann half ich ihm aufstehen und fragte
auf portugiesisch, wer er sei. Er antwortete mir in lateinischer
Sprache: „Christianus", war aber so entkräftet, daß er weder stehen,
noch ein weiteres Wort sprechen konnte. Ich reichte ihm mein
Rumfläschchen, aus dem er einen kräftigen Schluck nahm, der ihn
sichtbar stärkte. Außerdem gab ich ihm auch ein Stück Brot, und
er aß es mit der größten Hast. Währenddem fragte ich noch, aus
welchem Lande er stamme, und erhielt zur Antwort: „Spanien".
Nachdem er sich ein wenig erholt hatte, gab er mir durch allerlei
Zeichen zu verstehen, wie dankbar er mir sei für die Rettung aus
der Hand der Kannibalen. Ich aber sprach zu ihm auf Spanisch,
so gut es eben gehen wollte: „Sennor, später wollen wir uns

weiter aussprechen, jetzt müssen wir kämpfen. Wenn Ihr noch irgend Kraft habt, so nehmt diese Pistole und diesen Degen und nun Gott befohlen!"

Kaum fühlte der Spanier die Waffen in seiner Hand, als er neu beseelt von Mut und Kraft erschien. Wie ein Wahnsinniger hieb er auf seine Peiniger ein und streckte im Nu zwei oder drei derselben zu Boden. Die Wilden waren durch die Wirkung unsrer Feuerwaffen und den ungestümen Überfall so überrascht, daß die meisten von ihnen wie gelähmt niederstürzten und ebensowenig zu fliehen als unserm Angriffe zu widerstehen vermochten.

Ich hielt mein Gewehr schußfertig, ohne jedoch abzuschießen, um nicht ganz verteidigungslos zu sein, da ich dem Spanier Degen und Pistole gegeben hatte. Dann rief ich Freitag herbei und gebot ihm, die abgeschossenen Gewehre, die wir zurückgelassen hatten, herbei= zuholen, was mit unglaublicher Schnelligkeit geschah. Wir luden sogleich unsre Gewehre; ich übergab Freitag eine Muskete und sagte ihm, er solle weitere Waffen herbeischaffen, wenn man deren be= dürfe. Unterdessen fand ein fürchterlicher Kampf zwischen dem Spanier und einem Wilden statt, der mit einem eisenharten hölzernen Schwerte auf ihn einhieb. Allein jener, ebenso kühn und tapfer, widerstand trotz seiner Schwäche lange Zeit den Angriffen des Indianers, ja er hatte ihm sogar zwei Wunden am Kopfe bei= gebracht. Der Wilde jedoch, ein Mensch von hohem Wuchse, hatte jetzt seinen Gegner gepackt, zu Boden geworfen und suchte ihm nun den Degen zu entwinden. Der Spanier ließ die Waffe fahren, riß die Pistole aus dem Gürtel und jagte seinem Feinde eine Kugel durch die Brust, die ihn sofort tötete.

Freitag blieb seinerseits auch nicht unthätig: er verfolgte die Flüchtlinge, ohne eine andre Waffe als sein Beil, und machte denen, die er im Laufe einholte oder die verwundet auf der Erde umher= lagen, den Garaus. Der Spanier bat mich jetzt um ein Gewehr, und ich überließ ihm gern eine meiner beiden Jagdflinten. Er ver= folgte damit zwei Wilde und verwundete sie beide; da er sie aber nicht einzuholen vermochte, so entkamen sie nach dem Walde. Hier aber trafen sie auf Freitag, der sogleich den einen von ihnen nieder=

streckte; der andre, wiewohl verwundet, lief nach dem Strande, warf sich ins Meer und schwamm dem Kanoe nach, in welchem sich ein Toter und ein Verwundeter befanden, während drei noch Lebende das Weite zu gewinnen suchten. Es waren 17 Wilde teils getötet, teils so schwer verwundet worden, daß sie an ihren Wunden sterben mußten; nur vier waren in ihrem Kahne entkommen, einer derselben aber dem Anscheine nach auch schwer blessiert.

Die in dem Kanoe Flüchtenden ruderten mit aller Anstrengung, um aus dem Bereiche unsrer Kugeln zu kommen, und obgleich Freitag noch zwei- oder dreimal nach ihnen feuerte, so schien doch keiner getroffen zu sein. Freitag zeigte sich so kampfbegierig, daß er eins ihrer Boote nehmen wollte, um die Wilden zu verfolgen, und in der That schien mir dieser Gedanke beachtenswert. Denn gelang es auch nur einem zu entrinnen, der die Nachricht von der Niederlage zu seinem Stamm brachte, so konnte ich mich sicherlich auf einen baldigen Besuch von Hunderten gefaßt machen, die uns durch ihre Überzahl erdrückt hätten. Ich eilte also mit Freitag nach dem Strande hinab und sprang in eine Barke. Aber wie erstaunte ich, als ich hier noch einen an Händen und Füßen ge= fesselten Wilden erblickte, der vor Angst halb tot war!

Sogleich zerschnitt ich seine Fesseln und suchte den armen Menschen emporzurichten; allein er konnte weder stehen noch sprechen, sondern stöhnte nur auf eine ganz erbärmliche Weise, weil er wahr= scheinlich glaubte, er solle nun getötet werden. Ich gab Freitag mein Rumfläschchen, um den Armen durch einen Schluck zu stärken, und trug ihm zugleich auf, dem Wilden seine Befreiung zu ver= künden. Der Trunk und noch mehr die frohe Botschaft belebten den Armen so, daß er sich in der Barke aufrecht zu setzen vermochte. Als ihm aber Freitag aufmerksamer ins Gesicht sah, wurde dieser wie umgewandelt. Er umarmte den Geretteten, küßte ihn und drückte ihn stürmisch an die Brust; dann lachte er, jauchzte vor Freuden, sprang, tanzte, sang, gebärdete sich wie ein Unsinniger, weinte und rang die Hände. Lange währte es, ehe auch nur ein einziges vernünftiges Wort aus ihm herauszubringen war; endlich, als er wieder ein wenig zu sich selbst kam, sagte er zu mir, der Gerettete sei sein Vater.

Es läßt sich nicht mit Worten das Entzücken des guten Freitag beim Anblick seines Vaters und dessen unerwarteter Errettung schildern; zwanzigmal sprang er aus dem Kahne und wieder hinein; dann setzte er sich an die Seite seines Vaters und öffnete sein Kleid, um den Kopf desselben an seine Brust zu drücken und ihn zu erwärmen; dann nahm er wieder seine Arme, seine Beine, welche durch das harte Zuschnüren der Bande steif und geschwollen waren, und rieb sie mit seinen Händen. Ich gab ihm nun etwas Rum, um die abgestorbenen Glieder des alten Mannes zu waschen, was demselben augenscheinlich sehr wohl that.

Freitag war so sehr mit seinem Vater beschäftigt, daß ich es nicht über mich gewinnen konnte, ihn von demselben abzurufen. Erst als ich glaubte, er habe seiner kindlichen Freude vollkommen Genüge gethan, rief ich ihn, und er sprang mit freudestrahlendem Gesicht auf mich los.

„Hast du deinem Vater schon Brot zu essen gegeben, Freitag? Er wird wohl tüchtigen Hunger haben."

„Nein, ach nein, Herr!" erwiderte fast weinend der arme Bursche; „o, ich schlechter Hund habe selbst alles gegessen, alles!"

„Nun, Freitag, beruhige dich! Da ist ein Stück Kuchen, das ich gerade noch in meiner Tasche finde; hier hast du auch noch Rosinen und einen Schluck Rum, damit stärke deinen Vater!"

Freitag gehorchte mit einem Blicke des Dankes und reichte das Dargebotene dem Alten. Dann sprang er mit einem Satze aus dem Kahne und lief wie ein gehetztes Wild davon, so daß er im Nu aus unsern Augen verschwunden war. Ich schrie, ich lief ihm nach — er hörte nicht; nachdem etwa eine Viertelstunde ver= flossen war, sah ich ihn wiederkommen, aber nicht so eilig, als er davongelaufen war, weil er etwas in den Händen trug. Er hatte nämlich in dieser kurzen Zeit den Weg nach der Burg zurückgelegt, um noch mehr Brot und einen Krug frischen Wassers hierher zu bringen. Sein Vater, der bald vor Durst verschmachtete, wurde durch den kühlen Trunk mehr erquickt, als all mein Rum vermocht hätte.

Nachdem der Alte getrunken hatte, fragte ich Freitag, ob noch etwas Wasser übrig sei, und auf seine Bejahung trug ich ihm auf,

dieses sowie ein Brot dem Spanier zu bringen, der dessen ebenso-
sehr bedurfte und auf einem Rasenhügel im Schatten eines Baumes
ausruhte.

Als Freitag zurückgekommen, schlug er die Augen zu mir
empor und blickte mich mit dem Ausdrucke größter Dankbarkeit an.
Gern hätte sich der Spanier erhoben und wäre zu uns gekommen,
allein er war so erschöpft und seine Glieder durch die harten Bande
so angeschwollen, daß er sich nicht auf den Beinen zu halten vermochte. Ich befahl daher Freitag, ihm Hände und Füße mit Rum
einzureiben. Dabei drehte letzterer alle Augenblicke den Kopf herum,
um nach seinem Vater zu sehen. Als er ihn einmal nicht in seiner
vorigen Stellung sah, ließ er ohne weiteres vom Einreiben ab,
sprang auf und schoß wie ein Pfeil nach dem Boote, in welchem
sich sein Vater niedergelegt hatte, um seinen müden Gliedern Ruhe
zu gönnen. Erst als er völlig zufrieden gestellt sein durfte, kehrte
Freitag eiligst zurück und vollendete die ihm aufgetragene Hilfe-
leistung.

Alles dies hatte uns von der Verfolgung der Wilden abgezogen, und ihre Barke selbst war uns bereits aus dem Gesicht,
als wir wieder an sie dachten. Die Verhinderung unsrer anfäng-
lichen Absicht war jedoch ein großes Glück für uns. Denn zwei
Stunden später erhob sich ein heftiger Wind, der den übrigen Teil
des Tages und die ganze Nacht hindurch anhielt. Wie übel hätte
es uns in unsrer leichten Barke ergehen können!

Dem Spanier machte ich den Vorschlag, sich auf Freitag zu
stützen und bis zu einem der Kähne sich weiter zu helfen, um ihn
dann nach unsrer Wohnung zu schaffen, wo ich besser für seine
Pflege und Bequemlichkeit sorgen könnte. Allein er fühlte sich so
schwach, daß er nicht mehr stehen konnte. Ohne weitere Umstände
nahm daher Freitag mit kräftiger Hand den Fremden auf seinen
Rücken, trug ihn nach dem Kahne, setzte ihn an der Seite seines
Vaters nieder, stieß das Boot vom Ufer und ruderte dasselbe, un-
geachtet des sich erhebenden Windes, die Küste entlang, schneller als
ich gehen konnte. Darauf eilte er zurück. Als er an mir vorbei
lief, fragte ich ihn: „Wo rennst du so hurtig hin?" — „Andern

Kahn holen!" lautete lakonisch seine Antwort, und schnell wie der Wind war er davon. Als ich bei der Bucht anlangte, war auch Freitag fast gleichzeitig mit dem nachgeholten Boote daselbst eingetroffen.

Soweit war alles gut gegangen. Da aber weder Freitags Vater noch der Spanier zu gehen im stande war, so befanden wir uns in nicht geringer Verlegenheit, wie wir dieselben bis zur Burg und besonders über die Wallmauer bringen sollten. Wir hatten indes keine Zeit, noch lange zu überlegen. Das geeignetste Transportmittel schien mir unter den vorliegenden Umständen eine Tragbahre zu sein. Sofort machte ich mich denn auch, indem ich die beiden unsrer Obhut anvertrauten Männer am Ufer ruhig niedersitzen ließ, mit Freitag ans Werk, und nach einem Stündchen hatten wir mit zwei Stangen und Flechtwerk eine Tragbahre hergerichtet, wie sie unsern Zwecken notdürftig entsprechen konnte.

So trugen wir denn den Spanier und Freitags Vater und gelangten bis an die äußere Umfassungsmauer unsrer Burg. Hier aber entstand wiederum die Frage: Wie werden wir die beiden Entkräfteten über den Wall hinwegbringen? Es blieb denn nichts andres übrig, als zwischen der ersten Umhegung und dem von mir angepflanzten Gebüsch ein Zelt zu errichten. Freitag ging mit seiner gewohnten Geschicklichkeit ans Werk, und nach zwei Stunden hatten wir eine leidlich hübsche Hütte zustande gebracht, bedeckt mit alten Segeln und Baumzweigen. Im inneren Raume derselben stellten wir einen Tisch hin nebst einer Bank und ein paar roh gezimmerten Stühlen, sodann zwei Lagerstätten von gutem Reisstroh nebst je zwei wollenen Decken: eine, um darauf zu liegen, die andre, um sich damit zuzudecken.

Sobald alles unter Dach und Fach gebracht war, erschien es wohl natürlich, daß ich nun auch an mich und Freitag dachte. Ich befahl letzterem, eine junge Ziege zu schlachten und sie in Stücke zu zerschneiden. Mit einigen derselben, die ich Freitag kochen ließ, bereitete ich eine kräftige Suppe und ein vortreffliches Fleischgericht. Dann wartete ich in dem neu aufgeschlagenen Zelte auf und hieß meine Gäste guten Mutes sein und tapfer zulangen.

Nach aufgehobener Mahlzeit trug ich Freitag auf, eine Barke
herbeizuschaffen und unsre Waffen zu holen, die wir im Drange
der verwichenen Stunden auf dem Schlachtfelde gelassen hatten.
Nächstdem gab ich ihm den Auftrag, seinen Vater über die Wilden
auszufragen, und ob er glaube, daß sie einen Rachezug gegen uns
unternehmen würden. Freitags Vater meinte, die Flüchtlinge hätten
in ihrem leichten Fahrzeuge dem Sturme, der sich bald nach ihrer
Abfahrt erhob, um so weniger widerstehen können, als er sie bereits
auf dem ersten Viertel ihres Seewegs überrascht hätte. Wenn aber
das Fahrzeug auch nicht umgeschlagen wäre und seine Insassen in
den Wellen begraben hätte, so würden diese doch nach Süden zu
unvermeidlich an Küsten geschleudert worden sein, wo sie als Kriegs-
gefangene dem Tode preisgegeben wären. Sollten sie dennoch in
ihre Heimat kommen, so würden sie ihren Landsleuten eher ab-
als zureden, diese Insel jemals wieder zu betreten. Er habe nämlich vernommen, wie sie sich gleich nach unsern ersten Gewehrsalven
ängstlich und zitternd einander zuriefen: die beiden Wesen (nämlich
ich und Freitag) seien keine Menschen, sondern böse Geister, die
vom Himmel auf die Erde herabgestiegen wären, um sie zu vernichten; denn Menschen, wie sie immer auch seien, könnten nicht
Blitze und Donner machen, auch nicht Feuer und Tod in die
Ferne schicken. Gewiß käme ihnen dieses Eiland wie ein ver-
zaubertes Land vor, dessen geisterhafte Bewohner alles vernichteten,
was sich in ihre Nähe wagte.

Der alte Mann mochte wohl nicht unrecht haben. Dennoch blieb
ich auf der Hut; da wir aber jetzt unser vier waren, so konnten
wir es getrost mit einer Rotte von 50, ja 100 Mann aufnehmen.

Nachdem wir uns noch über mancherlei unterhalten hatten,
überließ ich Freitags Vater und den Spanier der benötigten Ruhe,
denn sie waren immer noch matt und schwach. Auch wir beiden
andern zogen uns nach dem Wohnhause zurück und suchten gleichfalls unser Lager auf. Trotz meiner Müdigkeit wollte mich der
Schlaf nicht überkommen; die jüngsten Ereignisse tauchten wieder
so lebhaft in meiner Seele auf, daß ich den ganzen Kampf gleichsam von neuem durchlebte.

Die Einwohnerzahl meiner Insel war nun um das Vierfache gestiegen, und ich war naturgemäß der unumschränkte Monarch über diese Insulaner. So klein aber die Zahl auch war, eine große Verschiedenheit zeigte die Bevölkerung hinsichtlich der Abstammung und der Religion. Freitags Vater war Karibe, Heide und Menschenfresser, der Sohn Spaniens war Katholik, und ich nebst Freitag huldigten der Lehre des Protestantismus. Aber diese Verschiedenheit sollte kein Stein des Anstoßes werden, kein Gewissenszwang beirrte in meinem Staate die Gemüter.

Als wir uns am andern Morgen erhoben hatten, gebot ich Freitag, die getöteten Wilden, deren verwesende Leichname die Luft zu verpesten drohten, in die Erde zu verscharren. Zugleich sollte Freitag auch die eklen Überreste der Kannibalenmahlzeit entfernen, damit sie nicht unser Auge ferner beleidigten. Er entledigte sich meines Befehls mit gewohnter Bereitwilligkeit.

Dann machten wir gemeinsam die Runde um die Burg und ihre Umgebungen und gingen nach der Höhle und den Ziegenparks. Ich wollte nämlich sowohl mich selbst von dem Stande der Dinge unterrichten, als auch meine neuen Gefährten mit meinen wirtschaftlichen Erfolgen bekannt machen. Freitag hatte als Dolmetsch hierbei vollauf zu thun; denn sein Vater war über die vielen neuen Dinge, die er bei uns sah, ganz erstaunt, und ich ließ ihm ihren Zweck und Gebrauch so deutlich wie möglich auseinandersetzen. Aber auch der Spanier war nicht wenig überrascht von den zweckmäßigen Einrichtungen, die ich im Laufe so vieler Jahre getroffen und allmählich mehr und mehr verbessert hatte.

Nachdem meine neuen Hausgenossen sich endlich von ihren Schmerzen an Händen und Füßen befreit fühlten, boten sie mir bereitwillig ihre Kräfte zur Verrichtung der ländlichen und vielen andern Arbeiten an. Freitag ließ ich meist in Gesellschaft seines Vaters arbeiten, während sich der Spanier in meiner nächsten Nähe zu halten pflegte. Da fehlte es denn nicht an hunderterlei Fragen und Mitteilungen, an Plänen und Aussichten für die Zukunft, an Erörterungen hinsichtlich der Mittel, nach dem Festland hinüberzukommen, wo ich, wie Freitags Vater versichert hatte, um seinetwillen gastfreundliche Aufnahme finden würde.

Der Spanier unterrichtete mich zuvörderst von seinem und seiner Genossen Schicksal. „Ich heiße", erzählte er, „Don Juan Caballos und stamme aus Valladolid in Spanien. Wir waren auf einem Fahrzeuge abgesegelt, das vom Rio de la Plata nach der Havanna gehen und dort Pelzwaren und Silber gegen europäische Waren umtauschen sollte. Es erhob sich ein heftiger Sturm, und in der Nacht darauf wurden wir so heftig gegen ein Felsenriff geschmettert, daß wir, im ganzen elf Spanier und fünf Portugiesen, uns beeilen mußten, in die Schaluppe zu kommen. Sturm und Wellen preisgegeben, halbtot vor Hunger und Durst, Angst und Gefahr, wurden wir nach der karibischen Küste verschlagen und schwebten in der peinlichsten Furcht, von den Wilden geschlachtet zu werden. Allein die Kannibalen waren menschlicher, als wir glaubten: sie nahmen uns ohne Feindseligkeit auf und ließen uns in Frieden unter sich leben. Da wir uns indes an ihre schlechten Lebensmittel und namentlich an ihr Nationalfestessen, aus Menschenfleisch bestehend, nicht gewöhnen konnten, so nagten wir fast beständig am Hungertuche. Zwar besaßen wir einige Feuergewehre und Säbel; aber wir hatten bereits in den ersten Tagen nach unsrer Landung den Vorrat an Pulver und Blei verbraucht und waren deshalb fast lediglich auf den Unterhalt durch die Wilden angewiesen. Was Wunder, wenn der Gedanke einer Flucht aus diesem Lande sich in uns allen bis zum glühendsten Wunsche steigerte? Dies, Freund Robinson, ist die Lage meiner Genossen unter den Kannibalen."

„Das ist in der That traurig, Don Juan", erwiderte ich dem Spanier. „Aber mir geht ein Gedanke durch den Kopf: würden wohl Eure Gefährten einen Vorschlag zu ihrer Rettung von mir annehmen?"

„O sicherlich mit dem innigsten Dankgefühl, Sennor; denn in ihrer jetzigen verzweifelten Lage haben sie keine Hoffnung, sich selbst jemals befreien zu können!"

„Mein Vorschlag wäre demnach folgender: sie sämtlich nach unsrer Insel herüberzuholen und durch gemeinschaftliche Arbeit

ein Fahrzeug zu bauen, das groß genug sein würde, um uns alle
samt den nötigen Lebensmitteln aufzunehmen und nach Brasilien
oder nach einer spanischen Kolonie zu bringen. Freilich würde ich
es aber bitter zu bereuen haben, das Werkzeug ihrer Rettung ge=
worden zu sein, wenn sie gegen mich, als einen Engländer, die
obschwebenden Feindseligkeiten der spanischen und britischen Nation
geltend machen würden."

„O Sennor", entgegnete der Spanier, „meine Genossen haben
den Kelch der bittersten Leiden zu lange gekostet, als daß sie nicht

Zurüstung des Bootes zur Abfahrt.

schon den bloßen Gedanken verabscheuen sollten, demjenigen ein Un=
recht zuzufügen, dem sie für die Rettung aus Not und Verbannung
verpflichtet wären."

„Und doch, Don Caballos, ist gerade die Dankbarkeit keine
gewöhnliche Tugend unter den Menschen. Denn nur zu oft richten
dieselben ihre Handlungen nicht nach den Pflichten ein, welche ihnen
durch empfangene Wohlthaten auferlegt werden, sondern nach ihrem
eignen persönlichen Vorteil, dem sie alle übrigen Rücksichten nachsetzen."

„Wohl, Sennor, aufzwingen läßt sich Vertrauen nicht. Aber
wenn Ihr gestattet, so laßt mich mit Freitags Vater wieder zurück=
fahren, meine Landsleute von Eurem Plane in Kenntnis setzen,
mit ihnen einen Vertrag abschließen, den sie mit einem heiligen

10*

Eide beschwören sollen. Diesen Vertrag werde ich unterzeichnet
hierher zurückbringen. Ich selbst aber will mich, ehe ich abreise,
durch einen Eid verbindlich machen, Euch treu und gehorsam zu
bleiben, solange ich lebe, und meine Genossen eben dazu anzuhalten;
Euch selbst will ich für den Fall, daß letztere sich widerspenstig
oder untreu bezeigen sollten, auf das kräftigste beistehen und Eure
Person bis auf den letzten Blutstropfen verteidigen."

Auf solche Versicherungen hin glaubte ich die Rettung der
Spanier und Portugiesen wagen zu dürfen und ordnete an, daß
Caballos mit dem alten Wilden abgesandt werden solle. Als aber
bereits alles zur Abreise vorbereitet war, erhob der Spanier selbst
eine Schwierigkeit, in welcher sich seine Klugheit und Aufrichtigkeit
bekundeten, so daß ich gern seinen Rat annahm und die Befreiung
seiner Gefährten noch um sechs Monate hinaus verschob.

Er musterte nämlich meine Vorräte an Reis und Gerste und
begriff sofort, daß dieselben allerdings für mich und Freitag mehr
als hinreichend waren, daß jedoch jetzt, wo wir unser vier von
diesem Haushalt zehren mußten, die weiseste Sparsamkeit von nöten
sein würde. Wie aber sollte es vollends dann werden, wenn auch
noch die 16 Europäer auf unser Kornmagazin angewiesen waren?
Dabei riet mir der Spanier, ich möchte ihn sowie die beiden Indianer so viel Land beackern und besäen lassen, als dies ohne zu
erhebliche Verringerung der Vorräte geschehen könne, und dann die
nächste Ernte abwarten. Würde diese ungünstig ausfallen, so könnte
leicht die Hungersnot Unzufriedenheit und Zwistigkeiten herbeiführen;
seine Gefährten könnten dann wohl meinen, nur aus einem Unglück
in das andre gefallen zu sein.

„Wißt Ihr doch selbst, Sennor", fügte er hinzu, „wie auch
die Kinder Israel anfänglich über ihre Errettung aus Ägyptenland
frohlockten, dann aber, als es ihnen in der Wüste an Brot gebrach,
sich gegen ihren Führer auflehnten."

Der Rat des Spaniers schien mir so wohl überdacht und beachtenswert, daß ich ihm ohne Zögern folgte. Wir machten uns
daher alle vier, so gut es mit unsern hölzernen Werkzeugen gehen
wollte, an die Arbeit, gruben ein ziemlich großes Stück Land um,

und bereits nach Verlauf eines Monats, wo die Saatzeit eintrat, hatten wir so viel Ackerland zubereitet, daß wir 22 Scheffel Gerste und 16 Krüge Reis säen konnten; es blieb aber für uns bis zur nächsten Erntezeit noch genug Gerste zu unsrer täglichen Nahrung übrig.

Da wir jetzt zahlreich genug waren, um die Wilden nicht mehr fürchten zu müssen, so gingen wir frei und unbesorgt auf der ganzen Insel umher, um alles Notwendige zu unsrer Befreiung, die unsre Gemüter ausschließlich beschäftigte, instandzusetzen. Als die Jahreszeit gekommen war, Trauben zu pflücken und zu trocknen, ließ ich eine solche Menge derselben aufhängen, daß wir 60 bis 80 Fässer hätten füllen können, wenn wir in Alicante gewesen wären, wo die besten Rosinen gemacht werden. Diese Früchte und das Brot bildeten den Kern unsrer Mahlzeiten. Außerdem aber flochten wir fleißig Körbe, die uns zur Aufbewahrung unsrer Vorräte unentbehrlich waren.

Zugleich nahm ich auch darauf Bedacht, unsre Herde zahmer Ziegen zu vermehren. Zu diesem Zwecke ging ich abwechselnd mit dem Spanier auf die Jagd, wohin uns Freitag begleitete. Indem wir die alten Ziegen schossen, die Jungen aber einfingen, brachten wir an 20 junge Ziegen zusammen, die ich dann mit den übrigen aufzog.

Auch bezeichnete ich mehrere Bäume, die ich zur Erbauung eines größeren Fahrzeuges geeignet hielt, und ließ sie durch Freitag und seinen Vater fällen, während ich dem Spanier die Überwachung und Leitung dieser Arbeiten anvertraute. Ich zeigte ihnen, mit welcher Geduld und Ausdauer ich große Bäume zu Booten verarbeitet hatte, und wies sie gleichfalls dazu an. Sie schnitten ein Dutzend guter Bretter von 60 cm Breite, 5—11 m Länge und 5—10 cm Dicke — eine Arbeit, die manchen schweren Schweißtropfen kostete.

Inzwischen war die Zeit der Ernte gekommen, und wir arbeiteten mit Lust am Einsammeln. War sie auch nicht allzu ergiebig, denn ich hatte früher schon reichere Ernten gehabt, so entsprach sie doch unsern Erwartungen. Wir erhielten über 220 Scheffel Gerste und in demselben Verhältnisse Reis. Das bildete einen

Vorrat, der uns alle, mit Einschluß der Gefährten des Spaniers, bis zur nächsten Ernte nicht nur hinlänglich ernährt, sondern auch noch bequem zur Verproviantierung eines Fahrzeuges gereicht hätte, um zu dem von Europäern bewohnten Festlande von Amerika zu gelangen. Nachdem wir unsre Vorräte untergebracht hatten, fand ich es für angemessen, das Feld noch einmal zu bearbeiten und zu besäen, weil wir wegen des Schiffbaues, aus Mangel an Werkzeugen, uns noch eine geraume Zeit hier aufhalten mußten.

Nachdem alles bestens geordnet war, setzten wir unser Boot in Bereitschaft, in welchem Caballos mit dem alten Indianer absegeln sollte, um mit den Spaniern und Portugiesen zu unterhandeln. Um mich aber für jeden Fall sicher zu stellen, setzte ich dem Spanier am Tage vor ihrer Abfahrt einen in portugiesischer Sprache abgefaßten schriftlichen Befehl auf, der folgendermaßen lautete:

„Es wird keiner mitgebracht, der nicht in Gegenwart von Freitags Vater und des Don Juan Caballos auf das Evangelium schwört, mich, Robinson Crusoe, als seinen obersten Befehlshaber anzuerkennen, mir treu und gehorsam zur Seite zu stehen, mir wissentlich nie Schaden oder Böses zuzufügen, mich gegen jeden Angriff, woher er auch komme, zu verteidigen und sich meinen Befehlen und meiner Leitung, wohin ich ihn auch führen würde, niemals zu widersetzen. Jeder hat heilig zu versprechen, mein Wohl nach seinen Kräften zu fördern. — Alles dies soll von sämtlichen Leuten beschworen und durch eigenhändige Unterschrift anerkannt werden."

Sehnsuchtsvolle Umschau.

Dreizehntes Kapitel.

Durch Kampf zum Sieg.

Abreise von Caballos und Freitags Vater. — Ankunft weißer Männer. — Ein englisches Schiff. — Vergebliche Furcht vor Seeräubern. — Die Gefangenen. — Die Befreiung derselben. — Bestrafung der Meuterer. — Die Meuterer werden in die Irre geführt, überfallen und gefangen. — Wiedergewinnung des Schiffes. — Der englische Gouverneur.

———

Es mochte wohl nach meiner ungefähren Schätzung, denn ich hatte die genaue Fortführung meines Pfahlkalenders vernachlässigt, im Monat Oktober des Jahres 1686 sein, als Don Caballos mit Freitags Vater nach dem Festlande von Amerika absegelte. Freitag war bei dem Abschiede von seinem Vater so betrübt, daß er Thränen vergoß. Auch ich selbst sah mit Rührung der kleinen Barke nach; und doch empfand ich eine innerliche hohe Freude, wenn ich bedachte, daß dies nach 27 Jahren die erste Veranstaltung war, die ich zu meiner Errettung aus meinem einsamen Insellande ins Werk ge=

setzt hatte und welche vielleicht einen günstigen Erfolg haben konnte.
Alle meine Gedanken beschäftigten sich jetzt mit der nahen Abreise
in die Heimat, tausend frohe Hoffnungen, aber auch manche Zweifel
stiegen in mir auf. Welch ein Zeitraum, überreich an Erfahrungen,
lag zwischen meinen Jünglingsjahren und der Gegenwart! Welche
Veränderungen mochten unterdes in England vor sich gegangen
sein! Wie mochten sich vor allem meine guten Eltern befinden,
die mich gewiß längst als einen Toten beweinten?

Ich hatte jedem der beiden Reisenden eine Muskete nebst sieben
oder acht Ladungen Pulver und Blei mitgegeben und ihnen zugleich
geraten, recht sparsam und haushälterisch damit umzugehen. Außer=
dem waren sie mit so viel Brot und Rosinen ausgerüstet worden, daß
sie nicht nur für sich, sondern auch für die zu Befreienden wohl
auf acht Tage ausreichten. Um den Vertrag, dessen ich Erwähnung
gethan, unterzeichnen zu lassen, gab ich dem Spanier ein Fläschchen
mit Tinte und einigen Federn mit und verabredete das Signal,
durch welches sie ihre Rückkehr schon von fern kundgeben sollten.

Acht Tage waren seit der Abreise des Spaniers und des alten
Wilden verflossen, aber vergeblich harrten wir von Tag zu Tag
der Rückkehr meiner Gesandten entgegen. Da weckte mich eines
Morgens Freitag mit dem lauten, freudenvollen Rufe: „Herr, sie
sind wiedergekommen, sie sind da!"

Sogleich sprang ich auf, warf meine Kleider über, und ohne
ein Gewehr mitzunehmen, eilte ich dem Strande zu. Aber wie
groß war meine Bestürzung, als ich aus dem Buschwäldchen trat,
das meine Burg umgab, und, nach der See hinauslugend, eine
Schaluppe erblickte, welche mit einem lateinischen Segel versehen
war und mit frischem Winde gegen die Küste zusteuerte! Das war
nicht unser Boot, kam auch nicht von Norden her, sondern von
Südost; ich rief Freitag, der mir schon vorausgeeilt war, schnell
zurück und befahl ihm, sich dicht neben mir im Wäldchen im Ver=
steck zu halten, denn ich wußte nicht, ob die Leute, die da kamen,
Freunde oder Feinde seien. Dann zogen wir uns vorsichtig in
unsre Burg zurück, und ich bestieg dort sogleich mit einem Fern=
rohr meine Warte, um die Ankömmlinge zu beobachten.

Kaum hatte ich den Hügel erklommen, als ich in einer Entfernung von dritthalb Stunden gegen Südsüdost ein Schiff vor Anker liegen sah und ganz deutlich erkannte, daß Schiff und Schaluppe englische waren.

Unmöglich kann ich die Gefühle schildern, die sich meiner bemächtigten. Einmal war es unaussprechliche Freude, in den Fremden Landsleute, Engländer, Freunde zu begrüßen, dann aber verdrängten Zweifel und Besorgnisse den Jubel in meiner Brust. Was konnte wohl ein englisches Fahrzeug in diesem Winkel der Erde, in diesen Gewässern suchen, in denen nie ein englischer Kauffahrer seine Wimpel blähte? Was führte die zweifelhaften Gäste hierher, da doch die Witterung anhaltend schön war und sie keine „Mütze voll Wind", wie einst mich, an dieses Eiland getrieben haben konnte? Hier war höchste Vorsicht geboten, um nicht in die Gewalt von Räubern oder Freibeutern zu fallen. Nicht lange stand ich auf meinem Warteposten, als die Schaluppe sich dem Ufer näherte und dann auf den flachen Strand trieb. Die Mannschaft stieg aus, und ich erkannte in den Personen Engländer, acht mit Säbeln bewaffnet, drei aber ohne Waffen und gebunden. Letztere schienen in verzweifelter Lage zu sein, denn sie streckten die Hände flehend empor. Dieses Schauspiel setzte mich in große Verwirrung, und Freitag, der mir nachkam, raunte mir zu: „Sieh, Herr, diese englischen Männer essen Gefangene, ebenso wie meine Landsleute."

„Wie, Freitag", entgegnete ich, „glaubst du wirklich, daß sie so unmenschlich wären, ihre Gefangenen zu essen?"

„Ja, ja, Herr; o ich weiß, auch die Engländer essen ihre weißen Brüder."

„Nicht doch, Freitag", suchte ich ihn zu belehren; „wohl möglich, daß sie ihre Feinde dort töten werden, aber essen! — niemals! niemals!"

„Ist aber doch kein großer Unterschied, Herr!"

Ich überlegte, wie ich wohl am besten die Gefangenen zu befreien vermöchte, zumal ich in den Händen ihrer Peiniger Feuerwaffen nicht bemerkte. Die Engländer selbst gingen am Ufer auf und ab, ohne sich weiter um ihre Gefangenen zu kümmern. Obgleich nun

diese hätten frei umherlaufen können, so waren sie doch zu sehr
eingeschüchtert und setzten sich auf den Boden nieder. Ihre Lage
erinnerte mich lebhaft an jenen Augenblick, wo ich selbst durch die
Gewalt des Sturmes an diesen Strand geschleudert wurde, unter
Aufbietung der letzten Kräfte die Felsen erkletterte und jeden Augenblick den Tod erwartete. Wie ich damals auf die Stunde der Befreiung kaum hoffen konnte, so saßen auch jetzt diese drei armen
Unglücklichen an ödem Strande und ahnten nicht, wie nahe ihnen
die Errettung bevorstünde.

Als die fremden Gäste an der Insel angelangt waren, hatte
die Flut gerade ihre äußerste Höhe erreicht. Während sich nun
die Seeleute auf der Insel sahen, war die Ebbe bereits eingetreten,
und die Schaluppe lag gänzlich auf dem Trockenen. Ich gelangte
alsbald zu der Überzeugung, daß wenigstens zehn Stunden vergehen müßten, ehe die Schaluppe wieder flott werden könne. Deshalb stieg ich von meinem Beobachtungsposten herunter und ging
in meine trefflich verschanzte Burg. Da ich jedoch wußte, daß ich
es jetzt mit einem viel gewandteren Feinde zu thun haben würde,
als die Wilden waren, so lud ich mit Freitag sowohl die Kanonen
als auch unsre übrigen Feuerwaffen.

Es mochte gegen 2 Uhr nachmittags geworden sein, die Hitze
hatte eine erdrückende Höhe erreicht. Ich sah jetzt keinen der Seeleute mehr; sie hatten sich wahrscheinlich in den Wald zurückgezogen,
um sich im Schatten der Bäume dem Schlafe zu überlassen. Nur
die drei Gefangenen saßen noch in dem Schatten eines Baumes,
ohne jedoch der Ruhe zu pflegen. Nur eine kleine Strecke von
meinem Schlößchen lagernd, befanden sie sich gewissermaßen unter
meinen Augen, dagegen gänzlich aus dem Gesichtskreise ihrer sorglosen Verfolger.

Dieser Augenblick schien mir geeignet, die Rettung der Gefangenen zu wagen und sie in Sicherheit zu bringen. Ich nahm
zwei Flinten, ein Pistol und ein Seitengewehr und bewaffnete
Freitag mit drei Musketen, einem Seitengewehr und einem Pistol.

Mein Aussehen flößte Furcht ein; man denke nur an meinen
Anzug aus Ziegenfellen, die hohe Mütze und den langen Bart!

Auch Freitag sah phantastisch und fürchterlich genug aus. In solchem Aufzuge nun und wohl bewehrt gingen wir ganz nahe bis zu den Fremden heran. Ohne von denselben bemerkt zu werden, rief ich ihnen auf spanisch zu: „Wer sind Sie, meine Herren?"

Sie fuhren erschrocken auf, schienen jedoch bei dem Anblick unsrer abenteuerlichen Erscheinung noch mehr überrascht zu sein; ja sie zeigten Lust, sich davonzumachen, bis ich ihnen zurief: „Fürchten Sie nichts von mir, Ihr Retter ist näher, als Sie glauben."

Da zog einer von den Gefangenen den Hut ab und erwiderte sehr ernst: „So muß er uns geradeswegs vom Himmel gesandt sein, denn von Menschen erwarten wir keine Hilfe mehr."

„Ich sah Ihre Not", sagte ich. „Sie schienen Ihre rohen Begleiter anzuflehen, und ich bemerkte, wie einer derselben drohend seinen Säbel schwang. Sagen Sie mir, wie ich Sie erlösen kann!"

Der unglückliche Mann war außer sich vor Überraschung. „Sind Sie ein Mensch oder ein Bote des Himmels?" rief er.

„Ich bin ein Engländer, der bereit ist, Ihnen beizustehen. Wir sind zwar, wie Sie sehen, nur unser zwei, aber wir haben Waffen und Munition. Sagen Sie mir daher ohne Rückhalt, was für ein Ungemach Sie betroffen und was wir für Sie thun können."

„Ich war Kapitän von jenem Schiffe, dessen Besatzung sich gegen mich empörte und meinen Tod beschloß. Man kam überein, mich nebst zwei Männern, meinem Leutnant und einem Passagier an dieses Land auszusetzen, um uns einem ungewissen Schicksale preiszugeben."

„Wo sind Ihre Feinde? Wissen Sie, wohin sie gegangen sind?"

„Dort in jenen Wald", antwortete der Kapitän.

„Sind Ihre Feinde mit Schießgewehren versehen?"

„Sie haben zwei Flinten, eine dritte liegt noch in der Schaluppe."

„Gut, Kapitän, so folgen Sie mir vorsichtig nach dem Wäldchen."

Sogleich setzten wir uns in Bewegung und sahen bald die Männer, die sich sämtlich dem Schlafe überlassen hatten.

„Jetzt wäre es leicht, sie zu töten", begann ich wieder, „ohne daß ein einziger entkommt; oder wollen Sie die Meuterer lieber zu Gefangenen machen?"

„Zwei von ihnen sind ausgemachte Schurken, welche auf keinen Fall Gnade verdienen. Könnte man sich dieser beiden Menschen bemächtigen, so würden hoffentlich die andern zu ihrer Pflicht zurückkehren."

„Hören Sie mich jetzt an, Sir! Wenn ich alles wage, um Sie zu retten, würden Sie dann wohl in einige Bedingungen willigen?"

„Ich und mein Schiff, wenn wir desselben wieder habhaft werden können, sollen ganz zu Ihrer Verfügung stehen."

„Nun gut!" fuhr ich fort, „ich stelle Ihnen nur zwei Be= dingungen. Erstens: Solange Sie auf dieser Insel bleiben, ver= pflichten Sie sich zum Gehorsam gegen mich. Die Waffen, welche ich Ihnen anvertraue, haben Sie mir stets auf mein Verlangen zurückzugeben und zu geloben, weder mir noch den Meinigen zu schaden, vielmehr nur mein Bestes zu fördern. Zweitens: Kommen Sie wieder in Besitz ihres Schiffes, so bringen Sie mich und meinen Diener samt den Habseligkeiten, die ich besitze, unentgeltlich nach England."

„Sir", erwiderte darauf sofort der Kapitän, „diese Bedingungen sind so natürlich, daß ich freudig auf dieselben eingehe."

„Und wir", fielen des Kapitäns beide Gefährten ein, „wir geloben, Ihnen zu folgen, wohin es auch sein mag!"

„Brav gesprochen, ihr Männer!" erwiderte ich und drückte ihnen die Hände. „Wohlan, ans Werk! Hier sind drei Musketen nebst Pulver und Blei. Das beste wäre, auf die Meuterer zu feuern, während sie noch schlafen. Bleiben einige von der Weckungs= salve verschont und bitten um Pardon, so können wir sie begnadigen."

Währenddessen sahen wir zwei der Männer aus dem nahen Gebüsch treten.

„Sind das die Rädelsführer?" fragte ich den Kapitän.

„Nein, Sir!"

„Gut, so lassen wir sie laufen, da sie die Vorsehung rettet. Nun aber vorwärts!"

Angefeuert durch meine Worte, nahm der Kapitän sein Gewehr auf, seine Gefährten thaten desgleichen, und vorwärts ging der

Marsch. Durch das entstandene Geräusch wachte ein dritter von den Seeleuten auf. Er stieß, als er die Anrückenden sah, ein Geschrei aus, um die Schläfer zu wecken. Letztere sprangen erschrocken auf, aber in demselben Augenblicke feuerten der Leutnant und der Passagier so glücklich, daß einer der Rädelsführer auf der Stelle tot blieb, der andre verwundet wurde. Der Kapitän, der sich des Schießens weislich enthalten hatte, stürzte auf ihn los und streckte ihn durch einen kräftigen Kolbenschlag vollends zu Boden. Ein andrer war leicht verwundet, die übrigen drei baten, als sie mich und Freitag heranrücken sahen, flehentlich um Gnade. Während sie noch auf ihren Knieen lagen, kamen auch jene beiden, die zuerst erwacht waren, angelockt durch die gefallenen Schüsse, herbeigeeilt. Als sie jedoch merkten, wie sehr sich die Verhältnisse verwandelt hatten und wie ihre bisherigen Gefangenen, mit Flinten bewaffnet, Herren des Feldes waren, so versuchten sie keinen unnützen Widerstand, sondern unterwarfen sich gleich ihren Gefährten. Somit hatten wir einen vollständigen Sieg errungen.

Der Kapitän wandte sich nun mit folgenden ernsten Worten an die Besiegten: „Ihr wißt, daß ihr als Empörer und Meuterer den Tod verdient habt. Ich will jedoch Gnade für Recht ergehen lassen und euch das Leben schenken, aber nur unter der Bedingung, daß ihr euern Verrat bereut und schwört, mir beizustehen, um mein Schiff zurückzuerobern!"

Hiergegen hatte ich zwar nichts einzuwenden, verpflichtete ihn aber dazu, die Gefangenen, solange sie auf der Insel sein würden, an Händen und Füßen gebunden in Sicherheit zu halten. Ich ließ ihnen daher sogleich an den Händen Fesseln anlegen und gab dem Leutnant und Freitag den Auftrag, die Gefangenen nach der Grotte zu bringen und ihnen die Füße zu binden.

Es befanden sich noch 26 Seeleute an Bord des Schiffes. Alle hatten wegen ihrer Auflehnung gegen ihr Oberhaupt das Leben verwirkt. Der Kapitän sprach sich dahin aus, daß es sehr schwierig sein würde, ihnen wirksam beizukommen, denn sie würden sich wohl aufs äußerste zur Wehre setzen. Wir mußten daher auf eine List sinnen, um sie an einer Landung zu verhindern. Zu

rechter Zeit fiel mir noch ein, daß die auf dem Schiffe zurück=
gebliebenen Leute, wenn ihre Kameraden mit der Schaluppe nicht
zurückkämen, diese unfehlbar mit dem zweiten Boote suchen würden
und uns dann viel zu schaffen machen könnten.

Zuerst mußte die eine Schaluppe, die sich bereits in unsern
Händen befand, unbrauchbar gemacht werden, damit sie nicht fort=
geführt werden könne. Unverweilt begaben wir uns an diese Arbeit,
nahmen Ruder, Mast, Segel, Steuerruder, ferner die Flinte, ein
Pulverhorn, eine Flasche Branntwein, eine zweite mit Rum, Zwie=
back und ein großes Stück Zucker heraus. Nachdem wir alles an
den Strand gebracht, bohrten wir ein großes Loch in den Boden
der Barke, um ihre Wegführung unmöglich zu machen. Nun kamen
auch der Leutnant und Freitag zurück, und unsern vereinten An=
strengungen gelang es bald, die Schaluppe so hoch auf den Strand
zu ziehen, daß selbst die höchste Flut sie nicht erreichen oder weg=
spülen konnte.

Für jetzt ließ sich nichts weiter thun. Wir brachen deshalb
nach meiner Burg auf. Nur wenige Schritte waren wir fort=
gegangen, als ein Kanonenschuß vom Schiffe her über die Wellen=
fläche erscholl, jedenfalls in der Absicht, die Schaluppe zurückzurufen.
Aber diese lag in guter Ruhe und rührte sich nicht. Da der erste
Signalschuß wirkungslos blieb, so feuerte die Mannschaft des Schiffes
von Zeit zu Zeit mehrere Schüsse hintereinander ab, natürlich ohne
jeden Erfolg.

Wir beschleunigten unsre Schritte, um möglichst rasch die
Burg zu erreichen. Der Kapitän sowie seine beiden Gefährten
bewunderten meine Befestigungswerke und die Kunst, wie ich sie
so geschickt vor jedem Späherauge verborgen hatte. Freilich
war aber auch das Wäldchen vor mehr als 20 Jahren ge=
pflanzt und schnell zu solchem Dickicht verwachsen, daß man
schlechterdings nicht durchkommen konnte, außer auf dem engen,
sich durchschlängelnden Pfade, der nur von mir und Freitag be=
gangen wurde.

„Nun, Kapitän", fragte ich, „wie gefällt Ihnen mein Schloß?
Gewährt diese Mauer nicht ein ganz prächtiges Versteck?"

„Vortrefflich, Sir! Hinter dieser lebendigen Mauer sind wir besser geschützt, als wenn wir unser zwanzig wären."

„Das ist aber noch nicht alles, Kapitän", fuhr ich rasch fort; „ich besitze auch noch eine Sommerresidenz, in welcher ich einen Teil der schönen Jahreszeit zubringe. Die sollten Sie sehen, Herr; dort liegt das Paradies der Insel! Auch diese werde ich Ihnen ehestens zeigen können. Jetzt aber ist es notwendig, daß Sie mir samt Ihren Genossen auf meine Warte folgen, um von dort aus das Schiff zu beobachten. Du, Freitag, bringe die Ferngläser und einige Erquickungen hinauf!"

Oben angelangt, bemerkten wir, wie die Schiffsmannschaft des heftig vom Winde geschüttelten Fahrzeugs, nachdem alle ihre Schüsse ohne die erwartete Wirkung geblieben waren, eine bunte Flagge aufgehißt und, weil auch dieses Mittel nicht verfing, das andre Boot ausgesetzt hatte, welches sofort der Küste zusteuerte. Das Meer befand sich in starkem Wogengang, und die Leute in der Schaluppe hatten kräftig zuzugreifen, um vorwärts zu kommen. Das Boot mochte etwa mit zehn Männern, einschließlich des Schiffsjungen, bemannt und diese sämtlich mit Schießgewehren versehen sein.

„Leider", sagte der Kapitän, „befinden sich unter diesen Leuten nur drei ehrliche Burschen, welche durch Furcht zur Empörung gezwungen worden sind. Die andern aber, hauptsächlich der Hochbootsmann, welcher die Schaluppe kommandiert, sind so abgefeimte Schurken, daß wir uns des Ärgsten von ihnen versehen dürfen."

„Oho, Leute wie wir, Kapitän", entgegnete ich, „brauchen sich nicht zu fürchten. Ich habe auf dieser Insel schon schlimmere Zeiten überstanden; darum fassen Sie Mut und Vertrauen, mein Herr!"

„Ich will es!"

„Nun gut! Zunächst scheint es doch zweckmäßig gewesen zu sein, die übrigen in der Höhle fern zu halten. Nur eins beunruhigt mich etwas, daß nämlich drei brave Burschen unter den Ankommenden sind, die wir schonen und uns zu eigen machen möchten."

Jetzt näherte sich die Schaluppe dem Ufer und steuerte dem=
selben entlang bis zu jener Stelle, wo das zuerst angekommene
Boot angelegt hatte. Hier stieg die Rotte ans Land und zog ihre
Schaluppe hoch auf den Strand hinauf. Zuerst sahen sie nach
ihrem Boote. Wer aber malt ihre Bestürzung, als sie dasselbe
fest, wie die Arche Noahs, auf dem Trockenen sitzen, stark durch=
bohrt und von der ganzen Ausrüstung entblößt sahen! Dann er=
hoben sie einen dreimaligen lauten Ruf; aber keine Antwort tönte
ihnen zurück. Da dieses Signal, wie die früheren, vergeblich blieb,
stellten sie sich in einen Kreis und schossen ihre Gewehre auf ein=
mal los, so daß es durch die Felsenthäler wie dröhnender Donner
rollte. Atemlos lauschten sie auf eine Antwort. Doch kein mensch=
liches Wesen ließ seinen Ruf ertönen; nur das Echo der Berge
gab den Klang der Feuerwaffen wieder.

Da schien es den Fremden nicht mehr geheuer zu sein: schnell
setzten sie ihr Boot ins Wasser und stießen vom Strande ab. Bald
aber wendeten sie sich wieder rechtsum und steuerten geraden Laufes
von neuem auf die Insel los, um ihre vermißten Kameraden auf=
zusuchen. Wirklich stiegen sieben aus, und es blieben drei Mann
zur Bewachung des Bootes zurück. Das lag freilich nicht in unsrer
Berechnung; denn was half es uns, jene sieben Männer zu über=
wältigen, wenn unterdes die Zurückgebliebenen dem Schiffe wieder
zusteuern und mit demselben sich auf und davon machen konnten?

Die sieben Gelandeten schritten, sich dicht beisammen haltend,
am Saume des dichten Buschwäldchens vor meiner Festung hin
und stiegen auf einen jener westlichen Hügel, von denen sich eine
weite Fernsicht über die Ebenen nach Nordost darbot. Oben auf
dem Gipfel begannen sie laut zu rufen. Augenscheinlich mochten
sie sich nicht weiter landeinwärts wagen, denn sie setzten sich im
Schatten eines Baumes nieder, um Rat zu halten. Plötzlich
brachen sie wieder auf und schlugen den Rückweg nach der Scha=
luppe ein. Dieser Augenblick forderte zu schneller Entscheidung
auf; hier konnte nur eine List helfen.

Ich trug dem Leutnant und Freitag auf, linker Hand nach
derselben Hügelreihe, von welcher die Mannschaft hergekommen,

vorsichtig vorzugehen, dann auf einen Hügel zu steigen und aus allen Leibeskräften so lange zu schreien, bis die Matrosen ihnen antworten würden. Wenn dies geschehe, so sollten sie dieselben unter wiederholtem Rufen langsam von Hügel zu Hügel in das Gehölz des Innern locken, ohne sich jedoch von ihnen einholen zu lassen.

Die Meuterer wollten eben wieder in See stechen, als der Leutnant den ersten Ruf erschallen ließ. Sofort machten jene Halt und schritten der Richtung zu, aus welcher der Ton erscholl. Unsre Leute wiederholten ihr Geschrei, und unter fortgesetzten Lockrufen ging es immer tiefer landeinwärts.

Jetzt schien der günstige Augenblick gekommen zu sein, um die Schaluppe zu überfallen. Nur ein Mann befand sich in derselben; von den beiden andern Wächtern war der eine ausgestiegen und dem Haufen nachgerannt, während der andre ein nahegelegenes Gebüsch aufsuchen wollte, um sich daselbst niederzulegen. Der Kapitän schmetterte ihn durch einen Kolbenschlag tot zu Boden; dann rief er den in der Schaluppe an, sich zu ergeben. Dieser, einer von den verführten Meuterern, bat seinen Vorgesetzten flehentlich um Gnade, indem er schwur, künftig Gut und Leben für den Kapitän einsetzen zu wollen.

In der Höhle waren sechs Gefangene, von denen einer verwundet war. Zwei andern konnte man zur Not trauen; die letzten drei aber hielt der Kapitän so weit für zuverlässig, um sie unserm Trupp als Verstärkung einverleiben zu können. Auch aus der zweiten Schaluppe der Meuterer entfernten wir Mast, Segel, Ruder und legten sie ebenfalls am hohen Strand ins Trockene. Diese Arbeit verursachte natürlich viel Mühe, da wir nur unser vier waren. Dann zogen wir uns in die Burg zurück.

Als wir daselbst anlangten, brach bereits die Nacht an. Wir erquickten uns nach überstandener Mühe und Gefahr durch Reis, Rosinen, Ziegenfleisch und Rum. Noch saßen wir um die Flamme des Talglichtes versammelt, als auch Freitag und der Leutnant zurückkamen. Beide hatten sich ihres Auftrags zu unsrer völligen Zufriedenheit entledigt, hatten durch Rufen und Schreien die Bootsleute von Hügel zu Hügel gelockt und endlich dieselben plötzlich sich selbst überlassen. Dann waren sie nach der Festung geeilt, so daß schwerlich vor zwei oder drei Stunden ein Zusammentreffen bevorstand.

Nach dem Mahle schickte ich den Kapitän, den Passagier, Freitag und jenen begnadigten Meuterer von der Schaluppe, Namens Robertson, nach der Grotte ab, um jene drei Gefangenen, auf deren Treue zu zählen war, hierher zu bringen, so daß wir dann zusammen die Zahl von neun Mann ausmachten. In kurzer Zeit kamen sie sämtlich zurück, und nachdem ich eine Musterung gehalten, besonders aber die Meuterer in strengste Pflicht genommen hatte, verteilte ich Waffen und Munition, im ganzen zwölf Feuergewehre, ferner fünf Degen, wovon natürlich zwei auf meine Person kamen.

So vorbereitet, warteten wir auf unserm Posten. Es mochte ungefähr eine Stunde vergangen sein, als wir bemerkten, wie unsre Feinde herannahten. Nach großer Anstrengung gelangten sie endlich an ihren Landungsplatz. Doch wie versteinert blieben sie stehen, als sie ihr Boot nicht im Wasser, sondern auf dem Trockenen und noch dazu der ganzen Ausrüstung beraubt sahen! Ihr Aberglaube schien ihnen Gespenster und Höllenspuk vorzumalen, die dieses Werk vollbracht hätten. Kaum konnte ich jetzt meine Leute in Schranken halten, die vor Begier brannten, auf sie loszustürzen. Indes bedachte ich, daß in dieser Dunkelheit gar leicht auch einer der Unsrigen verwundet werden könnte, und so wartete ich auf einen günstigen Augenblick zum Angriff.

Der Hochbootsmann, der Verwegenste der rebellischen Schar, bot ein verächtliches Bild, jammerte wie ein Kind, rang verzweiflungsvoll die Hände und rannte hin und her. Er rief die verlorenen Kameraden wiederholt laut beim Namen, aber keine Stimme der Genossen antwortete ihm durch die finstere Nacht.

Um sicher zu gehen, rückte ich meinen Hinterhalt näher und gebot Freitag und dem Kapitän, möglichst geräuschlos an den Feind heranzukriechen. Es währte auch nicht lange, so kam der Hochbootsmann mit zwei seiner Spießgesellen in die Nähe der verborgnen Lauernden. Jetzt stand der Kapitän mit Freitag auf; beide ten zu gleicher Zeit ab, und der Schändliche lag tot in seinem

Blute. Der eine seiner Genossen ward so getroffen, daß er nach einer Stunde seinen Geist aufgab; der dritte aber, nur leicht ver= wundet, entfloh.

Der Knall der Flinten und das Geschrei der Verwundeten galten für uns als Zeichen des gemeinschaftlichen Vorrückens. Wie schon bemerkt, bestand unsre ganze Armee aus neun Mann. Der Wald war so dicht und die Nacht so dunkel, daß es den Gegnern nicht möglich war, unsre Streitkräfte abzuschätzen. Um ihre so= fortige Unterwerfung herbeizuführen, forderte ich Robertson auf, jeden der Feinde mit seinem Namen anzurufen.

Er rief also zuerst: „Tom Smith!"

Sogleich antwortete dieser zurück: „Bist du es, Robertson?"

„Ja, ja, ich bin's. Streckt die Waffen, oder ihr seid alle des Todes!"

„Wem sollen wir uns ergeben?" fragte Smith.

„Unser Kapitän ist hier mit 50 Mann", antwortete Robertson. „Der Hochbootsmann ist tot, Will Fry ist verwundet, ich selbst bin gefangen; wenn ihr euch nicht unterwerft, so seid ihr alle verloren."

„Wird man uns aber auch Gnade bezeigen?" fragte Tom Smith weiter. „Wenn man uns das Leben läßt, so wollen wir uns ergeben."

„Ich werde sogleich den Kapitän fragen", gab Robertson zur Antwort.

Der Kapitän ergriff aber selbst das Wort und rief: „Smith! Was ich versprochen, halte ich. Streckt ihr sofort die Waffen, so ist euch das Leben geschenkt, außer Will Atkins!"

„Um Gotteswillen!" rief dieser flehend, „gebt auch mir Pardon, Kapitän. Habe ich etwa Schlimmeres verübt als die übrigen?"

„Du lügst, Atkins", fuhr ihn der Kapitän an; „bist du es nicht gewesen, der zuerst Hand an mich legte, der mir die Hände gebunden und mich wehrlos gemacht hat?"

„Gnade, Gnade, Kapitän!" wimmerte Atkins.

„Das wird sich finden. Jetzt noch einmal, ihr alle streckt entweder sofort das Gewehr, oder — —!"

Ohne Widerstand ergaben sich die Meuterer, die nun als Gefangene durch das Wäldchen auf den freien Platz neben dem

äußeren Walle geführt wurden. Hier redete der Kapitän ihnen
ins Gewissen und stellte ihnen die traurigen Folgen, die sie sich
selbst zuzuschreiben hätten, vor.

„Ihr habt geglaubt", schloß er seine Ansprache, „mich auf
eine öde Insel auszusetzen, aber es hat Gott gefallen, mich zu
retten; denn hier herrscht ein englischer Gouverneur, der mich
menschenfreundlich aufnahm. Ihr habt mich vorhin um Gnade
angefleht; meine Gewalt über euch ist hier zu Ende. Ihr gehört
von nun an vor den Richterstuhl des Gouverneurs."

Diese Worte wirkten erschütternd auf die Gefangenen; sie
baten ihren Kapitän, sich für sie bei dem Gouverneur der Insel
zu verwenden.

Der inhaltschwere Titel „Gouverneur" galt meiner eignen
Person. Aber ich hielt mich nebst Freitag zurück und ließ mich
nicht sehen, denn mein Anzug war jener Würde nichts weniger
wie angemessen. Doch die Kriegslist gefiel mir, und ich erklärte
mich einverstanden, die Rolle fortzuspielen. Ich beorderte also
den Leutnant an den Kapitän.

„Herr", berichtete jener, „Seine Exzellenz der Gouverneur
wünscht Sie zu sprechen."

„Melden Sie Seiner Exzellenz", erwiderte der Kapitän, „daß
ich unverweilt zu seinen Befehlen sein werde."

Die Gefangenen mußten diesen Worten nach glauben, daß
wirklich ein Gouverneur mit Truppen in der Nähe stehe. Als
der Kapitän aber zu mir kam, schlug ich ihm vor, der Vorsicht
halber unsre Gefangenen zu teilen; ich forderte ihn auf, Atkins
und die beiden widerspenstigen Gesellen an Händen und Füßen
gebunden nach der Höhle zu schicken, die übrigen ließ ich in dem
Raume zwischen den beiden Wällen unterbringen und glaubte somit,
die Mannschaft unschädlich gemacht zu haben. Nunmehr hielt ich
mit dem Kapitän, dem Leutnant und dem Passagier Rat, wie wir
uns des Schiffes bemächtigen könnten; ich sprach die Zuversicht
aus, daß uns die Seeleute bei der Wiedereroberung unterstützen
würden. Es kam darauf an, die Stimmung derselben genau zu
erforschen, weshalb ich den Kapitän und Leutnant nach der Grotte

schickte, wohin ihnen Freitag mit einer brennenden Kerze den Weg zeigte. — Der Kapitän sprach in mildem Tone zu seinen Matrosen: „Ich werde versuchen, euch bei dem Gouverneur der Insel Verzeihung zu erwirken; aber ich rechne bei euch noch auf etwas andres: Ihr sollt mir das Schiff wiedererobern helfen, denn davon hängt alles ab. Seid ihr dazu bereit?"

Einmütig versicherten die Seeleute, ihm in allen Stücken bis zum letzten Blutstropfen beizustehen. Er solle sie führen, wohin er wolle, und wenn es gegen die Hölle und den Teufel wäre.

„Ich rechne auf euch", beendete der Kapitän das Gespräch.

Er kam zu mir zurück und teilte mir die Gesinnungen der Seeleute mit. Da ich aber glaubte, daß unsre eigne Sicherheit keine allzugroße Nachgiebigkeit gestattete, so sandte ich den Kapitän mit der Antwort zurück: Die sechs gesunden Gefangenen sollten zur Expedition nach dem Schiffe zugelassen werden; hingegen sollte Atkins mit den beiden Verwundeten als Geiseln zurückbleiben und ohne weiteres aufgeknüpft werden, wenn die andern der Untreue sich schuldig machen würden. Die Begünstigten mußten feierlich geloben, dem Gouverneur unverbrüchlichen Gehorsam zu leisten.

Die Streitkräfte, welche uns für die Eroberung des Schiffes zur Verfügung standen, waren nun folgende. Erstens: der Kapitän, der Leutnant und der Passagier. Zweitens: fünf Freigelassene von der ersten Schaluppe. Drittens: Robertson, Tom Smith und drei Freigelassene von der zweiten Schaluppe. Im ganzen also dreizehn Mann. Ich und Freitag durften der Expedition nicht beiwohnen, da wir unsre Burg und unser sonstiges Eigentum sowie die Gefangenen im Auge behalten mußten.

Jetzt galt es, schnell das Loch, welches wir in eine der Schaluppen gebohrt hatten, zu verstopfen und sie zur Kriegsfahrt auszurüsten. Als alles instand gesetzt war, bestiegen der Kapitän, der Passagier und fünf Mann das eine Boot, während der Leutnant mit ebenfalls fünf Mann sich in dem andern einschiffte. Gegen Mitternacht segelte die Mannschaft ab; ich aber harrte am Strande und lauschte über das weite Meer, um zu vernehmen, welche Entscheidung der nächtliche Kampf herbeiführen würde.

Es mochte gegen 2 Uhr sein, als ich vom Schiffe aus sieben Kanonenschüsse vernahm, das verabredete Zeichen der gelungenen Ausführung. Man kann sich keine Vorstellung von meiner Freude machen, da ich den nahenden Augenblick meiner Rettung im Geiste vor mir sah; ich sank auf die Kniee nieder und dankte Gott inbrünstig für seine Barmherzigkeit. Dann begab ich mich mit Freitag nach Hause, und bald senkte sich ein tiefer Schlaf auf unsre müden Augen. Gegen Morgen wurden wir durch einen Kanonenschuß geweckt, und wenige Augenblicke darauf hörte ich mich laut rufen: „Gouverneur, Gouverneur!" Rasch bestieg ich, ein Fernglas in der Hand, meine Warte, wo ich den Kapitän bereits anwesend fand. Er schloß mich stürmisch in die Arme und sprach: „Mein Freund, mein Erretter! Dort liegt Ihr, unser stattliches Schiff; es gehört Ihnen, nebst allem, was wir besitzen!"

Ich wandte jetzt meine Blicke auf die See und sah das Schiff, kaum eine halbe Stunde vom Ufer entfernt, in der Bai vor Anker liegen.

Jetzt stand meiner Befreiung nichts mehr im Wege. Ein tüchtiges Schiff war zu meiner Bereitschaft, um mich zu bringen, wohin mein Herz begehrte. Ich umarmte den braven Kapitän und begrüßte ihn als meinen vom Himmel gesandten Befreier, der mich aus jahrelanger Verbannung erlösen sollte.

Als ich mich wieder erholt hatte, stiegen wir hinab. Im Innern der Burg erzählte mir der Kapitän den Hergang.

„Sobald sich unsre Schaluppe dem Schiffe näherte", begann derselbe seinen Bericht, „befahl ich Robertson, die wachende Schiffsmannschaft anzurufen und zu sagen, er brächte ihre Kameraden zurück, die sie erst nach langem Suchen aufgefunden hätten.

„Mit solchen Reden mußte er sie so lange zu beschäftigen, bis die Schaluppe unter dem Schiffe beilegen konnte. Ich und unser tapferer Mitreisender gerieten zuerst mit den Meuterern ins Handgemenge. Sobald aber der noch schlaftrunkene stellvertretende Hochbootsmann niedergestreckt und auch der Zimmermann unschädlich gemacht worden, gelang es uns sehr bald, mit den übrigen drei uns zu Meistern des Halbdecks des Schiffes zu machen. Nachdem die gesamte Mannschaft des zweiten Bootes nachgeklettert war,

Kampf mit den Meuterern.

säuberten wir das Vorderdeck, drangen von da in die Springluke, die nach der Küche führte, und nahmen hier den Koch und noch zwei andre Meuterer gefangen.

„Hierauf ließ ich die Luken schließen, damit die Mannschaft zwischen den Decken den übrigen nicht zu Hilfe kommen könnte.

Alsdann befahl ich dem Leutnant, mit drei Mann die Kajütte zu sprengen, in welcher sich der von den Empörern zum Kapitän Ge= wählte befand. Durch den Lärm aufgeschreckt, war dieser aus dem Bette gesprungen und hatte sich nebst zwei Matrosen bewaffnet. Sobald die Thür geöffnet wurde, schossen die Männer von drinnen heraus, so daß einer von uns getötet, zwei verwundet, dem Leutnant aber der linke Arm verletzt wurde, was ihn jedoch nicht abhielt, auf den Rebellenkapitän loszustürzen und ihm eine Kugel durch den Kopf zu jagen. Als diesen die beiden Matrosen fallen sahen, schwand ihnen der Mut und sie ergaben sich. Noch waren acht Mann übrig, deren wir Herr werden mußten. Wir riefen ihnen zu, sich zu ergeben, sonst wären sie alle des Todes. Sie sahen auch das Vergebliche eines Widerstandes ein; wir öffneten nun eine Luke und ließen sie aufs Deck heraufsteigen. So war ich wieder rechtmäßiger Kommandeur des Schiffes geworden."

Nach beendeter Erzählung befahl der Kapitän, die für den Gouverneur bestimmten Gegenstände herbeizuschaffen. Zuerst war da ein Flaschenfutter mit mehreren Flaschen feiner Weine und Liköre, sodann vortrefflicher Tabak nebst etlichen Pfeifen, zwei große Stücke Rindfleisch sowie sechs Stücke Schweinefleisch, ein Sack voll Erbsen und etwa 50 kg Zwieback; ferner eine Kiste Zucker sowie eine mit Mehl, ein Sack voll Zitronen und eine Menge andrer nützlicher Verbrauchsgegenstände; weiterhin sechs Hemden, sechs Halsbinden, zwei Paar Handschuhe, ein Paar Schuhe, sechs Paar Strümpfe, ein Hut und ein vollständiger Anzug, der erst einen Tag getragen sein konnte. Mit allen diesen Gegenständen beschenkte mich der Kapitän und setzte den Wunsch hinzu, ich möchte mich sofort umkleiden, damit ich vor die Leute als Gou= verneur treten und die nötigen Befehle selbst erteilen könnte, was sicherlich eine nachhaltige Wirkung nicht verfehlen würde. Gewiß wird man mir aber glauben, wenn ich bemerke, daß ich mich in meinem neuen, ungewohnten Staatskleide anfänglich nicht zurecht finden konnte und mich auch recht unbehaglich fühlte.

Vierzehntes Kapitel.

Robinsons Abreise von seiner Insel.

Robinson als Gouverneur und Richter. — Abschied von der Insel und deren Bevölkerung. — Ankunft in England. — Alles fremd in der Heimat. — Reise nach Lissabon. — Stand der brasilischen Besitzungen. — Der brave Portugiese. — Günstige Vermögenslage. — Landreise durch Spanien und Frankreich. — Wölfe in den Pyrenäen. — Freitag und der Bär. — Stilleben in London.

Während des Frühstücks beratschlagten wir darüber, was mit den Gefangenen vorzunehmen wäre. Atkins und seine zwei Spießgesellen waren unverbesserliche Bösewichte, vor denen man auf der Hut sein mußte. Hätte man sie mitnehmen wollen, so durfte es nur in Fesseln geschehen, um sie auf der ersten englischen Kolonie

dem Arme der strafenden Gerechtigkeit zu überliefern. Der menschenfreundliche Kapitän wollte indes Milde üben, womit auch ich mich
einverstanden erklärte; wir kamen deshalb überein, die drei Personen
auf der Insel zurückzulassen. Aber sie sollten selbst diese Maßregel
als eine Gnade ansehen und darum bitten.

Nachdem ich mich angekleidet hatte, erteilte ich Freitag den
Befehl, die Gefangenen von der Grotte nach dem Burgwäldchen zu
bringen; ich selbst begab mich nach einiger Zeit dahin, ließ die
Kerle, gefesselt wie sie waren, mir vorführen und hielt nun folgende
kurze Ansprache:

„Die ganze Nichtswürdigkeit eures Gebarens ist mir durchaus
bekannt. Ihr habt euch gegen euren braven Kapitän empört, um
euren schändlichen Lüsten nach Seeräuberei zu frönen. Aber es
ist gekommen, wie es kommen mußte; wer andern eine Grube gräbt,
fällt selbst hinein. Das Schiff ist nach meinen Anordnungen
seinem rechtmäßigen Befehlshaber wieder übergeben worden, und
ich habe Befehl erteilt, daß euer Rebellenkapitän an die große Raa
aufgeknüpft wird. Könnt ihr übrigen etwas zu eurer Entschuldigung
oder Rechtfertigung vorbringen, so thut es beizeiten, sonst lasse ich
euch samt und sonders neben Atkins aufhängen!"

Einer von ihnen antwortete im Namen der übrigen, sie hätten
nichts weiter zu sagen, als daß der Kapitän ihnen, als sie gefangen
genommen worden wären, versprochen hätte, sie beim Leben zu
lassen, und sie bäten daher Se. Exzellenz den Gouverneur demütig
um Gnade.

„Da ich", entgegnete ich hierauf, „die Erlaubnis habe, mit
dem ersten Schiffe nach England zurückzufahren und meine Abreise
eben bevorsteht, so wüßte ich keine andre Gnade walten zu lassen
als die, euch hier auf dieser Insel zurückzulassen; denn führet ihr
mit uns nach England, so erwartete euch dort von Rechts wegen
der Strang."

Die Leute willigten dankbar ein, und um sie bis zu meiner
Abreise immer in Furcht zu erhalten, ließ ich den erschossenen
Meutererkapitän an der großen Raa aufknüpfen. Der eigentliche
Kapitän jedoch, der inzwischen zu uns getreten war und die Ver-

kündigung meines gnädigen Entscheids vernommen hatte, that, als
ob er in diese milden Maßregeln durchaus nicht einwilligen könne,
worauf ich, mich scheinbar in meiner Gouverneurswürde gekränkt
fühlend, ihn mit den Worten zurückwies: „Herr Kapitän, Sie wissen
recht wohl, daß die Gefangenen nicht die Ihrigen, sondern die
meinigen sind."

Nachdem alle noch einmal mich ihrer Dankbarkeit versichert
hatten, unterrichtete ich sie von allen Dingen, deren Kenntnis ihnen
jetzt von Nutzen sein konnte: von Säen, Pflanzen und Ernten, von
der Beschaffenheit des Bodens, von der Töpfer= und Korbflechter=
arbeit, vom Brotbacken, von meinem Lusthause, von der Grotte,
von meinen Ziegenparks und von meiner Milch= und Käsewirtschaft.
Auch durfte ich nicht unerwähnt lassen, daß 17 Spanier und Portu=
giesen in den nächsten Tagen landen würden, für welche ich einen
Brief in Bereitschaft halten wolle, der dem Don Caballos zu über=
geben sei. Endlich überließ ich ihnen noch Gewehre, Pulver und
Schrot sowie die meisten Vorräte, so daß sie gegen jeden Mangel
hinreichend geschützt waren. Nachdem ich sie in solcher Weise ge=
nügend ausgerüstet hatte, ließ ich die Gefangenen wieder abtreten.

Nun hielt ich mit dem Kapitän über die nahe Abreise Rat,
obschon es mir in den letzten Stunden doch recht schwer aufs Herz
fiel, meine Insel zu verlassen, an die sich so manche Erinnerungen
des Schmerzes und der Freude knüpften. Noch einmal gedachte ich
lebhaft der vergangenen Zeiten und derjenigen Ereignisse, die meinen
Sinn geläutert und mich zu einem gottesfürchtigen, tüchtigen Menschen
umgewandelt hatten!

Es war nach dem Schiffskalender am 19. Dezember 1686,
als ich des Abends gegen 8 Uhr an Bord stieg, nachdem ich 27 Jahre,
2 Monate und 19 Tage auf der Insel verlebt hatte; an demselben
Jahrestage war ich mit Xury aus Saleh der Gefangenschaft der
Mauren entflohen.

Gegen Morgen, etwa um 5 Uhr, ereignete sich noch ein eigen=
tümlicher Vorfall. Zwei der Verbannten kamen an das Schiff ge=
schwommen und baten, sie an Bord aufzunehmen, selbst auf die
Gefahr hin, daß sie in England auf der Stelle gehangen werden

sollten. Als man sie fragte, was sie bewogen habe, die Insel zu
verlassen, gaben sie zur Antwort: sie könnten nicht mit jenen Böse-
wichten zusammenleben, ohne in beständiger Furcht zu sein, von
ihnen aufs grausamste mißhandelt oder gar getötet zu werden.
Der Kapitän bedeutete sie, daß er ohne meine Einwilligung nichts
versprechen könne; aber auf ihre wiederholte Beteuerung, redliche
und brave Menschen werden zu wollen, nahm ich sie wieder auf,
konnte ihnen indes eine tüchtige Tracht Prügel nicht ersparen, weil
sie in eigenmächtiger Weise gehandelt hatten.

Diese Vorfälle sowie die Absendung einer Schaluppe, welche
allerhand Kisten und Koffer für die Gefangenen enthielt, hatten
unsre Abfahrt so weit verzögert, daß die Sonne bereits hoch über
dem Horizont stand, als wir die Anker lichteten. Beim Scheiden
von meiner Insel hatte ich zum Andenken meine große Mütze von
Ziegenfell, meinen Sonnenschirm, meinen Lieblingspapagei sowie
meinen Hund mit mir genommen; aber auch das Geld, welches ich
auf unserm und dem spanischen Schiffe gefunden, nicht vergessen.
Es war, da es lange Jahre unberührt in einem Winkel des Kellers
gelegen hatte, so schwarz und unkenntlich geworden, daß es erst
wieder blank gerieben werden mußte, um als gangbare Münze in
Umlauf gesetzt zu werden. Freitag, der seinen Vater nicht wiedergesehen hatte, schaute unverwandt vom Verdeck aus nach der Insel
zurück, und Thränen standen in seinen Augen. Auch ich wurde
von tiefer Wehmut ergriffen, als die letzten Bergesgipfel in die
blauen Wogen der See hinabtauchten.

Unsre Reise ging so schnell und glücklich von statten, daß wir
am 11. Juni 1687 an Englands Küste landeten. Nicht durch Worte
lassen sich die Gefühle schildern, mit denen ich nach 35jähriger Abwesenheit zum erstenmal wieder die heimatlichen Fluren begrüßte.
Wie fremd kam ich mir in dieser Welt, unter diesen Menschen vor;
war es mir doch, als hätte ich niemals dieses Inselland gekannt!
Noch seltsamer und staunenswerter aber fand Freitag die Wunder
meiner Heimat: in den Häfen den mastenreichen Wald der Schiffe,
die langen Straßen mit den hohen steinernen Häusern, das unüber-
sehbare Gewühl und das geschäftige Treiben der Bewohner.

Ohne Verzug eilten wir der Weltstadt London zu. Dort erkundigte ich mich zuerst nach der Witwe, der ich mein kleines Vermögen anvertraut hatte. Sie war noch am Leben, aber zum zweitenmal Witwe geworden, hatte manches Ungemach erlebt und befand sich in den drückendsten Vermögensumständen. Das Geständnis, die anvertraute Summe mir nicht zurückerstatten zu können, war für sie so niederschlagend, daß mich die arme brave Frau in tiefster Seele dauerte. Ich suchte sie über diesen Punkt zu beruhigen und sagte ihr, daß wir quitt seien, da ich ihr die einst bewiesene Güte bis jetzt nicht habe vergelten können.

Ein paar Tage darauf begab ich mich nach York. Mein Vater und meine Mutter waren längst gestorben, und von meiner ganzen Familie fand ich niemand mehr am Leben, als zwei Schwestern und zwei erwachsene Söhne meines zweiten Bruders, der erst vor wenig Jahren heimgegangen war und einiges Vermögen hinterlassen hatte. Da man natürlich annahm, ich sei längst gestorben, so war ich von dem Erbteil ausgeschlossen worden, und meine Geschwister befanden sich nicht in der Lage, den auf mich entfallenden Anteil mir auszuzahlen. So mußte ich mich denn lediglich auf das beschränken, was ich von meiner Insel mitgebracht hatte. In York war nun nichts weiter für mich zu finden: ich kehrte deshalb nach London zurück, wo ich mit dem Kapitän zusammentraf. Der brave Mann hatte seinen Reedern einen so vorteilhaften Bericht über mich und meine Mitwirkung für die Wiedereroberung seines Schiffes erstattet, daß sie nicht nur ihren lebhaftesten Dank gegen mich aussprachen, sondern mich auch baten, ein Geschenk von 200 Pfd. Sterling anzunehmen. Diese Summe setzte mich in den Stand, selbst nach Lissabon abzureisen, um dort Erkundigungen über meine Pflanzung und meinen Geschäftsgenossen in Brasilien einzuziehen, der mich ohne Zweifel schon seit drei Jahrzehnten für tot halten mußte.

In dieser Absicht schiffte ich mich nach Lissabon ein, woselbst ich in Begleitung meines unzertrennlichen Gefährten Freitag gegen Ende des September ankam. Zuerst fragte ich nach dem portugiesischen Kapitän, der mich so liebevoll aufgenommen und mir mit seinem wohlmeinenden Rate so treu zur Seite gestanden hatte. Er war jetzt hochbetagt und ging nicht mehr zur See; er hatte an seinen Sohn die Führung des Schiffes sowie seiner Handels= geschäfte nach Brasilien abgetreten. Wir erkannten einander kaum wieder, aber schon nach einer kurzen Auseinandersetzung begrüßten wir uns herzlich als alte Freunde. Ich mußte ihm meine wunder= baren Schicksale erzählen, und als ich damit zu Ende war, er= kundigte ich mich nach dem Stande meiner brasilischen Pflanzung und nach meinem Mitpflanzer. Der Greis berichtete mir, er habe seit neun Jahren Brasilien nicht besucht; damals sei mein Handels= gesellschafter noch am Leben gewesen, die beiden von mir ernannten Faktoren wären aber gestorben. Indessen glaubte er, daß man über das Gedeihen meiner Pflanzung günstige Berichte erhalten werde, denn nach der allgemeinen Annahme, daß ich in einem Schiffbruche untergegangen sei, hätten meine beiden Faktoren meine Rechte auf die Pflanzung dem Staatsprokurator übergeben; es sei bestimmt worden, daß, im Fall ich nicht wiederkehre, um mein Eigentum in Anspruch zu nehmen, ein Drittel dem königlichen Schatze und zwei Drittel dem Kloster des heiligen Augustin zu= fallen sollten, um zur Unterstützung der Armen und zur Bekehrung der Indianer zur katholischen Religion verwendet zu werden. Käme ich aber selbst oder ein von mir Bevollmächtigter, um die Rück= gabe meines Vermögens zu verlangen, so würde es mir nicht vor= enthalten werden, mit Ausnahme dessen, was zu mildthätigen Zwecken verwendet worden wäre.

Weiterhin wurde mir versichert, daß der Intendant der könig= lichen Einkünfte und der Schatzmeister des Klosters jährlich eine Rechnung von dem Ertrage empfangen und davon die mir recht= lich zukommende Hälfte regelmäßig bezogen hätten.

Als ich den Greis fragte, ob mir die Geltendmachung meiner Ansprüche auf die Pflanzung etwas nützen würde, erwiderte er:

„Ja, sicherlich wird es sich der Mühe lohnen. Ihr Gesell= schafter ist ein reicher Mann geworden, und wenn mich mein Ge= dächtnis nicht täuscht, so beläuft sich das auf den König gefallene Drittel jährlich über 200 Moedore (= 4800 Mark). Auch wird es keine Schwierigkeiten verurfachen, den Befiß Ihrer Pflanzung wieder anzutreten, da Ihr Gefellfchafter noch am Leben, alfo Zeuge Ihres Eigentumsrechtes ift, und Ihr Name überdies noch immer in den Verzeichniffen der Pflanzer eingetragen fteht. Auch die Erben Ihrer Faktoren find brave und redliche Leute, und ich zweifle nicht, daß fie Ihnen bei Ihrem Vorhaben förderlich zur Seite ftehen werden. Außerdem aber müffen fie, wenn ich nicht ganz irre, auch eine bedeutende Geldfumme für Sie in Händen haben, die aus den Einfünften der Pflanzung herrührt, welche ihre Eltern zu jener Zeit bezogen, ehe fie vor ungefähr zwölf Jahren dem König und dem Klofter diefelben überlaffen mußten."

Ich vermochte nicht, meinen Unwillen darüber zu unterdrücken, daß meine Faktoren fo eigenmächtig über mein Vermögen verfügt hatten, da ihnen doch wohl bewußt war, daß ich ihn — den Kapi=tän — zum Univerfalerben in meinem Teftament eingefeßt hatte.

Der alte Mann erwiderte, daß er meinen lehten Willen nicht habe vollziehen können, weil er keine Beweife für meinen Tod oder eine ewige Verfchollenheit gehabt hätte. „Aber", fügte er hinzu, „ich habe Ihnen noch etwas zu fagen, was Ihnen vielleicht minder unangenehm fein wird. Auf die allgemein geglaubte Nachricht von Ihrem Tode erboten fich Ihr Gefellfchafter und Ihre Faktoren, mich durch die Einfünfte der erften fechs Jahre abzufinden, worauf ich auch eingegangen bin. Diefelben waren aber nicht bedeutend, weil damals auf die Pflanzung felbft noch große Summen ver=wendet wurden. Indeffen werde ich Ihnen hierüber noch genaue Rechnung vorlegen."

Nach einigen Tagen empfing ich von dem alten Kapitän wirk=lich die Rechnung, und es ftellte fich heraus, daß er mir 470 Moe=dore fchuldete, die er in Tabak, Zucker, Rum und andern Pro=dukten empfangen hatte, außer 15 Doppelrollen Tabak und 60 Kiften Zucker, die in einem Schiffbruch verloren gegangen waren. Hierauf holte er eine lederne Börfe, nahm daraus 160 Moedore und händigte mir diefelben mit der Bemerkung ein, daß ihn viele Un=glücksfälle betroffen hätten, wodurch er fich jeßt außer ftande fähe, mir die ganze Rechnung auszuzahlen. Für den Reft bot er mir einen Vertrag an wegen der Hälfte des Anteils, den er und sein Sohn an der Fracht eines Schiffes hätten, welches von diesem geführt und in kurzem ankommen würde.

Die Rechtschaffenheit des braven Greises rührte mich bis zu Thränen, besonders als ich an die vielen Wohlthaten dachte, die er mir einst erwiesen hatte. „Jetzt aber, teurer Kapitän", drang ich in ihn, „sagen Sie mir unumwunden, ob Sie die Entbehrung dieser Summe irgendwie in Verlegenheit setzt?"

„Ich leugne nicht, mein lieber Freund", entgegnete der Greis, „daß es mir einigermaßen unbequem fällt, aber es ist Ihr Geld, und Sie bedürfen desselben vielleicht noch nötiger als ich."

Der Mann flößte mir immer mehr Achtung und Teilnahme ein. Ich nahm 100 Moedore und stellte ihm darüber eine Quittung aus, dann gab ich ihm 60 Moedore und seine Papiere mit der Bemerkung zurück, daß ich von einem solchen Ehrenmanne, wie er sei, keine weitere Sicherheit nötig hätte. Der alte Kapitän freute sich über meine Erkenntlichkeit und gab mir dann in betreff meiner brasilischen Reise manche beherzigenswerte Winke, die meiner allezeit raschen Wanderlust Zügel und Zaum anlegten.

In nächster Zeit gingen zwei Schiffe nach Brasilien ab, und mit diesen wurden meine beglaubigten Papiere und Dokumente an den Ort ihrer Bestimmung befördert. Noch waren nicht sieben ganze Monate verflossen, als von den Erben meiner Faktoren ein Päckchen einlief mit den folgenden Papieren:

1. Eine Rechnung vom Ertrage meiner Pflanzung während der ersten sechs Jahre, nach abgeschlossener Rechnung mit dem Kapitän, laut welcher mir zu gute kamen, Moedore 1174

2. Eine Rechnung vom Ertrage derjenigen Jahre, welche der obrigkeitlichen Verwaltung meiner Einkünfte vorhergingen . . . . Moedore 3241

3. Eine Rechnung vom Prior des Klosters, welches über vierzehn Jahre zwei Drittel meiner Einkünfte bezogen hatte, noch vorhanden . . . . Moedore 872

Moedore 5287

Was der Prior für mildthätige Zwecke verausgabt hatte, konnte ich nicht zurückverlangen, und über das Drittel, welches der Prokurator für des Königs Säckel bezogen hatte, erhielt ich weder Rechnung noch Geld.

In jenem Päckchen lagen außerdem noch Briefe von meinem ehemaligen Gesellschafter und seiner Familie, welche sämtlich die aufrichtigsten Glückwünsche enthielten, ferner ein umständlicher Bericht über den gegenwärtigen blühenden Zustand der Plantage und eine Einladung, selbst den Besitz meiner Ländereien anzutreten. Außerdem war dem Briefe noch beigefügt ein Geschenk von sechs Kistchen eingemachter Früchte, von 100 Stückchen ungemünzten Goldes, etwas kleiner als die Moedore, und sechs prächtigen Leopardenfellen, die mich auf den Schluß brachten, daß meine Nachfolger Schiffe nach Afrika ausgerüstet hatten und mehr vom Schicksale begünstigt waren als ich bei meiner Fahrt nach Guinea.

Aber das war noch nicht alles, denn fast gleichzeitig erhielt ich von den Erben meiner Faktoren eine zweite Sendung, die mir als Zahlung der schuldigen 4415 Moedore, 1200 Zuckerkisten, 800 Tabaksrollen und den Rest in Gold zuführte.

Das war zu viel auf einmal! Fast erlag ich dem Drucke, welchen das Übermaß der Freude auf mich kurz vorher noch so armseligen Sterblichen ausübte. Jetzt war ich mit einem Schlage ein reicher Mann, der über Besitzungen in zwei Weltteilen zu verfügen hatte. Da durfte ich denn meinen alten wackeren Kapitän nicht vergessen. Sofort zahlte ich ihm seine 100 Moedore zurück, quittierte über den Empfang der noch rückständigen 370 und setzte ihm eine jährliche Rente von 100 und nach seinem Ableben seinem Sohne eine solche von 50 Moedoren aus. Außerdem betraute ich ihn mit der Vollmacht, meine Einkünfte in Brasilien zu beziehen und mir zu übermitteln.

Mit dem nächsten nach Brasilien gehenden Schiffe sandte ich ein Antwortschreiben zurück, in welchem ich meinen Dank aussprach für die wohlgemeinten Glückwünsche und zugleich die Absicht mitteilte, bald nach Brasilien überzusiedeln und dort vielleicht meine Tage in Ruhe zu beschließen. Als Gegengeschenk fügte ich seine englische Tücher, seidene Stoffe aus Italien, Spitzen aus Brabant und andres dergleichen bei. Dem Prior aber gab ich meine Ent= schließung kund, 500 Moedore seinem Kloster und die übrigen 372 den Armen zu vermachen.

So waren meine südamerikanischen Angelegenheiten in Ordnung gebracht. Wenn ich dasselbe nur auch schon von den europäischen hätte sagen können; denn hier stieß ich auf gar mannigfache Ver= legenheiten. Zuvörderst mußte ich darauf bedacht sein, meine Kapi= talien sicheren Händen zu übergeben, und es blieb mir nichts andres übrig, als selbst nach England zurückzukehren.

Mein alter Freund, der Seemann, riet mir, über Madrid und Paris nach Calais zu reisen und von da nach Dover überzusetzen. Damit ich aber auch Reisegesellschaft hätte, so machte er mich mit dem Sohne eines englischen, in Lissabon ansässigen Kaufmanns bekannt, der mich zu begleiten wünschte. Außerdem schlossen sich noch zwei andre Kaufleute aus England sowie zwei Portugiesen an, so daß wir im ganzen sechs Herren nebst fünf Dienern waren, aber wohlberitten und bewaffnet. Meine Reisegefährten beliebten, mir den Titel „Kapitän“ zu geben, einmal, weil ich der Älteste von ihnen war, dann auch, weil ich zwei Diener hatte.

Wir verweilten einige Zeit in Madrid, um den Hof und die übrigen Merkwürdigkeiten der spanischen Residenz zu besehen, und gegen Mitte Oktober rückten wir weiter, um bei der schon vor= geschrittenen Jahreszeit die Pyrenäen möglichst bald im Rücken zu haben. In Pamplona berichteten uns die Leute, daß auf dem Nordabhange des Gebirges bereits Massen von Schnee lägen, die ein Durchkommen schlechterdings unmöglich machten. Die Kälte war in der That empfindlich, zumal wenn man, wie ich, viele Jahre lang unter der tropischen Sonne gelebt und erst seit zehn Tagen den blauen Himmel des heißen Kastilien verlassen hatte. Dem armen Freitag spielte die Kälte noch weit mehr mit — der Sohn Amerikas sah hier zum erstenmal die Natur in ihrem rauhen Winterkleide!

Ich machte meinen Reisegefährten den Vorschlag, nach Fuent= arabia aufzubrechen, uns daselbst einzuschiffen und nach Bordeaux

zu fahren. Während wir uns noch darüber berieten, trafen vier
Franzofen in unferm Gafthof ein, deren Reife fowohl auf franzö=
fifcher wie auf fpanifcher Seite Auffchub erfahren und welche die
Reife über das Gebirge unter Leitung eines kundigen Führers
gemacht hatten. Wir ließen den Mann auf der Stelle holen, und
er verfprach, uns auf den nämlichen Wegen nach Frankreich hin=
über zu geleiten. Vom Schnee fei nichts zu befürchten, fagte er,
aber vor den Wölfen, die wegen der großen Kälte zu ganzen
Trupps ausgehungert umherfchwärmten, könne man nicht genug
auf der Hut fein. Wir entgegneten ihm, daß wir hinlänglich mit
Waffen verfehen feien, um folch einen Trupp nach Gebühr zu
empfangen. Wegen des Führergeldes wurden wir mit dem Manne
fchnell handelseinig, und fo brachen wir, nachdem fich uns noch zwölf
Reifende mit ihrer Bedienung angefchloffen, am 15. November 1687
von Pamplona auf.

Wir waren nicht wenig verwundert, als uns der Führer
wohl an zehn Stunden weit auf der Straße nach Madrid rück=
wärts führte, wo wir uns in einem angenehm warmen Klima
und in fchöner, fchneelofer Landfchaft befanden. Dann aber wandte
er fich links gegen den Gebirgszug und führte uns, an taufend
fchauerlich gähnenden Abgründen vorbei, bis auf die Höhe des
Gebirges, von wo uns die grünen, lachenden Gefilde von Langue=
doc und der Gascogne entgegenblinkten. Bis dorthin war freilich
noch mehr als ein mühevoller Schritt zu machen, wenngleich man
das Schlimmfte überftanden zu haben glaubte.

Eines Nachmittags wurde aber der Führer, als er uns vor=
ausritt, von zwei Wölfen und einem Bären angegriffen. Der
beftürzte Mann verlor fo fehr alle Befinnung, daß er, ftatt fein
Piftol abzufeuern, nur aus Leibeskräften fchrie. Schnell gebot ich
Freitag, hinzureiten, und er zerfchmetterte durch einen ficheren
Piftolenfchuß den Kopf des einen Wolfes. Der andre, welcher
fich heißhungrig auf das Pferd geftürzt hatte, entfloh, von dem
Knalle erfchreckt, ins Gehölz; Freund Petz aber ließ fich dadurch
nicht irre machen, fondern blieb ruhig ftehen. Der arme Führer
hatte zwei empfindliche Wunden, eine in den rechten Arm, die

andre in den Schenkel erhalten; aber das Pferd war unverletzt
geblieben, da die Zähne des Wolfes nur die Riemen des Zaums
gepackt hatten.

Man kann sich wohl denken, daß wir auf den Knall der
Pistole, der wie dumpf grollender Donner sich durch die Gebirgs-
thäler fortpflanzte, unsern Pferden die Sporen in die Weichen
drückten, um mit möglichster Schnelligkeit auf den Platz des Aben-
teuers zu gelangen. Während wir den Führer durch einen Schluck
Branntwein zu stärken suchten und an seine Wunden Verbände
anlegten, gewahrten einige zu ihrem nicht geringen Entsetzen, wie
der Bär, ein Bursche von respektabler Größe, Miene machte, sich
zu nähern, statt sich zu entfernen.

Schon wollten etliche Herren auf ihn anlegen, da bat mich
Freitag:

„O Herr, erlaube mir, daß ich dem Tiere die Hand reiche,
es wird euch allen viel zu lachen geben!"

„Sei kein Thor, Freitag", sagte ich zu ihm; „der Bursche
dort läßt nicht mit sich spaßen. Er wird dich mit Haut und Haar
verschlingen."

„Was? Er mich essen?" triumphierte Freitag. „Dafür werde
ich mich sehr bedanken — ich werde ihn essen; gebt acht, es wird
viel Spaß absetzen."

Die Reisegesellschaft gab seiner Laune nach und wartete der
Dinge, die da kommen sollten. Freitag zog im Nu seine Stiefel
und Strümpfe aus, zog statt deren ein Paar Schuhe an, übergab
sein Pferd einem Bedienten, nahm ein Gewehr und eilte gerade
auf den Bären los.

„Höre, höre, guter Freund", wandte sich Freitag an Meister
Petz, „ich möchte mit dir ein bißchen plaudern." Aber der Bär
schien keine besondere Neigung zu haben, sich in ein Gespräch ein-
zulassen. Da die freundliche Ansprache unerwidert blieb, versuchte
Freitag auf andre Art, dem Vierbeinigen Aufmerksamkeit einzuflößen.
Er hob einen großen Stein auf und warf ihn dem Tiere an den
Kopf. Doch ob er den Bären oder eine alte Mauer getroffen
hätte, war ganz gleich: sein Gegenüber verharrte in bewunderns-

würdigem Gleichmut. Dieser kecke Übermut Freitags machte einige
der Reisenden besorgt, und schon schickten sie sich an, auf das Fell
des Bären eine nachdrückliche Ladung zu geben. Aber Freitag, der
die Eigenart des Tieres studiert zu haben schien, winkte abwehrend
gegen die Schußfertigen. Dann wandte er sich seitwärts und schwang
sich auf den Stamm einer Eiche, an deren Fuße er sein Gewehr
anlehnte. Der Bär, immer wütender geworden, folgte knurrend
hinterdrein.

Ich konnte bis jetzt in der ganzen Posse noch nichts „zum
Lachen" finden, im Gegenteil, mir war ganz unheimlich zu Mute,
als ich meinen Getreuen sich bis an das äußerste Ende des Astes
zurückziehen und den Bären ihm auf dem Fuße folgen sah.

„Jetzt, meine Herren", rief Freitag in heiterer Stimmung,
„jetzt werden Sie sehen: der Tanz beginnt!"

Bei diesen Worten sprang er und schüttelte den Ast so kräftig,
daß diese schaukelnde Bewegung dem Bären unbehaglich wurde und
er sich bedachtsam zurückzog. Freitag aber ließ ihn nicht so leichten
Kaufes frei, sondern rief ihm zu: „Was kommst du nicht näher,
Freund? Immer komm her!" Und wirklich that das Tier einige
Schritte vorwärts. Jetzt neues kräftiges Schütteln und Schaukeln —
neuer Rückzug; kurz, das Spiel dauerte eine Zeitlang in dieser
Weise fort, und wir mußten über die drolligen Gebärden des Bären
herzlich lachen.

Doch Abend und Dunkelheit brachen herein, und ich rief Freitag zu, dem Possenspiel ein Ende zu machen; denn wir alle mußten
nicht, wie der Scherz ausgehen würde.

Freitag zog sich sogleich an das äußerste Ende des Astes
zurück, hielt sich mit größter Geschicklichkeit mit beiden Händen daran
fest und sprang dann leichten Fußes auf den Boden.

Hierauf ergriff er sein Gewehr und blieb bewegungslos stehen.
Als der Bär seinen Feind unten sah, ward es ihm auf dem Baume
zu einsam, und er wollte gleichfalls herabsteigen. Doch that er es
mit einer merkwürdigen Vorsicht, sah sich bei jedem Schritte um
und kletterte endlich langsam und bedächtig am Stamme herunter.
Kaum aber berührte er mit seinen Tatzen den Boden, so legte ihm

Freitag seine Flinte ans Ohr und streckte ihn tot nieder. Dann drehte sich der Schelm lachend uns zu, um in unsern Mienen den wohlverdienten Beifall zu lesen, und sagte nicht ohne einen Zug selbstgefälligen Stolzes:

„So töten wir daheim, in Amerika, die Bären!"

„Aber wie ist denn das möglich, Freitag", warf ich ihm ein, „ihr habt ja keine Flinten?"

„Nein, meine Brüder haben keine Flinten, aber ihre langen Pfeile treffen ebenso sicher."

Gern hätte Freitag dem erlegten Gegner das Fell abgezogen, aber wir durften uns bei der zunehmenden Dunkelheit nicht unnützerweise länger verweilen, zumal in unsre Ohren ein entsetzliches Geheul der herumlungernden Wölfe drang. Schon im ersten Gehölze lief etwa ein halbes Dutzend dieser Tiere über den Weg, welche aber gar keine Notiz von uns zu nehmen schienen. Als wir gegen die Ebene zuschritten, erblickten wir ein ganzes Rudel, welche an den Knochen eines Pferdes nagten; bald schon vernahmen wir aus dem nahen Gehölze fürchterliches Geheul und sahen gleich darauf eine große Schar einem seines Reiters ledig gewordenen Pferde nachrennen.

Dies erforderte rasches Handeln. Wir trennten uns in zwei geschlossene Trupps und feuerten abwechselnd; gleich bei den ersten Schüssen stürzten vier der Bestien, mehrere andre wurden verwundet und röteten den Boden mit ihrem Blute. Wir selbst stimmten nun ein ohrenzerreißendes Geheul an, und zwar so wirkungsvoll, daß es sogar den Wölfen zu arg wurde und diese sich zurückzogen. Mittlerweile luden wir rasch unsre Gewehre und setzten unsern Weg weiter fort.

Unser Führer befand sich am folgenden Morgen so schwach, daß er uns nicht weiter begleiten konnte; wir bezahlten ihn anständig, mieteten einen Ersatzmann und zogen nach Toulouse, wo wir weder Schnee noch Wölfe, sondern eine liebliche warme Sonne und fruchtbare blühende Gefilde trafen. Als die Leute dort unser bestandenes Reiseabenteuer vernahmen, fanden sie es unbegreiflich, wie unser Führer so kühn sein konnte, uns in dieser Jahreszeit

über das Gebirge zu führen, noch dazu mit so vielen Pferden, welche
die Gier der Wölfe aufs höchste stacheln. Alle stimmten darin
überein, daß wir nur wie durch ein Wunder dem Tode entgangen
seien. Denn bereits sei ein Reisender vor uns den Heißhungrigen
zum Opfer gefallen — wohl der Besitzer jenes leeren, von den
Wölfen verfolgten Pferdes.

Von Toulouse ging die Reise ohne Aufschub weiter nach Paris,
von da nach Calais, wo wir nach Dover übersetzten. Nach kurzer
Rast ließ ich mich noch an demselben Tage mit Freitag für den
Postwagen einschreiben und langte den Tag darauf in London an.

Mein erster Besuch galt der guten alten Witwe, welche die
Erzählung von dem glücklichen Wechsel meines Schicksals unter
Freudenthränen anhörte. Ich setzte ihr eine lebenslängliche Rente
von jährlich 100 Pfund Sterling aus und quittierte über die
Summe, die sie mir noch schuldete. Dann bat ich sie, meinem
Hauswesen vorzustehen, worein sie gern willigte, und nach wenigen
Tagen bezogen wir eine geräumige, behagliche Wohnung. Mein
Vermögen war bar in meinen Händen, denn die Wechsel, die ich
mitbrachte, wurden ohne Schwierigkeit eingelöst. Auch meine
Schwestern vergaß ich nicht: ich sandte einer jeden 100 Pfund Sterling und fügte das Versprechen hinzu, ihnen diese Summe lebens-
länglich als eine jährliche Pension zu sichern. Meine beiden Neffen
nahm ich zu mir, und da der älteste etwas eignes Vermögen
besaß, so erzog ich ihn wie einen Mann von Stande und sorgte,
daß er diesen Rang behaupten konnte. Der zweite hatte Neigung
zur Seefahrt; ich billigte natürlich diese Neigung und übergab ihn
deshalb der Obhut eines angesehenen, tüchtigen Schiffskapitäns,
der ihn auf weiten Reisen, besonders nach Westindien, zu einem
wohlunterrichteten, taktfesten Seemann ausbildete.

Während der ersten Zeit meines Aufenthalts in London dachte
ich oft an meine brasilische Pflanzung und an das Versprechen,
dieselbe zu besuchen. Allein die Gesellschaft, die ich dort vorgefunden
haben würde, und die ganze Lebensart überhaupt behagten mir so
wenig mehr, daß ich mich lieber entschloß, die Pflanzung zu verkaufen. Ich schrieb deshalb an meinen alten Freund in Lissabon

und bat ihn um seinen Beistand in dieser Angelegenheit. Seine
Antwort lautete dahin, er halte es für das vorteilhafteste, den
Erben meiner ehemaligen Faktoren den Kaufantrag zu machen. Die
Unterhandlungen folgten rasch, und nach dreiviertel Jahren gingen
in Lissabon die Anweisungen auf 33 000 Moedore (825 000 Mark)
ein. Dem Kapitän gab ich den Auftrag, das Kapital der ihm zu-
gesicherten Rente für sich selber zu behalten und mir den Rest des
Geldes zu übersenden, was auch in sehr kurzer Zeit in guten
Wechseln geschah. Nachdem ich auch diese beträchtliche Summe
sicher angelegt hatte, konnte ich sorgenfrei in London leben. Um
nicht allein in der Welt dazustehen, verheiratete ich mich mit einer
Dame, deren Liebenswürdigkeit und wirtschaftlicher Sinn mir das
häusliche Leben so angenehm machten, daß ich mich in meinen vier
Pfählen recht behaglich fühlte.

Im Hafen einer sicheren und Ruhe verheißenden Existenz war
ich nun nach mancherlei Stürmen mit dem 56. Jahre meines
Lebens eingelaufen. Es schließt hiermit der erste Hauptabschnitt
einer abenteuerlichen Laufbahn, welche die gütige Vorsehung mit
einer seltenen Mannigfaltigkeit menschlicher Schicksale ausgestattet
hatte, eine Laufbahn, die zwar thöricht begonnen, doch bei weitem
befriedigender verlaufen sollte, als ich irgend hoffen durfte. Daß
ich nach einigen Jahren nochmals aus der gewonnenen Ruhe und
aus dem friedlichen Behagen heraustreten und einen weiteren Teil
der Welt durchwandern sollte, hätte ich damals selbst nicht geglaubt.

Mitten im Eise.

Fünfzehntes Kapitel.

Aufenthalt in England und neue Reise.

Neue Reiselust. — Abfahrt. — Das Totenschiff. — Im Antillenmeer. — Der Büffeljäger. — Ankunft in der Kolonie.

Mein Glück schien nach einem 35jährigen Kampfe gegen die Wechselfälle des Lebens fest begründet, und ich würde sorglos in beschaulicher Zurückgezogenheit haben leben können, wenn ich nicht immer und immer wieder an meine Insel und die zurückgelassene

Kolonie hätte denken müssen. Verglich ich mein früheres rastloses
Wirken mit meiner jetzigen Unthätigkeit, dann ergriff mich Unmut,
und die Welt, in der ich thatlos dahinlebte, wurde mir zu enge.
Mich zog wieder eine heftige Sehnsucht hinaus über den weiten
Ozean, nach fernen Ländern.

Um diesen Anwandlungen neuer Reiselust zu widerstehen, kaufte
ich mir in Bedfordshire ein Landgut, dessen schöner Meierhof so
weit von der See ablag, daß mich der Blick auf dieselbe oder der
Umgang mit Seeleuten nicht aufregen konnte. Ich richtete mich
behaglich ein, kaufte Geräte und Vieh zur Ackerwirtschaft, pflanzte,
jätete, riß ein und baute wieder auf, um meinen Gedanken eine
andre Richtung zu geben. Aber wie mein eigner Schatten verfolgte
mich die Sehnsucht nach der Ferne. Einige Jahre hielt ich es aus,
als mir aber meine Frau durch den Tod entrissen wurde, fand ich
keinen Gefallen mehr an dem bisherigen Stillleben. Zwei Kinder,
die mir geschenkt waren, hatte ich guten Händen anvertraut. Die
landwirtschaftlichen Beschäftigungen langweilten mich mehr und
mehr, und ich beschloß, mein Gut zu verkaufen und nach London
zu ziehen. Anfangs behagte mir die Veränderung, die Zer-
streuung in der Hauptstadt, aber bald fand ich den Lärm derselben und noch mehr das Nichtsthun unerträglich und ich sann
auf Veränderung.

Als ich einstmals in tiefes Nachsinnen über Zukunftspläne
versunken auf dem Lehnstuhle saß, besuchte mich mein Neffe, der
als Schiffskapitän Südamerika kennen gelernt hatte und nun dorthin über Neufundland zurückkehren wollte. Er lud mich ein, ihn
zu begleiten, ich sagte zu und — machte mich dann reisefertig.

Nachdem ich zuvor mein Vermögen sicher angelegt, die Wahr-
nehmung meiner Angelegenheiten und die Aufsicht über die Er-
ziehung meiner Kinder meiner Haushälterin, der treu bewährten
alten Witwe, anvertraut hatte, begab ich mich am 8. Januar des
Jahres 1694 mit meinem Freitag an Bord der kleinen Fregatte,
die in den Dünen vor Anker lag. Noch an demselben Abend gingen
wir unter Segel. Die Ladung, die ich mit mir führte, war wert-

voller und mannigfacher als je eine der früheren. Sie enthielt ein zerlegtes Fahrzeug, allerlei Tuchsorten, leinene und andre Stoffe; ferner Hüte, Schuhe, Strümpfe, Bettzeug, Töpfe, Kessel, Nägel, Werkzeuge; endlich zahlreiche Flinten, Pistolen und zwei metallene Kanonen; hierzu Pulver, Kugeln und Schrot in allen Sorten, weiterhin andre Waffen, wie Säbel, Degen und Lanzen. Hierdurch glaubte ich für den Verteidigungszustand der Inselfestung hinreichend gesorgt zu haben.

Ein frischer Wind führte uns aus dem Hafen, und bald befanden wir uns auf offener See; ringsum nur Himmel und Wasser. Nach etwa acht Tagen erhob sich ein mächtiger Südsturm und trieb uns tief in das nebelbedeckte Meer von Neufundland. Anfangs gefiel mir dieser Wechsel, aber bald wurde die Sache doch unangenehm. Ein eisiger Wind blies über das Schiff und drang tief in die Glieder. Die Wellen, welche Schaum spritzend an die Schiffswände schlugen und uns durchnäßten, gefroren, und so wurden unsre Kleider mit einer Eisrinde bedeckt, die Segel steif und unlenksam, das Takelwerk starr wie Stangen. Dabei herrschte wegen des dicken Nebels stete Dämmerung um uns, so daß der Steuermann den Schiffsschnabel kaum noch sehen konnte und wir in Gefahr gerieten, an einen schwimmenden Eisberg oder eine Eisscholle anzurennen. In der That huschten von Zeit zu Zeit graue Schatten wie Gespenster an uns vorbei, auf welche die Matrosen mit sorglichen Blicken schauten, da sie in ihnen Eisberge erkannten. Endlich verwandelte sich die feuchte Luft in Eiskristalle, es begann ein Schneewehen, welches bald zu wildem Schneegestöber wurde. Doch dauerte es nicht an, der Horizont hellte sich etwas auf, so daß wir etwa einen halben Kanonenschuß weit sehen konnten.

Da rief der wachthabende Matrose: „Schiff in Sicht!" Wir eilten aufs Verdeck und sahen wirklich ein Schiff gerade auf uns zukommen, denn es war windstiller geworden und das kalte Polarwasser strömte uns entgegen. Wir riefen dem Fahrzeuge zu, rechts auszuweichen. Aber niemand ließ sich auf dem fremden Schiffe sehen und hören, dessen ganzes Aussehen einer Ruine glich. Der Hauptmast war in der Mitte abgebrochen, an den Raaen hingen hier und da Segelfetzen, wie etwa an der Stange einer alten Regimentsfahne, die oft ins Kartätschenfeuer gekommen ist. Die andern Masten fehlten, die Schiffsplanken schienen gewaltsam in die Höhe gedrückt, am Steuer hing ein großer Eisklumpen, auf dem Verdeck lag tiefer Schnee, und doch glaubten wir am Mast eine menschliche Gestalt zu entdecken, die nach uns herüber sah. Wir riefen, schossen eine Kanone ab; alles umsonst. Nichts regte sich auf dem Geisterschiffe, das auf uns zukam, als wollte es uns in den Grund bohren. Den Matrosen ward unheimlich zu Mute; aber meinen Neffen und mich reizte die Neugier, zu erfahren, was es mit diesem Selbstsegler für eine Bewandtnis habe. Das Boot wurde langsam niedergelassen und dann nach dem rätselhaften Schiffe gerudert.

Wir langten bald an, stiegen die Treppe hinauf und betraten das Deck nicht ohne einiges Herzklopfen. Dichter Schnee starrte auf dem Deck, doch nirgends stieß man auf menschliche Spuren. Unordentlich lagen Taue, Ketten und andre Gerätschaften durcheinander, aber allesamt mit Schnee und Eiskrusten überzogen. Zögernd schritten wir nach der Treppe, um in die Kajütte hinabzusteigen. Als wir am Mast vorübergingen, prallte mein Neffe entsetzt zurück. Wir fanden angelehnt an den Mast einen Matrosen, mit abgezehrtem Gesicht und verzerrten Zügen zur Hälfte aus der Schneedecke hervorragend. Beim Hinabsteigen ins Zwischendeck wurde uns in dem lautlosen Schiffe noch unheimlicher, denn es trug die Spuren wilder Zerstörung; es fehlten Balken, Planken, Thüren und was sonst zu einem gut ausgerüsteten Schiffe gehört. Dagegen entdeckten wir Leichen in verschiedenen Stellungen, alle gehüllt in zerfetzte Kleider, abgemagert und mumienartig eingetrocknet.

Wir wagten kein Wort zu sprechen in diesem schwimmenden Leichenhause. Jetzt befanden wir uns vor der Kajütte. Mein Neffe öffnete die Thür, blieb jedoch wie festgebannt stehen. Ich sah ihm

über die Schulter und entsetzte mich auch. Denn am Tische saß
ein Mensch in Kleidern aus Renntierhaut und ein Bärenfell unter
den Füßen. Eine Pelzmütze bedeckte seinen Kopf, in der Hand
hielt er eine Feder und hatte eine Stellung, als wenn er im
Schreiben begriffen sei und darüber nachdenke, wie er fortfahren
solle. Schüchtern traten wir näher und stellten uns dem Schreiber
gegenüber. So etwas Grauenerregendes wie dieses Antlitz hatte

Das brennende Totenschiff.

ich noch nie gesehen. Das Gesicht war abgezehrt, gelb und die
Haut straff über die Knochen gespannt. Graue Augen starrten in
mattem Glanze nach einem Bilde an der Wand, welches eine
Frauensperson mit einem Kinde auf dem Arme darstellte. Vor
dem Toten lag das Schiffsbuch. Wir warfen einen Blick hinein
und lasen die Worte: „Seit gestern ganz allein; aber es geht auch
mit mir zu Ende. Wäre es doch überstanden! Ich fühle, daß die
letzte Stunde — — o Karoline, o lieber Eduard, leb — —.“

Wir durchsuchten das Schiff, fanden es aber ausgestorben und wie ausgeplündert, daher nahmen wir nur das Schiffsbuch mit, um uns über das Schicksal des Schiffes und seiner Bemannung zu unterrichten. „Weißt du was", sagte ich zu meinem Neffen, „die Toten wollen begraben sein! Aber nicht im Meere, sondern auf einem Scheiterhaufen, wozu wir ihr Schiff benutzen." Mein Neffe dachte nach, nickte beistimmend, und in wenig Minuten knisterte die helle Flamme im Schiffe. Rasch und innerlich froh, das unheimliche Fahrzeug wieder verlassen zu können, eilten wir zu unsrer Brigg zurück und sahen von dort aus das brennende Totenschiff, wie es die Matrosen nannten, davonsegeln, sich weiter und weiter entfernen, bis es am Horizonte endlich wie ein Punkt verschwand. Das Ganze würde uns wie ein Traum vorgekommen sein, hätte uns nicht das Schiffsbuch davon überzeugt, daß wir den Abschluß einer wahren Begebenheit erlebt hätten. Neugierig blätterten wir das Schiffsbuch durch und erfuhren, daß das Totenschiff eigentlich ein Walfischfahrer war, mit Namen „Hemskerk", welchen Delfter Reeder in das Grönländische Meer auf die Jagd ausgesandt hatten. Die Unternehmung hatte, den Aufzeichnungen zufolge, anfänglich den gewünschten Erfolg gehabt, dann aber zeigten sich die Wale nur noch selten, und man beschloß daher, weiter nach Norden vorzudringen, um neue Jagdgründe zu entdecken. Man kreuzte hin und her; darüber verstrichen zehn bis zwölf Tage, es trat ein zeitiger Winter ein; die Walfischfahrer mußten umkehren und befanden sich bald mitten zwischen Eisschollen und Eisbergen. Tag und Nacht dröhnte, krachte und knallte es von zusammenstoßenden, berstenden Schollen, und schwankend taumelte das Schiff. Endlich tauchte eine große, mächtige Scholle unter, verschwand unter dem Schiffe, hob sich aber mitsamt demselben, welches nun auf die Seite sank und in dieser Stellung verblieb.

Die Seefahrer waren zwischen Eis = und Gletschermassen eingesperrt und mußten sich zu einer Überwinterung einrichten. Bald trat Mangel ein; es ging bereits mit dem Öl und Brennmaterial sehr knapp her. Da es an frischem Fleische fehlte, brachen Krank=

heiten aus, die Leute wurden zaghaft, lungerten traurig und ver=
drossen umher und erfroren lieber, als daß sie sich dem langsameren
Hungertode aussetzten.

Mit jeder Woche wurde die Zahl der Gestorbenen größer, und
die Überlebenden waren so matt, daß sie sich kaum von der Stelle
bewegen konnten. Was nur genießbar erschien, wurde zu essen
versucht: die Haut der Pelze, das Leder der Stiefelschäfte, sogar
Sägespäne. Nur drei Mann überlebten den Winter und das
Frühjahr. Der Sommer schien endlich Erlösung zu bringen,
denn das Eis teilte sich und das Schiff gewann wieder das
freie Meer; aber in welchem Zustande! Die Masten waren vom
Sturm und beim halben Umstürzen zerbrochen, das Steuerruder
unbrauchbar, die Überlebenden ohne alle Kräfte. Was half da
die erlangte Freiheit! Jeder trug den Tod bereits in sich und
sah ihn voraus.

„So sitze ich denn", schloß der Bericht, „ganz allein in dem
ausgestorbenen und ausgeleerten Schiffe, nehme meine letzte Kraft
zusammen, um der Welt und den Meinigen in Gedanken für immer
lebewohl zu sagen und dann zu sterben. Mir flirrt es schon vor
den Augen, der Kopf ist mir wie ausgeblasen und leer; so lebt
denn wohl, lebt wohl, herzinnig geliebtes Weib und Kind!" — —

Lange saßen wir schweigend uns gegenüber, nachdem wir den
Bericht gelesen; es überlief uns eiskalt, wenn wir uns in die Lage
des Schreibers versetzt dachten. Lebhaft malte sich unsre Einbil=
dung die Szenen aus, welche der Kapitän und seine Untergebenen
durchlebt haben mußten, als sie in dem Totenschiff einsam dahin=
zogen durch das dunkle Meer und die schneeerfüllte Luft!

„So etwas kann nur ein Seemann erleben!" sagte mein Neffe,
warf einen sinnenden Blick durch das Kajüttenfenster aufs rauschende
Meer, wandte sich dann schnell, um die Schiffsmannschaft bei ihrer
Arbeit zu beaufsichtigen und sich durch diese Thätigkeit von trüben
Gedanken zu befreien. Mich selbst beunruhigte das Totenschiff noch
einige Tage, endlich aber brachten die Pflichten des Tages wieder
ruhige Stimmung. Wir landeten glücklich in Neufundland, brachten

schnell unfre Geschäfte zum Abschluß und ließen uns dann von
der Strömung an der Küste Amerikas entlang treiben bis in die
Gegend des Antillenmeeres.

Als wir eines Tages langsam in geringer Entfernung von
der flachen Küste dahinstrichen, bemerkten wir in der Ferne eine
Art Indianerboot und darin aufrecht stehend einen Mann, der uns
zuwinkte. Wir mäßigten den Lauf unsres Schiffes und setzten ein
Fahrzeug aus, welches bald mit einem seltsam aussehenden Manne
zurückkehrte. Derselbe zeigte europäische Gesichtsbildung, trug am
Leibe auch Reste europäischer Kleidung, dagegen ein indianisches
Lederwams; seine Füße waren voll Wunden, zerfetzt und entstellt,
und an den Fuß= und Handgelenken hatte er Lederringe, die zum
Teil tief in das Fleisch schnitten. Der Fremdling sah elend und
herabgekommen aus und behauptete, er sei den Rothäuten entflohen,
die ihn als Sklaven benutzt hätten und schon am nächsten Fest=
tage ihrem Kriegsgotte opfern wollten. In der letzten Stunde bot
sich ihm Gelegenheit zur Flucht; von seinen Peinigern verfolgt, ge=
langte er an einen breiten Fluß, welcher sein Fortkommen hemmte.
Hinter sich Indianer, vor sich den Strom mit steilem Ufer — da
galt kein Besinnen, so oder so finde ich den Tod! dachte Wilm,
der Fremdling, und sprang ins Wasser. Zwar sank er unter,
tauchte jedoch wieder auf und hielt sich schwimmend auf der Ober=
fläche; wiewohl fortwährend von Pfeilen und Lanzen bedroht, blieb
er unversehrt, gewann das jenseitige Ufer, fand dort eine Kanoe,
schwang sich hinein und ruderte aus Leibeskräften, um seinen Ver=
folgern zu entgehen, die am Ufer dahinrannten, schreiend und
lärmend, und ihm Steine und Geschosse nachsandten.

Er ruderte so lange, bis ihm die Kräfte ausgingen, dann
legte er sich platt in das Kanoe nieder, ließ sich von den Wellen
forttreiben und schlief vor Müdigkeit ein. Wie lange dieser toten=
ähnliche Schlummer gewährt, wußte er nicht. Beim Erwachen be=
merkte er, daß er auf einem großen, breiten Strome dahintreibe;
er wollte sich nun dem Ufer nähern, um sich nach Nahrung um=
zusehen, aber kaum war er eine kurze Strecke weit gerudert, so

entglitt plötzlich das Ruder seiner Hand, und er befand sich jetzt hilflos auf einem Fahrzeuge, welches er nicht mehr zu lenken vermochte. Was thun? Nach dem Ufer schwimmen? Das lag weit entfernt. Also mußte sich Wilm dem Schicksale und den Wellen überlassen, die ihn ziemlich schnell davontrugen. Zwar peinigten ihn Hunger und Durst immer heftiger, aber nirgends zeigte sich ein Rettungsweg. Endlich sah der zum Tode Erschöpfte das offene Meer vor sich, in welches ihn der Strom führte. Unser Abenteurer gab sich bereits verloren, denn nun fehlte ihm zum Durstlöschen auch das Süßwasser, welches ihn erhalten hatte, so matt und fad es auch schmeckte. Noch am zweiten Tage trieb er an der Meeresküste dahin, bis ihn die Strömung unserm Schiffe nahe brachte.

Der Erzähler sah erbarmenswert genug aus, sehr abgemagert, Wunden an Händen, Füßen und Schultern. Man reichte ihm zunächst die nötige Nahrung, damit er sich wieder erhole; später, am Abend, forderte man den Fremdling auf, die Gesellschaft mit seiner Herkunft bekannt zu machen. Aus seiner Erzählung erfuhren wir, daß er von Geburt ein Schotte und schon in früher Jugend dem Triebe nach Reisen und Abenteuern folgte. Er kam als Matrose auf einem Schiffe nach Amerika, wo er als Jäger nach den indianischen Waldgründen zog und mancherlei Gefahren, die er uns sehr spannend erzählte, zu bestehen hatte. Zuletzt geriet er in die Gefangenschaft der Indianer und merkte an den Äußerungen der Wilden, daß sie ihn am nächsten Frühlingsfeste dem großen Geiste opfern wollten. Da galt es denn ernstlich, an baldiges Entrinnen zu denken. Not macht erfinderisch, und so fand sich auch ein Mittel zur Flucht. Wilm scheuerte an scharfer Baumrinde die ihn fesselnden Riemen dünn, blies sich auf, wenn er angebunden wurde, so daß er sich, wenn er Leib und Brust einzog, etwas drehen und wenden konnte. Jede Nacht fanden Übungen in solchen Bewegungen statt, und als die Riemen sich dünn genug erwiesen, entwand er sich der Schlinge, die ihn an den Baum fesselte, und zerbiß die Riemen mit den Zähnen. Indianer aber haben ein leises Gehör, man

hatte seine Tritte vernommen, im Nu war das Lager hinter ihm
her. Zwar hatte er einen Vorsprung, aber die wunden Füße
hinderten ihn am Laufen. Sicher wäre er in die Hände seiner
Feinde gefallen, wenn er nicht das Ufer eines Flusses erreicht und
sich durch einen Sprung in denselben gerettet hätte.

Die Zuhörer Wilms waren seiner Erzählung aufmerksam ge=
folgt, und alle betrachteten ihn als einen achtungswerten Schicksals=
genossen, ja es deuchte allen am besten, wenn der Schotte sie nach
der Kolonie begleite.

Seit der Auffindung Freitags war mir ein gleich leidsamer
Geselle nicht in den Weg gekommen. Ich machte daher Wilm den
Antrag, sich mir auf meinen weiteren Fahrten beizugesellen. Er
besann sich auch nicht lange und sagte zu.

So verging in verschiedenartigem Wechsel ein Tag nach dem
andern. Kein widriger Wind hinderte uns, und wir erreichten
deshalb eher noch, als wir es gedacht, die Insel Trinibad, in deren
Nähe meine Kolonie lag. Doch konnte ich meine Insel anfangs
nicht wiedererkennen, weil sich unser Schiff an der Nordseite befand
und ich sie von dieser Seite aus noch nie gesehen hatte.

Kampf und Streit zwischen den Kolonisten.

Sechzehntes Kapitel.

Die Schicksale der Kolonie.

Ankunft auf der Insel. — Freitag und sein Vater. — Bericht über die Wirren während der
Abwesenheit des Gründers. — Neue Ordnung. — Weitere Reisepläne.

Endlich erkannte ich die Insel, und wir steuerten flott auf
sie zu. Die Bewohner hatten uns gleichfalls bemerkt und eilten
voll Erwartung ans Ufer. Kaum waren wir unter starkem Zu=
laufe gelandet, so erkannte Freitag auch schon auf den ersten Blick
unter den Versammelten seinen Vater und schoß wie ein Pfeil

13*

durch die verdutzten Inselbewohner auf ihn zu. Er fiel dem alten
Manne mit ausgebreiteten Armen um den Hals, streichelte ihm die
Wangen, setzte ihn auf einen Baumstamm, kniete vor ihm nieder
und blickte ihm fest ins Gesicht, während die hellen Freudenthränen
über seine Wangen flossen. Dann ergriff er die Hände des Greises
und küßte sie; wieder erhob er sich, setzte sich von neuem nieder
und schaute in das Antlitz seines Vaters mit der ganzen Zärtlich-
keit eines kindlich liebenden Sohnes. Aber auch ich wurde mit
lauter Freude begrüßt und von meinem Stellvertreter Caballos in
meine ehemalige Behausung geführt, welche man mittlerweile mit
einer wohlangelegten Befestigung versehen hatte.

Don Caballos erzählte mir, als wir behaglich bei einer Flasche
Wein saßen, die vielfachen Störungen und Streitigkeiten, welche
während meiner Abwesenheit vorgekommen waren.

„Anfänglich herrschte zwischen uns und den Engländern", so
berichtete er, „das beste Einvernehmen, und es hatte den Anschein,
als ob die Niederlassung in erfreulicher Weise gedeihen solle. Die
Engländer aber mochten sich zu keiner Arbeit bequemen; lieber streiften
sie auf der Insel umher, schossen zu ihrem Vergnügen Papageien,
wendeten Schildkröten um, und wenn sie des Abends nach Hause
zurückkamen, ließen sie sich das von uns bereitete Nachtessen vortrefflich munden. Nur um des lieben Friedens willen hatten wir
sie gewähren lassen. Aber nicht damit zufrieden, keine Arbeit zu
thun, hielten uns die Engländer von unsern eignen Geschäften ab.
Die ersten Zwistigkeiten waren geringfügiger Art, bald jedoch führten
sie einen offenen Krieg herbei. Die zwei Engländer, welche kurz
vor Ihrer Abreise in das Innere der Insel entwichen waren, kamen
später in die Burg, um die Vorräte mit verzehren zu helfen. Allein
sehr bald wurden sie von den drei rohen Insassen vertrieben. Nach
unsrer Ankunft beklagten sie sich beide über die erlittene Behandlung,
worauf wir versuchten, sie zu versöhnen, was aber nicht gelang, da
jene rohen Burschen ihnen den Aufenthalt in der Burg beharrlich
verweigerten. Den armen Zurückgestoßenen blieb nichts übrig, als
sich von uns zu trennen und die nördliche Gegend der Insel zu

ihrem Wohnplaße zu wählen. Hier erbauten sie zwei Hütten, die
eine zur Wohnung, die andre zum Vorratshause. Wir gaben ihnen
Getreide und Reis zum Säen, Gefäße, Werkzeuge und etliche Ziegen.
Zwar konnten sie nur ein kleines Stück Land bebauen, doch fiel die
Ernte günstig für sie aus, und bald befanden sie sich auf dem besten

Die Kolonisten bei der Bodenbestellung.

Wege bescheidenen Fortschritts. Jene drei böswilligen Burschen
indessen ließen ihre Landsleute nicht in Ruhe, sondern suchten sie
in ihrem neuen Besißtum auf und forderten unter dem Vorgeben,
daß ihnen der Besiß der Insel von dem Gouverneur übertragen sei
und niemand sich ohne ihre Einwilligung niederlassen dürfe, Pacht
für ihr Land. Da sie sich nun dieser Aufforderung nicht fügten

und darüber spotteten, vergaß sich der eine ihrer Gegner so sehr,
daß er die Hütte in Brand steckte. Zwar gelang es, das Feuer
alsbald zu löschen, doch kam es zu einem heftigen Streit, wobei der
Brandstifter schwer verwundet wurde. Da diese Burschen sahen,
daß sie es mit entschlossenen Leuten zu thun hatten, so begannen
sie Unterhandlungen und baten, ihren verwundeten Kameraden mitnehmen zu dürfen. Am Abend trafen zwei unsrer Landsleute jene
rührigen Engländer im Walde, welche sich bitter über die ihnen
zugefügten Unbilden beklagten. Als meine Spanier darauf heim-
kehrten, thaten sie den Engländern Vorhalt ob ihres Benehmens,
worauf der eine, Atkins, barsch antwortete: „Jawohl, wir wollen
euch beweisen, daß ihr Spanier auch unsre Sklaven werden müßt!"

„Die Feindseligkeiten zwischen den Engländern unter sich
dauerten noch fort, und so kam es, daß eines Morgens die beiden
Kolonisten im Norden aufgebrochen waren und vor unsrer Burg
erschienen. Die drei Strolche hatten unterdessen auf Rache gesonnen,
waren auch aufgebrochen, jedoch in der Absicht, die zwei Kolonisten
im Schlafe zu überraschen, ihre Hütten einzuäschern und dieselben
zu ermorden. Zum Glück erreichten jene ihren Zweck nicht ganz
und begnügten sich damit, die Hütten niederzureißen und den ge-
samten Viehstand zu töten. Frohlockend über den gelungenen Streich
kehrten sie dann nach der Burg zurück.

„Die beiden Kolonisten eilten mit trüben Ahnungen ihren
Hütten zu und sahen das Werk ihrer fleißigen Hände als einen
wüsten Trümmerhaufen vor sich. Sie werden begreifen, welch weh-
mütiges Gefühl sie da beschlich und wie die Thränen des Unwillens
in ihre Augen traten. Hierauf schritten sie der Festung zu, um
uns zu erzählen, was vorgefallen.

„Unterdessen waren aber die drei Frevler in der Burg eingetroffen und prahlten gegen die Spanier mit dem verübten Buben-
stück. Ja ihr Übermut ging so weit, daß einer der schlimmen
Gesellen einem Spanier den Hut vom Kopfe warf und ihm sagte:
„Und Ihr, Herr Hans von Spanien, seid künftig höflicher, und
wenn ihr Herrchen nicht Respekt vor uns habt, so wird es euch

gerade so ergehen wie den beiden Kolonisten!" Empört schlug der
Spanier den Frechen mit einem Faustschlag nieder. Der andre
Engländer wollte seinen Freund rächen und feuerte sein Pistol auf
den Spanier, wobei er ihn leicht am Ohr verwundete. Letzterer
ergriff sein Gewehr und würde unfehlbar den Engländer nieder=
gestreckt haben, wären die übrigen Spanier nicht dazwischengetreten
und hätten die drei entwaffnet.

„Da diese sahen, daß sie nichts ausrichten konnten, baten sie,
man möchte ihnen doch ihre Waffen wiedergeben. Selbstverständlich
konnten die Spanier hierauf nicht eingehen, sondern sicherten ihnen
ihren Beistand zu, wenn sie in Nöten wären, was aber jene nicht
annehmen wollten. Als aber die beiden Engländer hinzugekommen
waren und strenge Bestrafung forderten, gaben sie nach und baten
um Milde. Infolgedessen wurden die Ruhestörer aufgefordert, das
Zertrümmerte wiederherzustellen, worein sie willigten. Dies führten
sie auch aus, gingen aber alsdann wieder ihrem Nichtsthun nach.
So verstrichen drei Monate ohne Unterbrechung, und da wir
glaubten, die drei seien endlich zur Einsicht gekommen, so gaben
wir ihnen die Waffen zurück, damit sie durch Erlegung von Wild
uns nützlich sein könnten. War nun dieser Streit endlich bei=
gelegt, so hatte uns eine andre Gefahr gedroht, und zwar von den
Kariben —"

„Von den Kariben?" unterbrach ich den Bericht meines Stell=
vertreters. „O, so erzählen Sie doch, welche Bewandtnis es mit
diesen gehabt."

„Eines Abends", so fuhr Caballos fort, „war eine ganze
Flottille, 28 Barken stark, an der Nordküste, zwei Stunden von
unsern äußersten Pflanzungen entfernt, in die östliche Bucht ein=
gelaufen. Die Bemannung der fremden Pirogen mochte sich wohl
auf 250 Köpfe belaufen und war mit Bogen, Pfeilen, großen
Wurfspießen und hölzernen Schwertern ausgerüstet. Solch eine
feindliche Macht versetzte natürlich die Kolonisten in Furcht und
Schrecken. In aller Eile wurden die neuerbauten Hütten abge=
brochen und alles Vieh wie die Werkzeuge und Gerätschaften nach

der Höhle geschafft. Die Streitmacht der Kolonisten war gegenüber
der großen Zahl der Wilden nur sehr gering; denn sie bestand im
ganzen aus nur dreißig Mann. Die Europäer behielten die
Feuergewehre für sich, und jeder nahm auch noch eine Axt an sich.
Ich kommandierte die kleine Armee und ernannte Atkins zu meinem
Unterbefehlshaber. Dieser befand sich hier vollkommen an seinem
Platze, denn an Tapferkeit, Mut und Entschlossenheit that es ihm
niemand zuvor. Er hatte sich mit sechs Mann vorwärts in einem
Gebüsch aufgestellt, auch den übrigen ihren Stand am Saume des
Waldes unter dem Schutze des Gesträuches angewiesen. Die Wilden
rückten in einem übel geordneten, etwa 50 Mann starken Haufen
gegen die kleine Streitmacht heran, während größere Scharen in
dichten Massen folgten. Atkins ließ den Trupp vorüberziehen, dann
befahl er dreien seiner Leute, die jedes ihrer Gewehre mit mehreren
Kugeln geladen hatten, auf den zusammengedrängten Haufen zu
feuern. Die Zahl der Getöteten und Verwundeten mußte erheblich
gewesen sein, denn Schreck und Verwirrung überkamen die Indianer.
Diesen Umstand benutzte Atkins und ließ eine zweite Salve folgen,
die eine ähnliche Wirkung hervorrief. Nachdem sich indes der Über=
rest der Kannibalen etwas erholt, stürmten sie ihrerseits auf die
Spanier los. Letztere zogen sich unter fortwährenden Salven vor=
sichtig zurück, aber die Pfeile der Indianer schwirrten oft genug
unheildrohend durch das Laubwerk des Gebüsches, und wie Löwen
stürzten bald nachher die Wilden auf ihre Feinde ein. Drei Männer
des Trupps: ein Spanier, ein Brite und ein Sklave, wurden ge=
tötet, Atkins selbst leicht verwundet. Zum Glücke rückte das Haupt=
korps der Europäer in drei Zügen zu je sechs und acht Mann
näher, zunächst ein mörderisches Feuer eröffnend, so daß viele der
Wilden verwundet niederstürzten, die Masse derselben aber ratlos
durcheinander wogte.

„Nachdem die Feuerwaffen hinreichend vorgearbeitet hatten,
drang auch der Rest unsrer Streitmacht aus dem Waldesdunkel
hervor, und die sämtlichen Europäer fielen nun über die Feinde
mit den Handwaffen her. Im ersten Augenblicke wie gelähmt, ließen

Unterweisung der Indianerinnen durch die Frauen der Kolonisten.

sie sich leicht niederwerfen. Dann aber rafften sie sich wieder auf
und setzten sich mannhaft von neuem zur Wehr. Wütend schlugen
sie mit ihren Keulen und Schwertern drein, schossen einen Hagel
von Pfeilen auf uns ab und verwundeten mehrere unsrer Mannschaft, darunter Freitags Vater. Doch die Kolonisten hieben er-
barmungslos mit ihren Äxten, Piken, Schwertern und Gewehrkolben
auf die Feinde los, so daß binnen kurzer Zeit 180 Indianer, teils
getötet, teils schwer oder leichter verwundet, die Walstatt bedeckten.
Die Feinde sahen nach solchem Verluste, daß hier jeder weitere
Widerstand vergeblich sei, und suchten in wilder Flucht das Ufer
zu gewinnen, um sich in ihre Barken zu retten. Die Europäer
waren zu sehr ermüdet, als daß sie die Flüchtigen hätten verfolgen
können. Doch das Maß des Unglücks war für die Besiegten noch
nicht voll; ein fürchterlicher Sturm, der vor Anbruch der Nacht
zu toben begonnen, hatte ihre Kanoes hoch auf den Strand geschleudert, so daß sie trotz aller Anstrengungen nicht wieder flott
gemacht werden konnten. Den größten Teil fanden sie bereits an
den Felsen zerschellt vor. In dumpfem Hinbrüten lagerten sich die
Wilden, die sich noch etwa auf 70 Mann belaufen mochten, in
einem Kreise, das Kinn auf die Kniee gestützt, starr aufs Meer
hinausschauend — ein Bild unsäglichen Jammers!

„Nach der Flucht der Feinde konnte man sich von den Stra-
pazen etwas ausruhen und sich durch Speise und Trank stärken.
Doch nur kurze Zeit gestattete man sich diese Erholungspause. Alle
waren ohnehin begierig, zu erfahren, was aus den Feinden geworden.
Daher brachen alle noch Streitbaren gegen die Küste auf, wobei
der Weg über den Kampfplatz führte. Dort lagen in grauen-
vollem Gemisch Verwundete und Tote durcheinander, und auf allen
Seiten ächzte und stöhnte es in schauerlichen Tönen. In betreff
der am Leben gebliebenen Feinde, welche sich in die Wälder geflüchtet hatten, war guter Rat teuer. Nach mannigfachem Hin-
und Herreden einigte man sich zuletzt in der Maßregel, womöglich
die feindlichen Kanoes zu verbrennen, um den Indianern die Rück-
fahrt und die Anstiftung eines neuen Rachezuges gegen die Kolonie

abzuschneiden. Es gelang, die Wilden wurden dann unter täglichen Kämpfen in die Felsengebirge der südwestlichen Gegenden unsres Eilandes gedrängt. Hierauf zogen die Krieger es vor, Frieden mit den abgeschnittenen Feinden zu schließen, und schickten deshalb Freitags Vater als Abgesandten an dieselben ab. Dieser brachte wirklich eine Verständigung zustande, zumal die armen Leute, von Hunger und Elend gebeugt, bereits auf 30 Köpfe zusammengeschmolzen waren. Sie erhielten Nahrungsmittel (Brot, Reiskuchen und Ziegenfleisch) und wurden dann unter der Bedingung unverbrüchlichen Gehorsams als Freunde aufgenommen. Auf dem südöstlichen Teile der Insel, in einem von hohen Felsen umgürteten Thale, wies man ihnen Wohnsitze an und half ihnen Hütten erbauen. Dann unterrichtete man sie auch in der Kunst, allerlei Werkzeuge zu verfertigen, das Feld zu bearbeiten, Brot zu bereiten, Körbe zu flechten, Töpfe zu formen, Ziegen zu melken, und beschenkte sie mit Äxten, Beilen, Messern und sonstigen Gerätschaften sowie mit einigen Ziegen und Böcken.

„Nach und nach wußte das Völkchen sich immer bequemer einzurichten und lebte ruhig und harmlos in seinem Winkel, glücklicher vielleicht als in der alten Heimat!

„Seit der Errichtung dieser neuen Ansiedelung erfreut sich die Kolonie" — mit diesen Worten schloß Don Caballos seinen Bericht — „nun schon zwei Jahre hindurch eines ungestörten Friedens bis zu Ihrer Ankunft, Herr Gouverneur. Zwar landeten noch von Zeit zu Zeit Indianertrupps an unserm Eilande, um ihre entsetzlichen Triumphmahlzeiten zu halten, aber sie schienen kein Verlangen weiter zu verspüren, das Innere der Insel kennen zu lernen und uns mit ihrem schlimmen Besuche zu beehren."

Aus der Erzählung von Don Caballos ersieht man, welch schwere Zeiten und bedrohliche Wirren während meiner Abwesenheit über mein liebes Eiland hingegangen waren. Die Kolonie befand sich jedoch gegenwärtig in erwünschtem Gedeihen und Fortschreiten, und der Einfluß europäischer Gesittung hatte sich bei den Indianern in wohlthätiger Weise geltend gemacht.

Sie hatten bereits geflochtene Tische, Stühle, Ruhebetten und noch manches andre Hausgerät sauber herzustellen gelernt. Auch die Weiber des wilden Volksstammes wußten sich zu fügen und zeigten sich arbeitsam. Sie zeigten sich auch gutmütig gegen die Kinder und nahmen willig die Unterweisungen in den Lehren des Christentums auf, wobei die Frauen der Kolonisten einen besonderen Eifer kundgaben.

Nicht selten hatte ich während meines kurzen Besuches Gelegenheit, zu bemerken, wie von Zeit zu Zeit eine Kolonistin recht erbauliche Mitteilungen an die eine oder andre der Indianerfrauen richtete und in den letzteren ganz andächtige Zuhörerinnen fand.

Nachdem ich jetzt einen Überblick über den Stand der Kolonie gegeben habe, wie ich sie bei meiner Ankunft vorfand, will ich nun auch berichten, was ich für die Ansiedler that und in welchen Verhältnissen ich sie verließ. Es lag nicht in meiner Absicht, daß jemand der Insel den Rücken zuwende, vielmehr wünschte ich die Bevölkerung anwachsen zu sehen, und aus diesem Grunde hatte ich ja eine Menge brauchbarer Werkzeuge und Geräte mitgebracht, an denen es bisher gemangelt hatte. Der jetzige friedliche Verkehr der Kolonisten untereinander befriedigte mich in hohem Maße, und ich ermahnte sie, auch für die Folgezeit in Eintracht nebeneinander zu leben. Zur Bestärkung in diesen guten Vorsätzen veranstaltete ich ein glänzendes Friedens= und Freundschaftsfest, bei welchem unser Schiffskoch viel Ehre einlegte.

Dann schritt ich zur Verteilung der mitgebrachten Geschenke; jeder der Kolonisten erhielt einen Spaten, eine Hacke, eine Harke, eine Schaufel, eine große Axt und eine Säge. Nägel, Klammern, Hämmer, Bolzen, Messer und ähnliche Dinge wurden in Menge verteilt. Meine Vorräte an Waffen und Munition waren so reichlich, daß jeder doppelt und dreifach bewaffnet werden konnte und daß man jetzt selbst einen Angriff von 1000 Wilden nicht mehr zu fürchten brauchte. In den folgenden Tagen stattete ich verschiedene Besuche den einzelnen Niederlassungen der Insel ab und machte mich dann noch an die schwierige Aufgabe einer gleichmäßigen

Verteilung des Grundbesitzes. Ich teilte zu diesem Endzweck das Land in verschiedene Bezirke ein und wies jedem ein gleichgroßes Stück an. Mir selbst behielt ich die Oberherrschaft über die Insel vor und bestätigte Don Caballos als meinen Stellvertreter; zu den Wilden im Südosten wurde Freitags Vater entsendet. Er sollte ihnen eröffnen, daß von nun an auch für sie eine neue Ordnung der Dinge eintreten würde, und daß sie sich entscheiden sollten, ob sie ihr eignes Land bauen oder den Kolonisten um einen bestimmten Lohn dienen wollten. Nur sehr wenige wählten die Unabhängigkeit; die Mehrzahl zog es wohlweislich vor, Dienste zu nehmen.

So glaubte ich alles aufs beste geordnet zu haben und schickte mich wieder zur Abreise nach dem Osten an; ich wollte Afrika umsegeln und Madagaskar und die Länder des Indischen Meeres besuchen, sodann womöglich durch China und Sibirien den Heimweg nehmen. Auch Wilm stimmte ohne weitere Bedenken bei, die Weltreise nach diesem Plane auszuführen — ihn trieb es gleichfalls hinaus ins Weite. Also hieß es: die Segel gesetzt — auf! hinaus wieder ins weite Meer!

Freitags Tod.

Siebzehntes Kapitel.

Fortgang und Schluß von Robinsons Weltfahrt.

Abschied von der Kolonie. — Kämpfe zur See. — Freitags Tod. — Brasilien. — Sturm am Kaplande. — Verschlagen ins Eismeer. — Das „Venedig des Eismeeres". — Gefangen im Eise. — Durchbruch. — Der verlassene Matrose. — Ein „Robinson" auf einer schwimmenden Eisscholle. — Irrfahrten. — Das Gespensterschiff. — Zusammenstoß mit den Kochinchinesen. — In China und Sibirien. — Rückkehr nach England. — Endliche Ruhe.

Die letzten Verhaltungsmaßregeln waren angeordnet, und als ich Abschied nahm, begleiteten mich die Kolonisten, die mich wie ihren Vater und Wohlthäter verehrten, bis hin zur Bucht. Sobald das Schiff das offene Meer gewonnen hatte, sagten wir der Insel

mit fünf Kanonenschüssen lebewohl und richteten unsern Lauf nach
der Allerheiligenbai, die wir nach drei Wochen erreichten. Unterwegs hatten wir aber noch ein verhängnisvolles Abenteuer zu bestehen, das mir einen großen, unersetzlichen Verlust brachte. Am
dritten Abend nach unsrer Abfahrt bemerkten wir bei voller Windstille, wie sich an einer fernen Küste dunkle Punkte lebhaft hin und
her bewegten. Der Hochbootsmann stieg mit dem Fernrohr auf den
Fockmast und berichtete, es sei eine ganze Flotte Wilder, und er
schätzte die Zahl ihrer Kanoes auf mehr als hundert. Wir mußten
uns also jedenfalls auf einen blutigen Kampf gefaßt machen, zu
welchem ich die Schiffsmannschaft nach Kräften ermutigte. Ich ließ
die beiden Schaluppen flott machen und mit hinreichender Mannschaft besetzen. Die inzwischen näher kommende Flottille der Wilden
bestand aus etwa 130 Kähnen, jeder durchschnittlich mit einem
Dutzend Bewaffneter bemannt. Fünf oder sechs dieser Kanoes
kamen uns fast bis auf Wurfweite nahe, und unsre Leute, die eine
Umzingelung besorgten, gaben deshalb mit der Hand ein Zeichen,
daß sich die Wilden entfernen möchten. Diese verstanden es recht
wohl, schossen aber zahlreiche Pfeile auf uns ab und verwundeten
einen unsrer Matrosen. Trotzdem hielt ich immer noch meine Leute
vom Feuern zurück und ließ einige Planken in die Schaluppe hinab-
gleiten; aus diesen bildete der Zimmermann eine Art Wall, hinter
welchem unsre Mannschaft vor den Pfeilen der Wilden geschützt
war. Jetzt ruderte aber der ganze Schwarm heran und fiel uns
in den Rücken. Da erkannte ich in den Angreifern alte Bekannte,
mit denen ich schon auf der Insel zu thun gehabt hatte. Ich befahl, die Kanonen bereit zu halten, und schickte Freitag aufs Deck,
um die Fremdlinge zu fragen, was sie begehrten. Sie antworteten
mit einem Hagel von Pfeilen und ach! — Freitag, völlig unge-
schützt dastehend — — stürzte von zwei Pfeilen durchbohrt nieder.
— — Noch ein Blick aus seinen liebevoll ergebenen Augen, als
ich vor ihn trat, und — — er verschied.

Der herbe Schmerz über den Verlust meines alten, treuen
Gefährten verdrängte jedes Erbarmen aus meiner Brust. In hef-
tigem Zorn ließ ich fünf Kanonen mit Kartätschen und vier mit

Kugeln laden und in den dichten Schwarm der Boote hineinfeuern. Das war eine Salve, wie die Wilden in ihrem Leben keine ähnliche empfangen hatten: eine Menge Barken wurden teils zertrümmert, teils in den Grund gebohrt; alles, was noch ein Ruder in den Händen fühlte, arbeitete aus Leibeskräften, um diesem mörderischen Empfang zu entrinnen. Bald war die wilde Sippschaft unsern Blicken entflohen, aber auf dem Wasser schwammen in großer Zahl unter Trümmern und Balken tote, verwundete und verletzte Indianer umher. Der Sieg indessen war allzu teuer erkauft. Der Verlust meines treuen Freitag ließ sich nicht überwinden; tiefe Schwermut bemächtigte sich seitdem meines Gemüts; kaum daß Wilm mich etwas aufzuheitern vermochte.

Am Abend jenes verhängnisvollen Trauertages setzte der Wind um, eine frische Brise kräuselte den Spiegel des Meeres, über welchem vorher die Windstille mit ihren bleiernen Flügeln gehangen hatte — und weiter ging die Fahrt nach Brasilien ohne Hindernisse und Gefahren.

Am 18. Tage nach dem geschilderten Gefechte mit den Wilden ankerten wir, nachdem wir drei Tage vorher das Kap St. Augustin umschifft hatten, in der Allerheiligenbucht. Es gelang mir, meinen ehemaligen Gesellschafter aufzufinden, mit welchem ich verschiedene Geschenke austauschte. Derselbe gewährte mir auch seine Hilfe bei Ausrüstung einer Schaluppe, durch welche ich meiner Kolonie eine Zufuhr an Leuten und Gebrauchsgegenständen zukommen lassen wollte. Den nützlichen Dingen, welche ich meinen Kolonisten zuwandte, ließ ich drei Milchkühe und fünf Kälber hinzufügen sowie einige zwanzig Schweine und drei Pferde. Auch bewog ich, gemäß eines den Spaniern gegebenen Versprechens, noch drei Portugiesinnen, sich nach der Insel zu begeben. Das Boot, hinlänglich bemannt, ging nun unter Segel und kam auch glücklich auf meinem Eilande an, von der Einwohnerschaft mit Jubel begrüßt. Durch die neuen Ankömmlinge wuchs die Kolonie bis auf die stattliche Anzahl von ziemlich 70 Köpfen an, die Kinder nicht mit eingerechnet.

Erst nach Jahren empfing ich durch meinen Geschäftsgenossen, der den Verkehr mit meiner Kolonie unterhielt, ausführlichere Berichte über den Zustand derselben. Solange Don Caballos noch lebte und die Regentschaft über die Insel führte, befand sich die Verwaltung in guten Händen. Nachdem dieser aber in einem Gefechte gegen die Wilden geblieben und auch Will Atkins, der sich in den letzten Jahren der Leitung der Kolonie mit allen Kräften unterzogen hatte, gestorben war, brachen unter der Bevölkerung heftige, ja sogar blutige Zwistigkeiten aus, und die Herrschaft ging von einer Hand in die andre über. Müde der unaufhörlichen Streitigkeiten, zog es eine Anzahl der Kolonisten vor, nach Brasilien auszuwandern, und dieses Beispiel verlockte bald auch andre, die Insel zu verlassen. Nun brach eine traurige Zeit für die Zurückgebliebenen an; denn, wieder zu einem kleinen Häuflein zusammengeschmolzen und den beständigen Angriffen der Wilden ausgesetzt, welche genaue Kenntnis von der Abnahme der Bevölkerung der Insel erlangt hatten, setzten sie ihre einzige Hoffnung nur noch auf meinen Beistand. Sie hatten in der That mir nach London geschrieben und mich um Hilfe in ihrer traurigen Lage gebeten. Allein es sollten Jahre vergehen, ehe ich diese Briefe erhielt; auch mochte ich nicht dahin zurückkehren, weil es doch zu spät gewesen wäre, ihnen erfolgreich beizustehen. Die fortgesetzte Feindschaft der Wilden und ein entsetzliches Erdbeben, durch welches die Insel und die Niederlassungen schwer heimgesucht wurden, hatten schließlich die völlige Verödung der Insel zur Folge. Nur wenige Bewohner entrannen dem fürchterlichen Verhängnisse. —

Nachdem ich in Brasilien meine Geschäfte beendet hatte, nahmen wir durch das Atlantische Meer unsre Richtung gegen das Vorgebirge der guten Hoffnung, wo wir frisches Wasser und Proviant einzunehmen gedachten, um dann unsre Fahrt nach Osten weiter fortzusetzen. Schon sahen wir in der Ferne den dunkelblauen Streifen des Löwenberges aus dem Meere aufragen und hofften nun in der Tafelbai zu ankern. Da stiegen plötzlich schwarze Wolken auf, verhüllten die hohen Gebirge und überdeckten schnell den ganzen Himmel. Bald hörten wir das schrille Toben und Sausen des Sturmes, in welches das dumpfe Brausen der hochgehenden Wogen einstimmte.

Der Sturm war mit ganzer Macht ausgebrochen. Dichte Finsternis lagerte über dem Meere, der Orkan heulte und tobte in allen Tonarten, die Wellen türmten sich empor, die Masten krachten, schnarrend zerrissen einige Segel, da wir nicht im stande waren, sie zu reffen, und unser Schiff schoß wie ein Pfeil durch das tobende Meer in der Richtung nach Südosten. Wir vermochten nichts gegen die Übermacht des Sturmes auszurichten, mußten uns derselben vielmehr willenlos überlassen. Nach einigen Tagen fanden wir uns, als der Sturm nachgelassen hatte, in eine neue Welt versetzt. Rechts und links zogen Eisschollen an uns vorüber, die oft Kisten von viereckiger Gestalt glichen; dazwischen taumelten phantastisch gestaltete Eisberge wie Betrunkene, die den Heimweg nicht finden können. Immer zahlreicher drängten die Schollen, immer dichter zogen die Eisberge gruppenweise vorüber, weshalb die Matrosen sie Eiskarawanen nannten. Die Eisblöcke oben auf den Eisbergen glichen oft Häusern, Dörfern, verfallenen Kirchen oder Schloßruinen, und einmal glaubten wir gar in eine Feenwelt versetzt zu sein. Eine Menge von Eiskolossen hatte sich so geordnet, daß sie wie Häuser nebeneinander standen und förmliche Straßen bildeten. Wir nannten diese Stelle das „Venedig des Eismeeres". Man sah breite Wasserstraßen mit engen Nebengassen; Seehunde, Pinguine und andre Seevögel schwammen lustig an diesen Eispalästen entlang, aus deren zerbröckelten Wänden man sich mit Hilfe der Phantasie Erker, Schwibbogen, Hallen und Nischen zusammenstellen konnte. Dabei flimmerte und blitzte es hier und da silbergleich, wo Sonnenstrahlen auffielen; dann wiederum stand das Wasser der Straßenkanäle still, als ob es schliefe, und es war dabei so schauerlich öde in der Eisstadt, daß es uns unheimlich wurde, wie unter Ruinen.

Die Schiffsmannschaft drängte zur Umkehr, obschon der Wind wieder heftig vom Kap herwehte. Ich ließ also wenden. Aber wer beschreibt unsern Schrecken, als wir uns von einem breiten Eisgürtel eingeschlossen fanden! Der Wind hatte Schollen und Eisberge zusammengetrieben, diese waren aneinander gefroren und bildeten nun ein Eisband von etwa einer Viertelstunde Breite, denn jenseits sahen

wir offenes Meer, hinter uns aber in der Ferne eine unabsehbare
Eiswand. Was war zu thun? Wir saßen in einem kleinen Wasser=
becken gefangen, rings umschlossen von Eis — und wie lange wird
unser Becken eisfrei bleiben?

Ich beratschlagte mit Wilm, was zu thun sei. Da erinnerte
ich mich, in einem alten Schiffsbuche gelesen zu haben, wie man
sich in solchen Fällen zu helfen pflege. Weil das alte Eis mürbe,
das junge zusammengekittete aber noch schwach ist, so kann man
sich einen Durchgang brechen, indem man mit dem Vorderbug des
Schiffes gegen das Eis anläuft, oder indem man mit Säge und
Beil einen Kanal durch das Eis schlägt.

Wir beschlossen letzteres Mittel anzuwenden und sandten daher
einen Teil der Leute aufs Eis, um das junge Eis zu zertrümmern
und die Eisschollen verschiebbar zu machen. Die andern mußten
das Schiff etwas zurückleiten, dann es gegen das Eis anrennen
lassen, um den Verband des Eises zu lockern und die entstandenen
Sprünge zu erweitern. Die Arbeit war sehr mühselig, aber erfolg=
reich; gegen Mittag hatten wir unser Fahrzeug fast um eine ganze
Schiffslänge in den Eisgürtel eingezwängt, der nach allen Seiten
hin Risse und Sprünge zeigte, wodurch die Arbeit immer leichter
vor sich ging. Wir bekamen allesamt frischen Mut und arbeiteten
um so eifriger. Da sprang der Wind plötzlich um und wehte sehr
heftig von Süden her, daß die Wellen an den Eisgürtel brandend
anschlugen, dieser zugleich zu krachen und zu bersten anfing, Spalten
hin und her aufklafften und Eisinseln entstanden. Daher wurden
die Arbeiter noch rechtzeitig aufs Schiff zurückgerufen, welches gerade
eine Rückwärtsbewegung machte, um zu einem neuen Anlauf aus=
zuholen. Mit Mühe gelang es, die Matrosen mittels zugeworfener
Taue aufs Schiff zurückzuschaffen; denn bereits erweiterten sich
die Spalten und es rannten die Eisschollen so heftig aneinander,
daß sich das Boot mit den Leuten nicht dazwischen wagen durfte.

Wir zählten unsre Leute, und siehe, es fehlte Andreas noch.
Wir riefen nach ihm und feuerten eine Kanone ab, endlich kam auch
er hinter einer Scholle hervor, wo er gearbeitet hatte. Mittlerweile
aber war zu unserm Schrecken unser Schiff immer weiter ins

offene Becken zurückgewichen, und so hatte es sich mehr und mehr von unserm armen Gefährten entfernt. Da stand denn dieser hände= ringend auf schwankender Eisscholle, mir noch nahe genug, um sein Wehgeschrei zu hören! Doch war ich nicht im stande, ihn zu retten! Jammernd reckte er die Arme empor, rannte vor= und rückwärts, stürzte nieder und sprang wieder auf, aber immer weiter trieben uns die Wasserkanäle auseinander — ach, wir konnten ihm nicht helfen, denn längst schon konnte ihn das geworfene Tau nicht mehr erreichen. Das Herz wollte mir zerspringen, als ich den Untergang eines braven Kameraden vor mir sah, ohne zu seiner Rettung etwas Weiteres unternehmen zu können; aber mir stand die Gefährdung des Lebens aller vor Augen — dies entschied. Wir segelten in die breiten Kanäle des zerborstenen Eisgürtels hinein, winkten dem Unglücklichen lebewohl und ließen ihn auf einer treibenden Scholle im Sturm und bei hohem Wellengange zurück.

Diese aufregende Szene gehört mit zu dem Entsetzlichsten, was ich jemals erlebt habe. Indes darf sich der Leser mit mir darüber freuen, daß der brave Andreas doch noch auf wunderbare Weise gerettet wurde. Ich fand ihn wohlbehalten in Kanton wieder, wo er mit einem holländischen Schiffe angekommen war; hier erzählte er mir alsdann seine unerwartete Rettung.

Als er uns davonfahren sah, ergriff ihn Verzweiflung. Er warf sich nieder auf das Eis und schrie aus tiefstem Herzensgrunde. Endlich raffte er sich auf, um sich ins Meer zu stürzen, da er der Meinung war, ein schneller Tod sei dem langsameren Untergange vorzuziehen. Sowie er aber an den Eisrand trat, erwachte die Hoffnung von neuem. Zum Sterben ist noch immer Zeit, sagte er sich und sann auf Mittel zur Rettung.

Da Wind und Strömung die Eismassen nach Norden trieben, so suchte er auf diese Seite zu gelangen und wählte sich eine große Scholle dauerhaften Eises zum Fahrzeuge. In der Mitte und hinter Eishügeln grub er sich eine Vertiefung, die sein Lager bilden sollte. Alles Weitere überließ er dem Schicksale. Er trieb ein, zwei, drei Tage, ohne etwas andres als Schollen zu sehen. Hunger und Durst peinigten ihn, und er suchte Eis zu verschlucken, um den Durst zu

löschen; schließlich aber kam er auf den praktischen Gedanken, ge=
schmolzenes Schnee= und Eiswasser in kleinen Gruben zu sammeln
und diese als Zisternen zu benutzen. Die Nachtkälte fiel ihm zwar
sehr lästig, aber er suchte sie durch Auf= und Abgehen zu über=
winden. Da erhielt er auch Gesellschaft. Eine Robbenfamilie, be=
stehend aus drei Mitgliedern, legte sich zum Schlaf nieder und blieb,
da sie wohl noch nie einen Menschen gesehen hatte, arglos in seiner
Nähe. Er konnte sie mit dem Beile erschlagen. Die Häute kamen
ihm sehr zu statten. Das Fleisch mußte er freilich roh essen, doch
klopfte er es zuvor mit dem Beilstiele mürbe und war am Ende
froh, überhaupt Nahrung zu erhalten. Sogar der Thran mundete
ihm. Die Scholle wurde inzwischen bedenklich kleiner, je weiter sie
nach Norden vorrückte, blieb aber doch noch groß genug, ihn zu
tragen. Nach mehreren Tagen näherte sie sich einer Inselklippe,
wo sie strandete und ihren Bewohner ans Land warf, den etliche
Tage darauf ein Schoner gewahrte und mit nach Kanton nahm.

Nun komme ich wieder auf meine eigene Fahrt zurück. Wir
arbeiteten uns im Zickzack glücklich durch die Kanäle des Eisgürtels
hindurch und erreichten das offene Meer. Der starke Wind trieb
uns nach Norden bis an die Küste von Madagaskar.

Obschon wir zuerst uns ganz freundlich von den Madegassen
begrüßt sahen, so gerieten doch unsre Leute beim Austausch von
Messern und andern Kleinigkeiten gegen frisches Fleisch bald in
Händel mit ihnen, wobei einer der Matrosen das Leben einbüßte.
Um diesen zu rächen, drangen unsre Leute in einige umliegende
Dörfer, verbrannten sie und erschlugen mehrere Eingeborene. —
Da eilte ich den Unbesonnenen nach, um zu retten, was noch ge=
rettet werden konnte; ich beschützte Männer und Frauen, welchen
fortan niemand mehr ein Leid anthun durfte.

Aus jenen Tagen blieb mir namentlich eine Szene unvergeß=
lich. Die Matrosen hatten in der Morgenfrühe ein Dorf ange=
zündet, über dessen Rohrdächer das Feuer prasselnd dahinzüngelte,
so daß die Einwohner gezwungen waren, ihre Verstecke zu verlassen.
Hierbei liefen viele den Angreifern geradezu in die Hände, und es
begann ein entsetzliches Niedermetzeln.

Als ich in der Dämmerung die roten Feuersäulen am tief=
dunklen Himmel aufsteigen sah, ergriff mich eine beängstigende
Vorahnung dessen, was vorgefallen sein möchte. Von einigen
bewaffneten Matrosen begleitet, eilte ich in einem Boote ans Ufer
und dem Dorfe zu, woher der Lärm erscholl. Je näher wir kamen,
um so deutlicher hörten wir das Jammern und Heulen der Un=
glücklichen. Kaum hat jemals ein Gefecht so erschütternden Eindruck
auf mich gemacht als diese Blutthat. Gierig wüteten die Flammen,
aber noch grimmiger hausten, wie Würgengel, die mörderischen
Matrosen. Dieser Anblick verwirrte meine Sinne: ich stand da,
regungslos, starr vor Entsetzen. Da flohen drei Weiber unter
lautem Wehgeschrei eilends an uns vorüber, hinterdrein 12 bis
15 Madegassen, verfolgt von unsern Leuten, die dareinfeuerten,
so daß einer der Flüchtlinge tot niederstürzte und mehrere ver=
wundet hinsanken. Die Fliehenden glaubten in uns neue Verfolger
zu finden und stießen ein herzzerreißendes Geschrei der Verzweiflung
aus. Es kostete mir viel Mühe, ihnen durch Zeichen anzudeuten,
daß wir ihnen kein Leid zufügen, sondern sie schützen wollten.
Zögernd näherten sie sich uns, warfen sich vor mir nieder, hingen
sich an meine Arme und baten mit Blicken um Rettung. Ich nahm
mich ihrer an, wies mit ernsten Worten ihre Verfolger zurück,
welche nicht begreifen konnten, wie ich dazu käme, sie an dem Rache=
werke zu hindern, zumal sie meinten, Heiden zu töten sei kein Ver=
brechen. Murrend umstanden mich die Matrosen, aber zuletzt ge=
horchten sie doch. Die Flüchtlinge waren gerettet; die Blicke des
Dankes, mit denen sie mich ansahen, werden mir ewig unvergeß=
lich bleiben.

Ich befahl meinen Leuten, auf das Schiff zurückzukehren, und
segelte dann eilends davon; aber kaum besser als in Madagaskar
erging es uns an der Küste im Persischen Meerbusen, wohin wir
uns wandten. Arabische Seeräuber griffen uns an, und nur mit
Mühe gelang es uns zu entrinnen. Ich konnte mich nicht ent=
halten, diesen Überfall als eine Strafe zu bezeichnen, welche Gott
für das grausame Blutbad von Madagaskar über uns verhängt
habe; allein ich fand nur geringes Gehör bei der Schiffsmannschaft,

und die schon gereizte Stimmung wurde nicht besser. Da nahm ich mir vor, sobald sich zu einer passenden Landung Möglichkeit böte, die Mannschaft zu entlassen und neue Leute anzuwerben, vielleicht auch ein neues Schiff für mein altes einzutauschen. In diesem Entschlusse wurde ich noch mehr bestärkt, als mir der Superkargo im Vertrauen mitteilte, daß der Ausbruch einer Meuterei zu befürchten sei, wenn ich es nicht vorzöge, bis zur Landung lieber gute Miene zum bösen Spiel zu machen. Dies geschah denn auch, und wir kamen ohne weiteren Zwischenfall nach Surate. Hier glückte es mir, Korallen gegen Perlen und Edelsteine einzutauschen. Dann segelten wir nach Borneo, mußten uns aber unterwegs wiederholt mit Seeräubern herumschlagen, denen wir weitere nicht unansehnliche Vorräte an Perlen und Gold abnahmen. Etliche Zeit darauf landeten wir in einer kleinen Bucht Siams.

Das Schiff zeigte sich in der That stark mitgenommen. Da ich nun in China und vielleicht selbst in Japan Waren einzuhandeln gedachte, so suchte ich das Fahrzeug zu verkaufen und ein andres dafür zu erwerben. Doch ging dies nicht so rasch. Endlich meldete sich ein Portugiese, erzählte mir ein langes und breites von seinem Schnellsegler und bot mir einen Austausch unsrer Schiffe an. Ich besah das seinige, fand es geräumig und die Summe gering, die ich noch herauszahlen sollte; ich schloß daher den Handel ab. Zwar fielen mir der billige Preis und die Eile, welche der Portugiese zeigte, etwas auf. Da jedoch seine Papiere in Ordnung waren, so brachte ich den Handel zum Abschluß. Bald waren die Schiffe umgeladen, und noch an demselben Abend segelte der Portugiese ab, der auch einen Teil meiner Mannschaft erworben hatte, weil er direkt nach Portugal und England zu reisen versprach. Ich mußte also Matrosen werben, doch konnte das in einem belebten Hafen leicht ausgeführt werden. Hierbei sollte ich nun erfahren, warum der schlaue Portugiese beim Tauschen der Schiffe so große Eile hatte. Sein Schiff hieß nämlich das „Gespensterschiff" und war in ganz Südasien in Verruf, weil Geister in demselben umgehen sollten, weshalb kein Matrose so leicht auf demselben Dienste nahm.

Robinson beschützt die verfolgten Frauen der Madegassen.

Infolge der unzureichenden Bemannung hatten auch schon See=
räuber, welche das Fahrzeug überfielen, leichtes Spiel gehabt. Sie
plünderten es aus, nachdem sie die Matrosen niedergemetzelt hatten,
und überließen dann das Schiff den Wellen. Öde und verlassen
fand es ein englisches Kriegsschiff, welches sich seiner bemächtigte,
es in einen Hafen brachte und dort verkaufte. Indessen wurde bald
ruchbar, daß die Geister der Ermordeten in der Mitternachtsstunde
ächzend auf dem Schiffe umgehen sollten, was die Matrosen mit
Grauen erfüllte, weshalb jeder das Schiff mied. So erzählten sich
die Matrosen.

Zwar glaubte ich nicht an diesen Gespensterspuk, aber die
Sache deuchte mich doch recht widrig, denn es schien ganz so, als
sollte mein Schiff unbemannt bleiben. Endlich meldete sich ein
großer, kräftiger Mann als Steuermann und versicherte, daß er
den unheimlichen Ruf des Schiffes kenne, sich aber vor Gespenstern
nicht fürchte, und daß es ihm auch gelingen würde, noch mehrere
unverzagte Kameraden anzuwerben. Mir fiel ein Stein vom Herzen,
und ich gab ihm Vollmacht und Geld, damit er sein Versprechen
schnell ausführen könnte. Nach etwa acht Tagen war alles in
Ordnung gebracht, und wir stachen in See, um nach Nanking zu
segeln. Alle waren neugierig, wie es mit dem Gespensterbesuche
kommen werde. Nicht ohne Bangen erwarteten die Matrosen die
erste Mitternacht, denn bei den meisten war der Mund tapferer
als das Herz, und so recht geheuer kam ihnen die Sache doch nicht
vor, je mehr Spukgeschichten sie sich erzählten. Die erste Nacht
verging ruhig, auch die zweite und dritte. Kein Gespenst ließ sich
sehen, und man fing bereits an, sich über die Sache lustig zu
machen. Anders erging es am vierten Tage; denn am Morgen
erzählte die Deckwache, sie habe das Gespenst gesehen, wie es die
Falltreppe heraufgestiegen, unhörbar über das Deck geschwebt und
an der andern Treppe wieder lautlos verschwunden sei.

Dieser Vorfall beunruhigte alle, denn der Erzähler galt für
einen beherzten Matrosen. Nun erschien das Gespenst bald diesem,
bald jenem; heute stöhnte es, morgen klirrte es mit scharfen Messern,
bald erschien es in weißer, bald in schwarzer Tracht. Keiner wagte

es anzureden oder gar anzuhalten, denn an einem Geiste wollte sich
niemand vergreifen, da man von dem Wahn befangen war, daß
schon der Blick eines Gespenstes tödlich wirkte. Zuletzt gestand
auch der Steuermann, daß ihm das Gespenst erschienen sei, so daß
an dessen Dasein nicht zu zweifeln war. Die Sache wurde mit
jedem Tage bedenklicher; denn wo die Matrosen standen und saßen,
erzählten sie sich Geistergeschichten, von denen eine phantastischer
war als die andre.

Vergeblich suchte ich die Matrosen zu überzeugen, daß es keine
Gespenster gäbe; man entgegnete mir stets, daß sich niemand das
abstreiten lasse, was er mit eignen Augen gesehen habe. Schließlich
erschien auch mir selbst das Gespenst.

Eines Nachts öffnete sich leise die Thür, ein grauer Schatten
schwebte herein und durch das Zimmer, um auf der andern Seite
schnell wieder zu verschwinden. Nun hatte ich also das Gespenst
selbst gesehen und konnte dessen Dasein nicht mehr bestreiten. Ich
wollte und mußte der Sache auf die Spur kommen, versah mich
also für den nächsten Abend mit einer Pistole und einem Dolch-
messer, um zu versuchen, ob das Gespenst auch unverwundbar sei.
Mit Unruhe erwartete ich die Mitternacht; das aufgehende Mond-
viertel warf einen blassen Schein durch das Kajüttenfenster auf
einige Stellen der Kajütte, deren Thür ich geöffnet hatte. Siehe,
da hob sich draußen die Falltreppe, ein grauer Schatten stieg
empor, trat in die Kajütte und schritt gerade auf mein Bett zu.
Da wurde mir doch etwas bange zu Mute, es flimmerte mir vor
den Augen, ich vergaß Pistole und Dolch, fühlte den Hauch des
Gespenstes, welches sich über mich beugte, und die Sinne begannen
mir zu schwinden. In diesem Augenblicke ergriff mich ein verzweifelter Mut: ich faßte nach der Kehle des Gespenstes, und siehe
da, ich hatte etwas Festes in der Hand, und zwar einen Geist, der
Fleisch und Knochen hatte. Das Gespenst wollte sich losreißen.
Ich aber sprang aus dem Bett, ergriff die Pistole und befahl dem
erschreckten Gespenst, sich nicht von der Stelle zu rühren. Dann
rief ich die Wache herbei, welche nicht wenig erstaunt war, als sie
den Geist vor mir knieen sah und um sein Leben bitten hörte.

Sogleich wurde ein Verhör angestellt, und es ergab sich, daß das Gespenst ein verurteilter Verbrecher war, welcher sich bei Nacht in das Schiff geflüchtet hatte, um der Verfolgung und Strafe zu entgehen. Am Tage hielt er sich zwischen Kisten und Balken des untersten Schiffsraumes verborgen, des Nachts aber suchte er die notwendigen Nahrungsmittel zusammenzubringen. Um auf seinen Rundgängen nicht angehalten zu werden, spielte er die Rolle des Gespenstes. Solchergestalt hoffte er den nächsten Hafen zu erreichen und dann zu entschlüpfen. Wir mußten allesamt herzlich lachen, als sich die furchtbaren Gespenstergeschichten in Diebstähle von Brotrinden und Fleischresten verwandelten. Obschon der Kerl den Tod verdient hatte, so versprach ich doch, seiner zu schonen, schon weil das Gespenst aus Not nun selbst die Matrosen von dem Wahne des Gespensterglaubens geheilt hatte.

Mittlerweile hatten wir uns der Küste von Kochinchina genähert und warfen dort gegenüber der Mündung des Flusses die Anker aus, zumal unser Schiff, das etwas leck geworden war, einer Ausbesserung beburfte. Wir fanden das Land von rohen Menschen bewohnt, die Raub und Diebstahl ganz handwerksmäßig betrieben und es ganz ungescheut versuchten, unser Schiff zu bestehlen. Doch wir hielten stand, und nach einem sehr heftigen Handgemenge zogen die Kochinchinesen ab, wonach wir durch weitere Besuche von ihnen nicht mehr belästigt wurden.

Nachdem das Schiff wieder segelfertig gemacht war, nahmen wir unsern Kurs gegen Nordost, dann direkt nach Nord, vorüber an einer schönen Insel (Formosa?), in der Absicht, über Kanton nach Nanking zu segeln. Hier kamen wir nach zwei Wochen glücklich an und besahen uns diesen wichtigen Hafenplatz nach allen Richtungen. Dann unternahmen wir, allerdings mehr aus Neugierde, als um Geschäfte zu machen, kleinere wie größere Reisen ins Innere des Landes.

Von Nanking aus, wo wir uns mit den nötigen Reisebedürfnissen versahen, schlugen wir die Richtung nach der nördlichen Hauptstadt des himmlischen Reiches ein. Diese Reise, welche wir teils zu Lande, teils zu Wasser zurücklegten, dauerte 25 Tage.

Wir fanden überall das Land stark bevölkert und wohl angebaut, die Straßen und Wege in gutem Zustande. Endlich kamen wir in Peking an, ohne daß uns etwas Absonderliches widerfahren wäre. Leider konnten wir uns in der Stadt nicht lange umsehen, denn wir erfuhren, daß die russische Karawane, an welche ich mich mit dem Präriejäger anschließen wollte, schon binnen zwei Tagen aufbrechen werde. Bald hatten wir die fast endlose Stadt mit ihrer dreifachen turmreichen Umfassungsmauer und ihren unabseh=baren Straßen im Rücken.

Nachdem wir China durchwandert, dann auch in Sibirien einen Winteraufenthalt genommen hatten, regte sich in mir das Verlangen, England baldigst wiederzusehen; ich benutzte also die erste Gelegenheit, mich nach London einzuschiffen, wo ich am 10. Januar 1705 nach mehrjähriger Abwesenheit wohlbehalten eintraf.

Doch sollte es vorher nicht ohne ein kleines Abenteuer ab=gehen. Es war in Hamburg. Damals befand sich ganz Europa in Krieg wegen der spanischen Thronfolge. Die Russen, Dänen und Sachsen kämpften mit den Schweden, und England, Holland, Österreich und Italien mit Frankreich. Man brauchte viel Soldaten, warb daher junge Mannschaft oder raubte sie, wenn sie nicht frei=willig kommen wollten, mit Gewalt. Wir waren bereits auf dem Schiffe, konnten aber widriger Winde halber den Hafen nicht ver=lassen. Da sahen wir einen jungen Mann in ein Boot steigen, nach unserm Schiff rudern und auf dasselbe steigen. Vor dem Kapitän angekommen, bat er bringend um dessen Schutz. Er sagte, er sei ein Student aus Sachsen, habe eine Ferienreise machen wollen, sei aber von Werbern überfallen und fortgeschleppt worden, um in ein schwedisches Regiment gesteckt zu werden. Er habe durchaus keine Lust zum Kriegsdienste, sei entflohen und werde von der hamburgischen Polizei verfolgt. Nur in England glaube er auf Schutz rechnen zu dürfen und bitte daher, ihn mitzunehmen. Einige Fragen überzeugten den Kapitän von der Wahrheit der Aussage. Es schmeichelte unserm Stolze, daß ein englisches Schiff Zufluchtsstätte für unschuldig Verfolgte werden könne. Wir wehrten seinen Verfolgern daher den Zutritt zum Schiffe, und während des langen Unterhandelns drehte sich der Wind; alsbald fuhren wir ab und nahmen unsern Schützling mit nach England, von wo er später wohlbehalten über Holland heimgekehrt sein soll.

Meine Geschäftsfreunde, welche ich aufsuchte, gaben mir befriedigende Auskunft über mein zurückgelassenes Vermögen. Während mein letzter Geschäftsgenosse, Herr Wilson, noch in rüstigem Mannesalter nach Bengalen zurückkehrte, um dort durch Handelsgeschäfte sein Vermögen zu mehren, legte ich endlich, jetzt ein 72jähriger Greis, meinen Wanderstab nieder, um bei meinen beiden Kindern, die mir Gott gesund erhalten hatte, den Rest meiner Tage in Ruhe und Frieden zu beschließen und mich auf jene letzte Reise vorzubereiten, deren Ziel der Himmel ist.

Ende.